アレーアレ!

Allez Allez!

Ayako Pallus
パリュスあや子

講談社

1. C'est parti《出発》 0km / Rambouillet《ランブイエ》 006

2. Aveu《告白》 120km / Mortagne-au-Perche《モルターニュ＝オー＝ペルシュ》 043

3. Bretagne《ブルターニュ》 353km / Tinténiac《タンテニアック》 078

4. Finis Terræ《地の果て》 604km / Brest《ブレスト》 124

5. Étoiles《星々》 697km / Carhaix-Plouguer《カレ＝プルゲール》 152

6. Lutte《勝負》 842km / Quédillac《ケディヤック》 195

7. Prière《祈り》 928km / Fougères《フジェール》 225

8. Allez《アレ》 allez《アレ》 1017km / Villaines-la-Juhel《ヴィレンヌ＝ラ＝ジュエル》 263

装画　北澤平祐
装丁　小柳萌加（next door design）

アレアレ！

「アレアレ！」

いつのまにか路上に人が増え、応援の喚声も大きくなってくる。反比例して進《すすむ》のスピードは落ち、視界がかすんできた。

「アレアレアレアレ!!」

耳のなかで息をし、頭のなかで心臓が鳴っている。脚も腕も腰も、身体のありとあらゆる部位がバラバラに砕ける寸前でありながら、魂ひとつで軽々と走っている気もした。一秒でも早くゴールに飛び込んで横になりたいのに、あと一秒でも長く自転車に乗っていたい。

胸を上下させ、激しく喘《あえ》いだ。吐きそうなのに笑みがこぼれるなんてどうかしている。

1. C'est parti《出発》 0km / Rambouillet《ランブイエ》

〈Paris Brest Paris（パリ・ブレスト・パリ）〉

トリコロールが鮮やかな手書き看板の前に佇《たたず》み、国副進《くにぞえ》は既に胸がいっぱいになってしまった。齢六十五にして初めての海外旅行が、まさか世界最古の自転車イベントに参加するためとは……。

バーテープを巻き直した相棒のロードバイクのハンドルを強く握りしめ、これが夢ではなく現実であることを意識する。フランスの首都パリからほぼ真西、ブルターニュ半島にある港町ブレストまで片道６００㎞。これを自転車で往復する１２００㎞の超ロングライドイベントが「パリ・ブレスト・パリ」、通称「ＰＢＰ」だ。

一八九一年に始まりルールや参加資格などを変えながら、現在では四年に一度開催されている。世界中の自転車乗りが憧れる夢の大イベントといっても過言ではない。

「お父さんがそんな有名なレースに出場するの!?」

一週間前にフランスに着いてから「例のＰＢＰに出ることにしました」と娘の歩美《あゆみ》に報告メールをすると、裏返った声ですぐさま電話をかけてきた。

「いや、だからレースじゃないんだよ。順位や勝ち負けは関係なく、ただ制限時間内に完走できるかどうかかっていう——」

「はいはい、お父さんの大好きな自己満足の耐久自転車イベント、『ブルベ』ね。先月、北海道《ほっかいどう》で落車しかけてリタイアしたばっかりのくせに、外国で１２００km走るなんてどうかしてるよ！『８００kmも走れなかった』って落ち込んでたの忘れた？　あ、本当はあのときもうＰＢＰのこと決めてたんだ……なんで事前に相談してくれないの！」

キャンキャン嚙《か》みつかれながら、進は失笑するよりなかった。妻に似てしっかり者の歩美の言うことはいちいち正しく、反論しようがない。

Brevet（ブルヴェ）――「認定」を意味するフランス語。そして「あなたは自分の足で走り抜きました」、ただそう認められるために、つまりはただ自分の誇りのためだけに自転車で長距離を走るイベントを指す。

遅くたっていい。順位なんて関係ない。大切なのは、ただ前に進み続けること。

「ブルベ」という自転車イベントを知ったとき、万年勝ち知らずで競争とは無縁に生きてきた進の心は震えた。たった二年前のことだ。

それは煩悶《はんもん》に搦《から》めとられ身動きできないでいた進ですら、風に乗るようにふわりと前へ運んでくれる美しいマシーン、ロードバイクとの出会いでもあった。

「うん、まぁ、無理せずがんばってみるよ」

「全然答えになってない！」

歩美の説教は何十分と続いたが、老年の父を気遣っているからこそだとよくわかっていた。進が殊勝を装った気の無い相槌《あいづち》を打ちつつ時計に目をやれば、フランスは十七時すぎ。サマータイムの間は日本との時差が七時間となるが、ということは既に東京は零時を回っていることに思い当たると途端に申し訳なくなった。男親としては外資系大企業で出世し、多くの部下を従えて昼夜問わず働く一人娘にいらぬ心配をかけたくなかっただけなのだが、結局はいつ怒られるかの違いにすぎなかった。

吐き出すだけ吐き出して気が済んだのか、既に単独渡仏してしまった父を止めることはできないと悟ったからか、歩美はホゥとため息を吐いた。

「……運動嫌いのお父さんが、ここまで自転車にハマるなんてね」

「本当にな。でもこの年になって一生懸命になれるものが見つかるって、幸せなことだよなぁ」

この二年間で進は思い知った。還暦をすぎても、人生はまだ続くのだと。

波乱万丈とは真逆の、凪《なぎ》のように静かで穏やかな人生。これからは夕陽が沈むように緩やかに余生の幕を引けばいい……そう達観していた。だが唐突に「穏やかな人生」はひっくり返った。

青天の霹靂《へきれき》。打ちひしがれ、途方にくれた。

迷子になった心持ちで呆然《ぼうぜん》としていたとき、遭遇したのだ。凡庸な中高年が異様にカッコいい自転車で颯爽《さっそう》と走る姿に。頼りないほど細いタイヤに無駄を削ぎ落としたフレーム。自転車＝近所の買い物に使うママチャリ。そんな進の固定観念は、ロードバイクのペダルを一踏みした瞬間に変わった。その信じがたい推進力に目を見開くばかりだった。想像以上のスピードが出てしまい「わ、わ、」とあたふたする間にも、世界がぐんぐん後ろへ流れていく。

摑《つか》まれた。

ままならない現実から目を逸らすように、漕いで漕いで、漕ぎまくった。自転車は進にとって、平穏を取り戻すための、生き延びるための手段なのかもしれない。問題は先送りされ、現実は変わらないとしても、逃げ込めるものと出会えた幸運を手放すつもりはなかった。

だが一方で、逃げてばかりの弱い自分に、そろそろ別れを告げねばならないとも感じていた。

「お父さん変わったよね。やっぱり、お母さんが……」

言いかけて、歩美は口をつぐんだ。

「変わった、かな？」

歩美の一言は、進には意外に響いた。確かに主夫として長年節約倹約を心がけ、貯金が趣味かもと自覚する進が、血圧が上がるほど高価なロードバイクや、いちいち目が回るほど高いウェアやパーツを買い揃えるには清水《きよみず》の舞台から飛び降りるほどの勇気が必要だった。

「変わったよ。ロースハムからボンレスハムになった以上に変わった」

確かに乗り始めて体型も変わった。当初は薄くぴったりしたサイクルジャージを着ると、たるんだ身体の線が際立ってしまい恥ずかしくて仕方なかった。一年ほどで見るに堪えないレベルを免れるに至ったが、引き締まったボディかといえば相変わらず腹は出ており、スポーツマンらしい筋肉美を手に入れる日がくるかは謎だ。

「……でも、もっと、強く変わらないとな」

電話越しに歩美が息を詰めるような気配を感じた。その瞬間、父娘が思い浮かべたのは同じ出来事、そしてあの人に違いなかった。

国副家の大黒柱。野心家で情熱的な年上女房。元キャリアウーマンで多忙な母——光子《みつこ》。

「まぁ、無理せずがんばってみるよ」

進お決まりのセリフで、国際電話は終わった。最後には歩美も「本当に絶対無理しちゃダメだからね」と心配しつつも応援してくれたが、今度ばかりは「無理せず」では到底通用しないだろうと進は覚悟していた。

——僕は変わる。人生で一度も大きなことを成し遂げたことなんてないけれど、この由緒あるPBPで、もし1200㎞を時間内完走できたなら……

シャーッと涼やかな走行音を響かせ会場入りしていく自転車乗りの背中を見つめながら、進は決意を新たにする。今回のPBPのスタート地点は正確にはパリではなく、パリ南西に位置するランブイエという街の国立公園だ。

参加者を観察していると、開催国フランスはもちろん、イギリス、ドイツ、イタリアといったヨーロッパ勢に、アメリカやブラジル、更にはインドなどアジア勢のジャージも少なくない。暑かろうが凍えようが、夜になっても雨が降っても、ひたすら自転車を漕ぎ続けるという想像を絶する苦行のようなイベントのために、世界七十ヵ国から約七千人が集結する。進自身もその一人なのだ。

いつのまにか手汗でじっとりと濡れたハンドルを握り直し、進は相棒にまたがった。点々と続く自転車の流れに乗ってランブイエ城に続く門をくぐり、ゆるやかにペダルを漕ぐだけで全身から汗が噴き出る。フランスの八月後半の気温は日本の秋程度、特に朝晩はかなり冷えると聞いて防寒対策に抜かりはなかったが、想定外なことに数日前から気温が上がってしまった。今日は久々の猛暑となり、雨よりはマシだと思ってはみても、青すぎるほど青く輝く空が少し疎ましい。

もうすぐ十六時。進は自転車置き場に相棒を止めると、スタートゲートへ急いだ。既に大音量で司会のマイクパフォーマンスが始まっており、道なりに人だかりができている。

始めにスタートするのは「制限時間八十時間」のスピード重視組。なかでも十六時出発の「A組」は、皆の先陣を切って走り出す注目の的であり、さらに一握りの先頭集団は元プロサイクリストも交じり壮絶な戦いを繰り広げるらしい。ブルベに勝敗はないが、サポートカー付きで走るこの猛者《もさ》どもだけは、実質的に一分一秒を争っている。進のような一般参加者とは別次元の世界だ。

「……フォーティナイン……」

歌うようにがなるマイクが唱えた数字に、進は耳を疑った。A組参加者の平均年齢は四十九歳という。PBP参加者の平均年齢は、毎回五十歳前後で推移していると知ってはいたが、速い人たちはもっと若いのだろうと決め付けていた。機材や荷物からして異なる凛々《りり》しく精悍《せいかん》な参加者たちを、人垣の後方から畏敬の念を込めて見守る。

「スリー、トゥー、ワン……スタート！」

拍手と喚声。わぁああっと会場の叫び声に包まれた瞬間、進はぶるりと身震いした。

——いよいよ。いよいよ、本当に、五日間にわたるブルベが始まるんだ。

進は「制限時間九十時間」の十九時出発「M組」にエントリーしている。それは四日後の十三時までに、この場に戻ってこなければならないことを意味する。脚力があれば睡眠や休憩を取りながら時間内完走することは可能だが、進の脚では軽い仮眠程度に留めなければ１２００km走破は厳しいだろう。しかし問題は制限時間だけではない。そもそも体力が保《も》つのか。

実際、歩美にも指摘された北海道１０００㎞ブルべはＰＢＰの前哨戦《ぜんしょうせん》として気合を入れて挑んだのだが、あまりの眠気と寒さで落車しかけ、大事をとってＤＮＦ（Did Not Finish）、つまりリタイアしていた。進の最大走行距離はそのときの７５０㎞弱であり、１０００㎞を超える行程は未知。無謀もいいところ、と嗤《わら》われたらその通りだった。

「あれぇ進さんじゃないですかぁ？」

舌ったらずな高い声に振り向くと、亀甲紋様をあしらった鉄紺色の日本ジャージを着た女性がにこにこしている。緊張してきた進も、自然と笑みが浮かんだ。

「いらしてたんですね、大岡《おおおか》さん！　YouTube では確か……」

「『まほりん』で通ってますぅ。前も言いましたけど、大岡真帆《まほ》は本名なんで、ＳＮＳではバラさないでくださいね」

真帆はブルべ界隈ではそこそこ名の知れた YouTuber で富良野《ふらの》在住。年齢は非公開で喋り方や雰囲気は幼かったが「アラフォーです」とこっそり囁《ささや》かれた。二人が出会ったのは先月の北海道ブルべで、真帆がハイテンション実況をしている最中だった。

「婚活中なんですよぉ、誰かイイ人いませんかねぇ？　自転車乗り以外で。実は元彼とは一緒に走ってたんですけど、ブルべで遭遇すると気まずくってー」

道中何度も顔を合わせ、へとへとの進を尻目に過去の恋愛話を延々と聞かせてくれるほど余力があった真帆だ。進同様ＰＢＰは初参加というが、彼女ならあっけらかんと乗り切ってしまうだろう。

「あッ！」

外国であろうと独特のまったりムードを貫く真帆に呑《の》まれていた進だが、スタートゲートに向から参加者のなかに際立ったオーラのある人物を発見し、つい声を上げた。自転車に「制限時間八十時間」の最後である、十七時出発の「E組」のプレートを付けている。そこに描かれている国旗は、日の丸。

「彼は、昨日の……」

あの長い手足、細く締まった身体。なにより世界の全てを敵視するような鋭い眼差し——進と同じ格安アパートに泊まっている青年に違いなかった。

「およよ、高津爽《たかつそう》じゃない！　なんだぁPBP来てたのかよぉ」

「大岡……まほりんさんのお知り合いですか？」

「いやいや滅相もない、ただのファンですぅ。中学高校と自転車競技で将来を嘱望されていた元クライマーなんですって。この道ではけっこう有名人ですよぉ？　若くてイケメンで、日本ブルベ界のプリンスになりえる逸材！　マジで画《え》になるわぁ」

身悶《みもだ》えてはしゃぐ真帆は、憧れのアイドルに会えて興奮するファンそのものだった。

「どうりで見るからに強そうというか……これからプロを目指したりするんでしょうかね」

「どうだろう、怪我でプロの道を断念したって噂《うわさ》ですから」

「怪我で断念？　あんなに若いのに」

進は胸を衝かれた。爽が攻撃的なオーラを放つのは、挫折という苦い体験からきているのだろうか。

「二十二歳だったかな？　日本のブルベ参加資格がもらえる二十歳になったらすぐ始めたみたい

で、当時はそりゃもう目立ってましたよぉ。ピューンってあっというまに走り去る若者の美しいこと！　二、三回チラ見しただけだけど、忘れられないなぁ」

そんなカリスマ性溢れる爽だが、愛想が悪く協調せずに走る一匹狼スタイルに「礼儀がなってない」、「生意気」と憤慨する中高年参加者も多いのだと真帆は唇を尖《とが》らせた。

「速くてカッコいいからヒガまれてるんですよね。超クールなのがまたイイのにぃ」

「クール……確かに。でも優しいですよ、彼」

「なになに!?　知り合いなんですかっ！」

何気ない一言に食いつかれ、進はファンの鼻息の荒さに恐れをなした。真帆をなだめながら、自らの情けない顚末《てんまつ》を語って聞かせる。

「実は昨日、パリ観光に行ったとき携帯をスられてしまって」

ショックで慌てふためきつつも、どうにか警察署に辿り着いて盗難届は出せた。しかし手続きで相当時間を食ってしまい、新しい携帯を手に入れようとショップに赴くと時既に遅し。ショップは翌日も、つまり日曜の今日も閉まっているとわかり愕然《がくぜん》とした。

「その時点でもうぐったりしてしまって。これ以上携帯探しに奔走してＰＢＰ前に疲弊したくないなと。自転車にＧＰＳはあるから道ならわかりますし、携帯は不要と割り切ることにしたんです」

連絡があるとしても、娘の歩美くらいだ。ＰＢＰの参加報告はしたから、期間中音信不通でも問題ないだろう。あとは九十時間、五日間にわたるイベント中に何事も起きないことを祈るしかない。

「ただ今日はスタート前に渡井《わたらい》さんと落ち合う約束をしていて、その連絡が取れないと困るなと」

「あぁ、北海道にも参加されてましたよね。ベテランの渡井さん」

ブルベの世界は狭い。２００㎞から始まり、３００㎞、４００㎞と距離が伸びるごとに参加者は限られてくる。ブルベは日本各地で開催されているものの、長距離ブルベに挑む顔ぶれはいつも似ており、長くブルベを続けている者たちはいつのまにか顔見知りになるのが常だ。

ブルベ歴十五年の渡井こそ、ブルベのイベント運営側にも回るほどの世話好きで人当たりが良く、この界隈で顔が広い有名人だった。進をブルベの道に引き込み「ＰＢＰ、行きません?」とそそのかした張本人でもある。進がＰＢＰへの参加を決断できたのは、渡井が一緒という安心感も大きい。

「アパートの管理人を捕まえて渡井さんに電話させてもらおうと思ったんですけど、全く言葉が通じなくて。身振り手振りを交えて番号のメモを見せても嫌な顔をされるばかりで、どうしたものかと思っていたら……」

――電話、必要なんスか。

立ち往生していた進に、ブスッとした顔で自身のスマホを差し出してくれたのが爽だった。Ｔシャツにハーフパンツ、サンダルという軽装にエコバッグ。近くで買い物をしてきたという体で、二言三言、管理人と交わしたフランス語も淀みなかった。進はてっきりフランス在住の日本人かと思ったほどだ。

だがなにより印象に残ったのは、目深に被ったキャップから覗《のぞ》く、ギラリと睨《にら》み付けるように光る切れ長の瞳だった。

「彼のおかげで渡井さんと無事に話ができたわけなんです」

「なにその素敵エピソード！　ツンデレ的な？」

ギャップきたぁと大袈裟《おおげさ》なほど身体をくねらせて喜ぶ真帆に、進は神妙な顔で頷《うなず》く。

「本当に助かったんです。でも電話が終わって携帯を返したらすぐ、背を向けられてしまって。お礼もろくに言えず気になっていたんですが……」

引き止めることもできずに爽の背中に頭を下げた進は、ハーフパンツから突き出た長い膝下に驚いた。同じ日本人でもこんなに骨格が違うのか。カモシカかなにか、別種の生物のようだった。スポーツをしているのだろうと、チラリと頭の隅をよぎったが……

「まさか同じＰＢＰ参加者だったとは」

「あれ、そういえば二年前にブルベデビューっていったら進さんもですよね？　同期ですよ、クールで優しいプリンスと同期。いいじゃないですかぁ」

進の口から乾いた笑いが漏れた。同じ人類とすら思えない自転車界のスターと並べられても、どう反応していいかわからない。

「まぁ、無理せずがんばってほしいですね」

真帆によれば、爽は十代からロードレースの厳しい勝負を競り合い、何度も表彰台に上ってきたという。「プリンス」と呼ばれてもしっくりきてしまうルックスに、しなやかで強靱《きょうじん》な肉体、抜きんでた才能……挫折さえ、なにかに打ち込めた者のみが得ることのできる称号だ。

——いるんだよなぁ。世の中にはそういう、全部持ってる人が。

進とは全てが真逆だ。ないものねだりしたところで仕方ないが、人間の造りはもう少し公平になってもいいんじゃないだろうか……娘以上に若い未来ある青年を前にして、老い先短い自分の胸がざらりと疼《うず》いてしまうことに、進は苦いものを覚えた。

「それじゃ僕は、渡井さんと約束があるので」

「ちょっと待って、進さん何時出発？　渡井さんと走るんですよね？」

切り上げかけた進が十九時出発の「M組」と伝えると、真帆は「私もなんですぅ」と目を輝かせた。共にPBPを走る予定だった仲間が直前に怪我で棄権し、同じM組に脚の合う人がいないか探していたらしい。「ご一緒できますねぇ」と半ば強引にチームに加わられた。

「いいじゃないですか、一緒に走る人が多ければ多いほど楽だし」

待ち合わせ場所のフードテントの前で、渡井はなんなく見つかった。携帯がなくても意外と困らない。真帆の提案もあっさり快諾され、進は安堵《あんど》したそばから不安になる。

「ですよね……でも渡井さんもまほりんさんも速いから、僕はお荷物になるんじゃ……」

「そんなことないですよ。もちろんお互い無理はせず、行けるところまで楽しく行きましょう。いつものブルベみたいに、ね？」

こんがり焼けたまんまるの顔に、いかにも人好きのする笑顔。がたいは大きく髭《ひげ》も濃いが、愛らしい印象さえ与える。人が集まれば自然とその輪の中心にいる渡井は、進の知る限り仲間の皆から愛されていた。根が真面目で調子の良いおしゃべりは苦手な進が、意外にもすんなりブルベの輪に馴染めたのは、渡井というムードメーカーがいてくれたからだ。

「国副さんも一緒にPBPを走るんだって、主人たら自分の手柄みたいに喜んでたんですよ。いつもお話は伺っておりますが、やっとお目にかかれて……事故の節は、本当にありがとうございました」

渡井の斜め後ろに控えた、やはり太陽のように明るくほほ笑む夫人から深々と礼をされ、進は慌ててかぶりをふる。

「でもあれがきっかけで進さんがブルベを始めたんだから、事故った甲斐もあるってもんだ！」

渡井が豪快に笑い飛ばしたその事故こそ、二年前、進の日常を変えた出会いだった。


進はその日、ママチャリを漕いでいた。空《から》っぽの家にいたくなくて、なにも考えたくなくて、ただひたすら漕いでいた。気付けばずいぶん遠くまで来てしまい喉がカラカラだった。手近なコンビニに立ち寄ると、自転車競技の選手が乗るようなロードバイクがたくさん並んでいる。ジャージにヘルメットの選手らしき人たちが店の前で立ち食いをしている様にぽかんとした。

――自転車選手の特訓？　それにしては年寄りも……僕と同年代くらいじゃないか？

不思議に思いながら店内に入ると、冷えたドリンク類はあらかた売り切れていた。選手らしき人がやって来ては、忙しなく商品を求めレシートを大切にしまっている。

「あの方々は……自転車レースかなにかですか？」

「ブルベの人たちですよ。自転車で長距離を走るイベントで、この店はチェックポイントのひとつなんです。商品の購入時間が記されたレシートが、ポイント通過サインとタイム記入の代わりになると聞いてます」

怪訝《けげん》に思った進がドリンクを補充し始めた店員に声をかけると、丁寧に教えてくれた。なるほど了解してみせたものの、いまいちよくわからない。

気になりながらもママチャリで出発してほどなく、ロードバイクに追い抜かれた。乗っているのは重そうな巨体の中年男性なのに、氷面を滑る木の葉のごとく重量を感じさせせない華麗な走りだった。

思わず見惚《みほ》れていると、その男性はなにかを確認するように顔を下に向けた。

「危ないッ！」

進が叫んだ瞬間、ウィンカーを出していない車が交差点で左折し、直進するロードバイクを巻き込む形になった。一瞬の出来事。ロードバイクから投げ出され転がり落ちた男性に駆け寄ると、剝き出しの脛《すね》が擦れて毒々しく出血していた。車は逃げるようにスピードを上げ、進はすぐさま救急車を呼んだ。膝を抱えて呻《うめ》き、立ち上がることもできない男性に付き添いを申し出ると、痛みに顔を歪《ゆが》めながらも「すみません、渡井といいます」と恐縮して名乗られた。

「そうだ、主催者にＤＮＦの電話を！」

救急車に乗る直前、渡井は突然ジタバタしだした。火急の一報らしいと察した進だが、電話を終えた渡井は一安心という顔になり、今度は得々と「ブルベ」の解説を始めた。

「ブルベという自転車イベントは非営利団体のボランティアスタッフで運営されていて、なにかあれば自分で対処しなくちゃいけません。リタイアするなら連絡しないと。私のゴールを待つスタッフが帰れなくなってしまいますからね」

病院に着いても解説は止まるどころか、より具体的になっていった。暑苦しく長い話は苦痛な進だが、珍しく嫌な気がしないどころか楽しかった。大怪我をしながらも生き生きとブルベの魅力を語る渡井が、眩《まぶ》しかった。

「今回は３００㎞を二十時間で走るコース。一時間で15㎞走ればいいと思えば楽勝でしょう？　でも注意力散漫になってましたね……サイコン、サイクルコンピュータの略なんですが、そいつで走行速度や距離を確認しようと目を落とした途端にコレですよ！」

渡井はいかにも悔しげに膝を打ち、その痛みで顔をしかめた。子供のような直情さに進がつい口元を緩めると、渡井も照れ笑いを浮かべ、仕切り直すように姿勢を正した。

「国副さんも、今度一緒に走りませんか」

思いがけない勧誘に、進は目をしばたたいた。

「私たち、家もそう遠くないようですし。まずは週末にでも、気軽なサイクリング程度で」

「いやいやそんな、足を引っ張るだけです。僕もう六十を過ぎてるんですよ？」

「だぁいじょうぶ！　私ももう六十目前ですが、私よりずっと走れる六十代は山ほどいます」

進は不意打ちを食らった気がした。バイタリティに溢《あふ》れ、肉体的にも力強い渡井は自分のひとまわりは下だろうと踏んでいたからだ。

「いやでも……何百キロとか絶対無理ですし」

「そりゃ初めは誰でも難しいですよ。でも国副さん、ママチャリであんな遠い辺鄙《へんぴ》なコンビニまで行ってたわけですよね？　実は自転車好きでしょう？」

そう言われて、ドキリとした。

子供の頃は自転車が好きだった。大好きだった。自転車があれば世界のどこまでも行ける。行くんだ——渡井の話に耳を傾けながら、ふと大昔の幼い渇望が蘇《よみがえ》ったのを見透かされた気がした。

「……まぁ昔は……大学は新聞奨学生として上京したもので、朝晩自転車で配達してましたし」

「そりゃすごい！　素質は十分ですよ。それにロードバイクは普通の自転車とは全く別の乗り物ですからね。とにかく速い。乗ったらすぐ虜になりますよ」

手を叩いて盛り上がる渡井と反対に、進は跳ね上がった鼓動を抑えようと胸に手を当てた。

――あのカッコいい自転車に、自分みたいな老人が乗る？　あんなビュンビュン走れる？

「制限時間はありますけど、ブルべってのはレースじゃないんです。勝ち負けとか関係なく、マイペースに楽しく長く走る！　基本、それだけです」

「勝ち負けとか、関係ない？」

清らかな鐘の音が響き渡るように、その言葉は進の身体の内でこだまし、心を揺らした。

渡井は誇らしそうに両腕を組むと、進を真正面から見つめて宣言した。

「ブルべ、絶対に向いてますよ。私が保証します」

瞬間、突風に吹き上げられたようで進は目を閉じた。顔は火照るのに、冷や汗が滲む。六十三年間生きてきて、初めての感覚。

ゆっくりと目を開いたとき、もうすぐそこに新しい世界が待っている気配がした。

「国副さん、ブルべを始めた最初の年にスーパー・ランナーだかになったんですよね。主人が興奮しちゃって『イケると思ってた、俺の目に狂いはなかった』とか偉そうに」

「ＳＲ、シュペール・ランドヌール（Super Randonneur）な。２００㎞、３００㎞、４００

km、６００kmのブルベを同じ年度に完走した者に与えられるタイトル。そう簡単に獲得できるもんじゃないぞ」

「そうでしょうとも。私も主人に誘われて何度か数十キロ走らされましたが……２００kmなんてとんでもない！　やっぱり国副さんは向いてたんですね、ブルベ」

「三年目でブルベ最高峰のＰＢＰに参戦なんだからな！　すごいことだ」

渡井夫婦に惜しみなく褒めちぎられ、進は身の置き所がないほど恥ずかしかった。本当はそれ以上に嬉しいのだが、胸を張るどころかもじもじと背中が丸まってしまう。

「ご家族もびっくりされてるでしょう」

「でも進さん、奥さんには内緒で来たんですよね？」

「そうなんですか!?　もしかして危ないから止めろって怒られたとか？」

ごく当たり前に続く和やかな会話を壊したくなくて、進は少し大袈裟に苦笑してみせた。

「いやぁ、僕ら夫婦はお互い放任主義といいますか……娘にだけは報告しましたが、やっぱり『身の程をわきまえろ』って怒られちゃいましたね」

談笑しつつも、長年連れ添い、尽くしてきた妻・光子の後ろ姿が進の脳裏をかすめる。針を差し込まれたように胸が痛んだ。

定年後に二人で行こう――そう約束していた海外旅行。結局その約束は叶わず、たった独り自転車と共に初めての国際線に乗った進。

――フランスで、パリからブレストまで往復１２００kmを自転車で走ると知ったら、光子さんはどう思うだろう……

嘘でしょうと眉を顰《ひそ》めるか、そんなことできるのと驚くか、単に心配されてしまうか。

――それとも少しは、見直してくれるかな。

「あれ、悟《さとる》くんじゃない？」

伸び上がった渡井の視線の先を追うと、食事を終えたところなのかフードテント脇に止めた自転車をいじる小柄な若者の姿があった。周囲の外国人参加者が大きいせいか、常日頃以上に線が細く弱々しく見える。

話題が変わったことに内心感謝し、進は声をかけようと近づいた。

日本にはブルベの世界組織であるオダックス・クラブ・パリジャン（Audax Club Parisien）やランドヌール・モンディオ（Les Randonneurs Mondiaux）との窓口になっている一般社団法人オダックス・ジャパン（Audax Japan）があり、そこが統括する形で全国各地に二十六のブルベ主催クラブがある。悟もまた、進や渡井と同じクラブに所属していた。新しい自転車のパーツやアクセサリーが出ると試さずにはいられない質らしく、曰く「給料もボーナスも全部自転車に消えてます」。

進が「初心者向け」と勧められるがままに買ったロードバイクに、なんのカスタマイズもせず乗り続けているのを見かねた悟は「俺には合わなかったけど、かなり良いものです」と不要になったパーツを安く譲ってくれたりもした。

今回のPBPも進は悟のサドルで出場する。心の中で「サドルくん」と慕う好青年だ。

「悟くん、調子はどう？　仕事が忙しかったみたいだけど――」

緩慢に振り返った悟の顔は曇っていた。ぼんやりした目をしている。ああ進さん、お疲れさまです……と返す声にも覇気がない。

「一昨日の夜に着いたんですが、なかなか仕事が片付かなくて、今朝もリモートでやりとりして……寝れないわ時差ボケもひどいわ、体調最悪です。おまけに水が合わないのかどうもお腹の調子が……」

海外からの参加組、特に時差や気候、食事の違いが大きいアジア勢はスタート前からハンデを負っている。もちろんそれを承知で参加するのだが、悟のように会社勤めの者は、早めに現地入りして身体を慣らすことも難しく苦戦を強いられる。

「それは気の毒に……くれぐれも無理はしないようにね」

「とにかく速いトレイン捕まえて、行けるとこまで行ってガッツリ寝ますよ」

悟は力なくガッツポーズをとってみせた。

〈トレイン〉とは数名で走行する自転車グループを指す。自転車レースでは「集団」という意味の〈プロトン〉が、主に数十人単位のメイングループに対して使われるが、ＰＢＰで人がそれほど密集するのはスタート直後の一時しかない。集団で固まることによって空気抵抗を減らし、余分な体力を使わずに速く走れるため、ロングライドでは「トレインに乗れる」かどうかで完走率が大きく変わるといわれる。

「薬は持ってる?」

「はい、同じホテルに泊まってる稲毛《いなげ》さんからも即効性のある錠剤頂きましたし」

「稲毛さんおすすめなら安心だ。ＰＢＰ参加にあたって彼のブログをずいぶん参考にさせてもらったんですよ。確か今日最後の二十一時出発って読んだような」

「三度目の正直で絶対完走するって息巻いてましたよ。まだホテルで寝溜め中かな」

稲毛は自転車専門誌に寄稿するなど、知識も経験も豊富なブルベブロガーの草分け的存在。PBP以外の海外遠征にも積極的で、イギリスで開催される1500kmもの「ロンドン・エディンバラ・ロンドン」の参加レポートなど、体験者ならではの臨場感たっぷりの文章を進は愛読していた。だが稲毛に肩入れする一番の理由は単純で、自分と同じ六十五歳だからだ。

「そういえば進さん、〈大阪のヨシダ〉って聞いてピンときます？」

「ヨシダさん……？」

「じゃあ大阪弁を話すフランス人は？」

「⁇」

何の話か全く見当がつかず、進は首を傾げた。悟も「ですよね」と屈託なく笑う。

「稲毛さんに聞いたんですよ。大阪弁を操るフランス人が、PBPで〈大阪のヨシダ〉なる人物を探してるって。なんか都市伝説か学校の怪談みたいですけど、稲毛さんは前回も前々回も会ったっていうんです。だから今年もいるのかなって」

「気になる話ですが、心当たりはないなぁ……なにかわかったら報告しますよ」

シャンと背筋を伸ばして真顔で答えると、悟に吹き出されて目が点になる。

「進さん、ホントまじめだなぁ！　どんな些細《ささい》なことでも真剣に取るんですから」

いやァと曖昧に頬を掻《か》くしかない進だが、話しているうちに少しずつ活力を取り戻してきた悟の様子が嬉しかった。

「俺は十八時出発なんで、そろそろ車検に行きますね。お互いがんばりましょう」

最新型とおぼしきアイテムで固めた自転車にまたがった悟と、拳を軽くぶつけ合う。

出発一時間前を目安に、使用する自転車に問題がないか、ＰＢＰの規定に沿った装備であるかスタッフの点検を受けねばならない。特に夜間の道は真っ暗になるため、ライトを重点的にチェックされる。

――もうすぐ十七時か。ということは……

進は悟と別れると、渡井夫婦に一声かけて再びスタートゲートへ向かった。

十五分毎に、二百人から三百人の自転車乗りが一斉に出発していく。十七時十五分からは「制限時間九十時間」になるが、その最初のＦ組だけは「特別自転車」枠で、二人乗りや三人乗りのタンデム、寝そべるように座って足を押し出して漕ぐリカベント、人ひとりがすっぽり収まるボブスレーのようなロケット型のベロモービルなど、日本ではなかなかお目にかからない自転車が勢揃いする。

既に集まってきた一風変わった車体に周囲の目が釘付けになるなか、進は今まさに走り出さんとゲートに並んだＥ組の面々をつぶさに確認していった。日本人も数名いる。

――あの人、だよな？

シンプルな無地のジャージにグレーのサングラス。先ほど見かけていたから爽とわかったものの、西欧圏の参加者に紛れると体躯《たいく》的にほとんど見分けがつかない。逆にいえば恵まれたしなやかで長い肢体は、日本ではかなり目立つだろう。

その刹那、既視感に囚われた。どこかでよく似た自転車乗りを見かけた気がする。だが爽と同じブルベを走った記憶はない……最近の若者は皆スタイルがいいからな、と進は妙な引っかかりを振り払う。

目元が隠れていても、進には勝利を見据える爽の強い眼差しが見える気がした。その気迫をかっこいいとも、痛々しいとも思う。異国の過酷なブルベに臨む日本人参加者は、進も含め「がんばろう」と励まし合っていたが、馴れ合いはごめんだと全身で拒絶していた。

爽にとって自転車は「勝つための武器」なのだろうか。順位のつかないブルベであっても？

——僕にとって、自転車は……

スタートの合図で塊がゆっくり動き出した。おびただしい数の車体がむわりと前進し、徐々にバラけていく。沿道で鈴なりになった観客に笑顔で手を振る参加者も多く、先頭でタイム争いを繰り広げるＡ組やＢ組の出発に比べると、より和気藹々《あいあい》としたお祭りムードとなっていた。そんな盛り上がりのなかにあっても、爽は頑なに前しか見ていなかった。

「がんばれぇえ！」

それでも進は、精一杯の声援を送った。爽は一瞥《いちべつ》もくれなかったが、彼の耳に届いていたらいいと思った。

だだっ広い公園の木陰に陣取り、渡井夫婦が調達してきてくれた栄養バランスのいい食事でのんびりピクニックをしていると、これから辛く苦しい旅路に身を投じるなんて冗談に思える。

「かっこいい自転車やいろんな国のジャージを見てるだけでもおもしろいわねぇ。ヨーロッパにおける自転車の底力というか、人気ぶりがよくわかるわ」

渡井夫人は今回初めてＰＢＰの応援に来たと言い、英語やフランス語、その他何語かもわからない言語が飛び交う会場で子供のようにはしゃいでいる。

「イギリス、ドイツ、フランス……自転車発祥の地については諸説あるけど、歴史的にヨーロッパの紳士のスポーツだったたってことだけは確かだからな。でもやっぱり個人的には自転車といえばフランスなんだよ。なんてったって〈ツール〉があるから！」

渡井は相好を崩した。世界最大規模のプロサイクリストのレース、〈ツール・ド・フランス〉。渡井は毎年七月に行われるツールの生中継を見るためだけに有料チャンネルに加入したほどの大ファンだった。

「そういえば町内会で『主人がフランスの自転車イベントに出るんですよ』って話したら『あぁ、ツール・ド・フランス？　有名よね』って」

「なんだそりゃ！　ツールを馬鹿にしてんのか？　百年以上の歴史があるなかでツールに出場できた日本人選手はたった四人。世界のプロ選手のなかでも頂点に立つ超人級しか走ることのできない偉大なレースなんだぞっ」

「まぁまぁ、渡井さんがそれほど自転車の達人と思われてるってことですよ」

本気で憤慨する渡井がおかしくて、進は含み笑いでとりなす。

「なんかガッカリしちゃうなぁ……結局、日本では自転車をスポーツとして見てる人が少ないし、地位が低いってことなんですよね。ブルベの認知度も上がってきた気がするけど、一般的にはまだまだマイナー。何度説明してもレースと間違えられるし」

自分自身の問題かのように頭を抱える渡井をまるで意に介さず、夫人は「ほら、そのサラダ食べちゃってよ」と食事の片付けに取りかかった。気心の知れた夫婦の気のおけないやりとり。進にはほほ笑ましく、少し羨ましくもある。

「そうだ、さっき悟くんにおもしろい話を聞いたんですよ。大阪弁を話すフランス人の――」

「あぁ、〈アルプスさん〉のこと？　昨日会いましたよ、事前受付で」

気分転換の軽い話題を、と何の気なしに噂を振った進は、渡井が当然のように頷いたので仰天してしまった。

「本当に存在するんですか。僕はてっきり噂に尾ひれが付いたようなものかと……」

「ＰＢＰに参加した日本人のなかではちょっとした有名人というかね。鼻が高くて青い目の、我々からしたら〈ＴＨＥ外人〉みたいなフランス人が流暢《りゅうちょう》な大阪弁を話すってだけでも驚くのに『大阪のヨシダ、知っとります？』って聞いてくるんだもん。そりゃインパクトありますよ。なんでも『彼に返したいものがある』とか」

　ぐッと缶ビールを飲み干した夫人が、興味津々で身を乗り出した。

「その人の話、あなたが八年前にＰＢＰに参加したときも聞いた覚えがあるわ。でもそのヨシダさん『今も自転車に乗ってるかはわからない』みたいなこと言ってなかった？」

「そうなんだよ、何十年も前の貸し借りみたいでさ。雲を摑むような話なのに、未だに探してるって知って申し訳ない気がしたな。アルプスさんもけっこうなお年みたいだし」

「ところでなんで〈アルプスさん〉なんですか？　アルプスの出身とか？」

進の素朴な質問に、渡井はにっこりした。東京は神田《かんだ》にあった自転車屋の老舗、二〇〇七年に廃業した「スポーツサイクル・アルプス」に因《ちな》んでいるらしい。

「大正七年には前身の店を構えていて、志賀直哉《しがなおや》の随筆にも出てくるほど歴史のある伝説的な自転車屋だったんです。〈ツーリングは「アルプスの世界」です〉ってキャッチコピー聞いたことないですか？　遠乗り用のランドナーって呼ばれる自転車のシリーズをオリジナルで出していて、今でも高値で取引きされてるくらい人気なんですよ。アルプスさんはね、その伝説の自転車に乗ってるんです」

渡井の淀みない講義に、進は「ははァ」と感心するばかりだった。自転車に乗りだしたものの未だ機材に詳しくなく、細々としたパーツの横文字もこんがらがる進は、マニアックな世界になかなか付いていけない。

「ドイツのCanyon《キャニオン》多いなぁ。ROSE《ローズ》は日本で見ないけど、欧州では人気なんですね。でも進さんの乗ってる台湾のGIANT《ジャイアント》も負けてない！」

「フレームはやっぱりカーボンが圧倒的ですね。スチールもちょいちょい」

「DHバー解禁になって増えたなぁ。三割はいるんじゃないですか」

周囲の自転車を観察しては喜々として語る渡井に「ほぉ」とか「へぇ」とか相槌を打っていると、いよいよ自分たちも車検に並ぶ段となった。参加者が出発していくのを何度も見送ってきたが、ついに……

再び緊張に襲われ、ストレスに慣れない進は「ちょっと失礼」と席を外した。

——頼む、きれいであってくれ！

恐る恐る仮設トイレのひとつを開け「こんなもんか」と我知らず一息吐く。経験者から「PBPのトイレ、特に外の仮設トイレは地獄のように汚い」と脅されており、実はかなり不安視していた。短時間で何百人もが使うのだから仕方ないと諦めてもいるが、怯えていたレベルでは全くなく問題なく使えた。

九十時間も自転車に乗るとなれば、どれだけ差し迫った事態に悩まされるかわからない。脂汗を流すことがないよう、八幡様に普段の二十倍もの賽銭、つまり百円玉を入れてよくよくお願いしてきた進だった。

——手を洗うとこ……水汲み場まで行くしかないのかな。

所在なく両手を胸の前でぶらさげて、幽霊のごとくふらふらと歩き出す。

自転車に乗っていると大量に汗をかく。さらにこの猛暑だ。水をこまめに飲まねば気付かぬうちに脱水症状に陥ってしまう。通過チェックが行われるコントロールポイント（Points de Contrôle）、通称ＰＣでは無料で水を汲める場所が用意されている。スタート地点のランブイエも同様だった。

参加者がボトルに水を入れる後ろで、蛇口に触れないようササッと手を洗わせてもらう。おそらくＰＢＰ後半になればなるほど汗まみれで制限時間に焦り、いちいち「手を洗う」なんて頭が回らなくなってしまうのだろうが、少なくとも今は清潔でありたい。

「ヨシダやないかッ⁉」

いきなり突き飛ばされるように背を摑まれ、よろめいた進は心臓が飛び出しかけた。

「違いますけど⁉」

振り返ると鼻先に、水色に近い澄んだ青い瞳をぎょろぎょろさせる白人の顔があった。尖った大きな鼻先がぶつかりそうになり、思わず身を引く。

「……せやな、ヨシダはもうちょい男前やった。驚かせてすんまへん」

ポイと放り出すように手を離されてムッとした進だが、その白人の意気消沈ぶりを見ていると気の毒になってしまうほどだった。近くに投げ出されている自転車を見て、声をあげそうになる。「ALPS《アルプス》」のヘッドマーク。

先ほどとは違う心臓の高鳴りを感じながら、進は盛大なため息を吐く白人に控えめに声をかけた。

「知人から、もう何年も〈大阪のヨシダ〉さんを探しているフランスの方がいると聞きました」

再びぎょろりと大きな目玉を動かし、白人は訝《いぶか》しむように進を見つめた。身長は百六十五センチの進より少し高いくらいだが、肩幅が広く胸板も厚いせいか、ぬりかべのような威圧感がある。が、くっきりと刻まれた皺《しわ》や前傾姿勢から、自分より年上ではないかと思われた。とはいえ進は人の年齢を読むのが苦手で、外国人となればなおさら見当がつかない。

「よろしければもう少し詳しく聞かせて頂けませんか。失礼ですが、お名前は？　僕は国副進と申します」

「フレデリック、いいます。なんや懐かしいな、そのエラい堅苦しい日本的話し方」

ニッと薄い唇を横に広げまなじりを下げたフレデリックは、途端にイタズラっぽい愛嬌のある顔になった。真顔でにらめっこしていると逃げ出したくなるような迫力だったが、表情が和らぐと別人のように感じが良い。

「ボク日系企業に勤めてましてん。五十年程前、大阪勤務になって六、七年おったんやけど、そこで世話んなったヨシダっちゅう男に借りたまんまになってるもんがあるんですわ」

「なるほど……それをフランスで、このＰＢＰで返すという約束になっているんですね？」

何十年も前の貸し借りというのが、まさか半世紀も前の話とは。あくまで真摯な姿勢を保ちながらも、再会の望みは薄いなと残念に思った。

「んーそんなはっきりした話ともちゃうんやけど。あいつが自転車乗り続けてたら、きっとここに来るやろって。いつか行きたいって言うてたから」

そんな曖昧な……進はズッコケそうになりつつ「なるほど」と重々しく繰り返した。

フレデリックはニヤリとし、真面目に考え込む風の進に「おおきに」とこっくり首を折って礼をした。

「興味持ってもろて嬉しいわ。けどツッコミどころ満載やろ、会えるわけないやん？　ボクもそう思う。でもな、もしかしたら、万が一ってことがあるかもわからん。せやから日本人に会うたら聞いてみとんねん。進さんみたいなお節介で優しい人とブツかると愉快やし」

進はキュンとしてしまった。しゅんともしてしまった。無謀だと承知しながら、ずっと声をかけて回る根気はどこからくるのだろう。吉田《よしだ》という人物がフレデリックにとっていかに大切で、一体どれだけ価値ある物を借りたのか……

「まぁ大したもん借りたわけちゃうし。ヨシダもボクごと忘れてんねんやろ。なんせお互い七十過ぎの爺《じじい》や、ボケてても不思議ちゃう。だからそう気にせんでええよ……でもなんや、進さん、やっぱり少ぉしヨシダに似とるわ」

「四角い顔でしょうか。それとも丸い鼻、頭でっかちで胴長な体型とか？」

それほど特徴的とは思えない自分の外見を評するとこうなってしまうことが、進は我ながら切ない。

「せやなぁ、雰囲気かな。マジメが服着て歩いてる感じが」

わははッと爽快なほど開けっぴろげな笑い声をあげ、フレデリックはもう一度「ほんまおおきに」と、筋張った大きな手を差し出した。

「１２００㎞も走るんや。また会えたら、よろしゅう」

迷わなかった。いつもの進なら手を握るなんて恥ずかしくて構えてしまいそうなのに、我知らずがっちりと握手を交わしていた。熱い。外国の人は体温が高いというのは迷信らしいが、フレデリックの手は身体の芯から湧き上がる熱を発しているようだった。

「よろしくお願いします。きっと会える気がします」

心からの言葉だった。普段は確証のないことは言わない進が、この予感は本物だとどうしても伝えたくなってしまうほどに。

「きっと、またお会いしましょう。吉田さんの聞き込みもしておきます」

「ほな、少なくとも四日後。またここで」

フレデリックは目を細め地面を指差した。ここ。スタート地点でありゴール地点にもなる、パリ・ランブイエ――

足早に渡井夫妻の元に戻りながら、完走しなくてはならない理由がもうひとつできた、と思う。

進にとってＰＢＰへの挑戦は、今までのブルベとは全く異なる意味を持っていた。もし無事に時間内完走できたなら、人生で初めて「やったぞ！」と胸を張れる出来事になるだろう。真面目と健康だけが取り柄のパッとしない自分も、少しは自信をもっていいに違いない。

――僕は変わる。弱い自分を変える。そして光子さんと、向き合うんだ。

密やかな、しかし譲れない決意。進は足を止め、人知れず深呼吸をすると、一際明るい声を意識して呼びかけた。

「大変お待たせしました、行きましょう！」

十九時というのに、真昼の明るさ、暑さだ。

M組がスタートゲートに集結し、進と渡井は後方で肩を並べていた。真帆は二人の後ろでいつも以上にテンションを上げて生配信している。ちらりと振り返った進は、世界各国の参加者に囲まれ、奇異の視線で見つめられても全く動じていない真帆に恐れ入ってしまう。蚤《のみ》の心臓の自分に、その度胸をわけてほしい。

指先だけ出るグローブが、暑さと緊張の手汗でもう蒸れてきて、進は無意識に指を広げては握る動作を繰り返していた。照りつける太陽と熱された地面、上下から蒸し焼きにされて走る前から体力を削られる。

周囲を見渡せば、誰もが強そうで速そうで「百戦錬磨のブルベ・スペシャリスト勢ぞろい」といった趣だ。日差しが強いため皆サングラスをしているが、余裕しゃくしゃくの涼しい顔をしているように思え、進は額に浮く汗をぬぐった。自分がひどく場違いに感じた。

「不思議な気分でしょう？」

ムードに圧倒され口も半開きになっていた進は、渡井に耳打ちされて我に返った。内緒話をするように、自転車ごとわずかに身を傾けた渡井は、いつものように落ち着いている。

「私もね、二回目だっていうのに、やっぱり不思議なんですよ。ちょっと不安にもなる。『自分みたいな平凡なオッサンが、なぜここに？』って」

渡井はたまに進の心を見透かしたような、鋭いことを言う。だが経験も実力もある渡井が「不思議」と言うのが不思議だった。

「平凡だなんて。渡井さんはブルベのベテランじゃないですか」

「そんなことといったら進さんだって。小さい頃は田舎《いなか》の山道を自転車で走り回って、大学時代は四年間も毎日欠かさず自転車で新聞配達して、お子さんが生まれたら子供を乗っけてママチャリで送り迎えも買い物もして。私よりよっぽど自転車ライフの長い、大ベテランです」

おかしそうに顔を覗き込まれ、進は赤面した。サングラスをかけていて良かった。

「だけど私たちは選手でもないのに、得るものもないのに、遥々海を越えて地球の裏側まで自転車漕ぎに来ちゃったんですよ？　ものすごい手間とお金をかけて」

「本当に旅費がバカ高かったですね」

その点は反射的に力強く同意してしまう進だった。国内旅行の経験も乏しいなか、海外旅行の、特に近年の燃油サーチャージ代の高騰に目を剝いた。日本人ＰＢＰ参加者御用達の宿も紹介されたが、初めての海外・ヨーロッパだ。早めに前乗りして現地に慣れておこうと考えると、その宿での長期滞在はとても予算に合わない。スタート会場近くのランブイエを含むパリ近郊では難しく、それなりに電車の便の良い北郊外に格安アパートを見つけたことで、やっと倹約家の自分を納得させて大枚をはたいたのだった。

「でもそれほどまでしても、ＰＢＰに参加したいって思っちゃったんですよね」

「……そうですね」

「それで、ここにいる。ごく平凡な、そんじょそこらのオッサンや爺ちゃんが、世界中の何千もの自転車乗りと共に走る……それってものすごく不思議で、身震いするほど嬉しくないですか」

シシッと空気をもらすように笑う渡井に、進は目を洗われる思いだった。彼はなんと純真に自転車を、ブルベを愛しているのか。

嬉しい——嬉しい、のだろうか。進はまだそこまで気持ちが追いついていない。身震いはする。興奮はしている。ＰＢＰを包む熱気に当てられない参加者は誰一人いないだろう。爽だって無表情の下から押し隠した闘志を感じた。

だが進を静かに震わすのは、無謀な挑戦に身を投じる自分自身だった。挑戦も、いわんや「無謀」なんてものも避け続けてきた人生。「無理せずがんばる」が進の生き様だった。

が……

「渡井さんの仰る通りかもしれませんね。でも『得るものがない』は違うんじゃないかな」

「確かに。走り切れば認定のメダルが授与されますもんね」

進の切り返しが意外だったのか、渡井は一拍置いてからポンと手を打った。進は何も付け加えず、ただほほ笑んでみせた。

十五分毎に繰り返されるカウントダウンが、再び始まろうとしていた。ビンディングペダルにシューズをはめる。カチッと心地よい音が足裏に響いた。顔を上げると、サングラス越しでオレンジ色になった空が無限に広がっていた。このド派手なサングラスは、六十五歳になった進への歩美からのプレゼントだった。

お父さんは顔が地味なんだから、せめてこれくらいカッコつけなきゃ——僕には派手すぎると渋った進だが、娘に諭されて仕方なく受け取った。当初はこっそり装着していたが「似合うじゃないですか」と仲間におだてられ、今では自分もその気になっている。

進はじんわりと胸が熱くなった。ロードバイクに出会わなければ、ブルベを始めなければ、こんな激しいサングラスをかけることは一生なかっただろう。

右を見れば渡井、後ろを振り向けば真帆。左を向けば浅黒い肌のスペイン人男性、前にはヘルメットにエッフェル塔のぬいぐるみを載せたフランス人の背中。

がらんどうの家で独り途方にくれていた進が、気付けば「自転車」で繋がった仲間に囲まれ、知らない国を走り出そうとしている。

嬉しい——とはまた違う。ひたひたと感謝が湧き、進を優しく満たしていた。

「スリー、トゥー、ワン……C'est parti（出発だ）！」

威勢のよいスタートが叫ばれた。雄叫びを上げ両手を突き上げるカナダ人参加者に触発され、進もささやかに「ウァーい」と胸の前で拍手してみる。

後方はしばらく動かない。どれだけ視線を前に飛ばしても人人人……十数センチ間隔でぎっしり並ぶ自転車。目の前を塞いでいたその壁がほぐれるように前方に流れ出し、出発を待ち構えていた進もペダルに体重をかける。

ふぅっと身体が地上から放たれた。始めは助走のようなものだ。ゆっくりとペダルを回すうち、徐々に身体と自転車がひとつに合わさっていく。なめらかにスピードが上がり、進の老いた肉体は計算し尽くされたコンポーネントで空気を裂き、風を切る。

自分だけの力でバイクのように速く鳥のように軽やかに進み、自分だけの脚で歩いてはとても辿り着けない地の果てまで行ける。とてつもない可能性を手にしたような感覚。自らを縛っていた限界が吹き飛んでいく。

なんて自由！

――自転車のどこがいいの？

ロードバイクという美しくも危険な自転車に悪戦苦闘しつつ、みるみるのめり込んでいく進に呆れた歩美が、あるときそう尋ねた。

――どこって言われてもなぁ……

あのとき詰まってしまった答えを、進は今、フランスで唐突に見つけた。

自由。

自由になれるから。

自転車が密集している公園内の細い砂利道では、気楽に流す程度だ。スタートゲートをくぐり、ゆっくりと坂を上っていく。両脇で応援してくれる人々へのお披露目パレードという体で、道自体はさほどおもしろくない。だがこの胸のすくような解放感ときたらどうだ。

「アレアレアレアレアレ！」

大人も子供もなにか叫んでくれている。進は呪文のような祝福を一身に浴びながら、ＰＢＰという伝説に踏み出したことをようやく理解した。これからどれだけ苦しむことになるのやら……それでも思わず笑みがこぼれてしまう。

坂を上り切ると、スタートとよく似たバルーンゲートが待ち構えていた。

「あれですね、本当のスタートは」

渡井が指差した地面のセンサーを、二人同時に越えた。自転車に取り付けたナンバープレートには、名前や国旗、出走グループが記載されている他、電子チップも内蔵されている。各PCでゲートをくぐると、通過時刻を自動で読み取って記録するらしい。WEB上でリアルタイムに確認することもできると知って、進は世のハイテクぶりに驚嘆するばかりだった。

「ついに始まりましたぁ！　行って参りまぁす！」

真帆の元気いっぱいの実況中継が進の背中を押す。

「がんばれー！　がんばれええー！」

視界の片隅に、つば広帽子をかぶった渡井夫人を捉えた。両手をグーにして小さく振りながら声を嗄《か》らしている。片手を挙げかけた進より早く、渡井がビッと拳を突き出して応えた。夫人は顔を輝かせると、グーを空に突き上げて白い歯をこぼした。

夫人の笑みに一瞬、八重歯を覗かせて笑う光子が重なって見えた。

大きく右折し、今度は下りへ。途端にスピードが変わる。もう地熱なんて感じない。火照った顔にぶつかる風が心地いい。

——進くん。私、恋をしちゃったみたい。
15、17、20……サイコンに表示される時速が滑るように変わっていく。
——もうすぐ七十になるっていうのに、おかしいよね。でも、この気持ちに嘘を吐いて一緒に暮らすことはできない。

ランブイエ公園の門を抜ける。三叉路では警察が車に目を光らせ、参加者を安全にコースへと送り出していた。

——進くんが家庭を全力で支えてくれたから、私は仕事人生をまっとうできたし、歩美も立派に育った。本当にありがとう。なのに……本当にごめんなさい。

並木道に入ってもしばらくはバイクに先導され、ある程度の人数がバラけることなく一定速度でお行儀よく走っていく。

——これからは、進くんは進くんのための人生を生きてね。

バイクが離れた。スピードをあげる者、様子見で走る者……進たちは十数名の大きなトレインの後尾に付いた。進の脚力からすれば、少し速すぎる集団だ。だが脚は軽い。気持ちは前のめりだ。

進の漕ぐ先には、結婚生活四十年を前にして、あっさりと自分を捨てて去っていった妻・光子の姿があるのだった。

——お母さん、最低ッ！　散々自分勝手に生きてきて、こんなのひどすぎる——ッ。

母の家出とその理由を知った歩美は猛り狂い、咽び泣いた。絶交を宣言した。

進は身勝手な妻を怒れなかった。引き止めることも、恨むこともできなかった。自分がいかに無用で価値のない人間かを突きつけられ、頭が真っ白になり言葉を失った。

だが優秀な上司だった光子に「真面目と健康が一番！」と青田買いされるようにして結婚したときから、進はいつかこんな日がくるのではないかと密かに恐れ続けていた。

出張で使い込んだおんぼろスーツケースを引き、仕事に出るように「それじゃ」と光子が出て行ってから、進が自分の弱さを痛感しない日はなかった。「話し合おう」、「待ってる」……光子に電話の一本、メールの一本打つのにも頭痛がするほど悩み抜いた。その返事がないことに胸が潰れ、ろくに眠ることもできない。騒がしいといっていいほどの光子の生活音と笑い声が懐かしく、静かすぎる家が怖くなった。

人生の光を失い、真っ暗な闇に独り取り残された進がようやく前を向けるようになったのは、自転車のおかげだった。

自分のための人生とは？

進がようやく出した答えとは、実に単純なものだった。進はいつからか光子のために生きてきた。歩美が生まれてからは、歩美のためにも。愛する家族が進にとっての全てで、自分の人生を捧げるべき揺るぎない対象だった。

たとえ自分がもう、愛されていないとしても。

——九十時間内に、絶対完走する。僕は変わったと、胸を張ってあなたの前に立つ。

取り柄もなく、仕事の業績もパッとしなかった二十代の進は「【あの】光子さんに見初められた」ことで、ひとかどの男になった気がして誇らしかった。進の生涯唯一の自慢は、光子との結婚だったのだ。

その絶対的な拠り所だった光子に捨てられた。完膚なきまでに叩きのめされ、バラバラになった心を強く鍛え直さなくてはならない。出会って以来、ずっと仰ぎ見続けていた光子と対等に向き合うために、進自らが誇れる「なにか」が必要だった。

「待ってろよ、光子さん」

口の中で啖呵《たんか》を切ると、進は柄にもなく勢い込んで、力いっぱいペダルを踏み込んだ。

2. Aveu《告白》 120km / Mortagne-au-Perche《モルターニュ＝オー＝ペルシュ》

「なんだか美瑛《びえい》の丘を走ってるみたいだなぁ」

のんびりした口調で真帆が呟《つぶや》くと、渡井も「北海道に似てますよねぇ」と頷いた。

ランブイエを出発してしばらくすると、見渡す限り畑が続く雄大な景色が待っていた。道が広く、緩やかなアップダウンが繰り返される点も北海道に近いものがある。

スタート直後は皆どうしても心が浮き立ち、スピードを出してしまいやすい。「序盤に飛ばしすぎないように」と事前に打ち合わせしていたのだが、走りやすい大型トレインにうまく乗ってしまったため、途中離脱するのももったいないという欲が出て、もう一時間以上当初の予定より少し速いペースで進んでいた。

「信号、全然ないですね」

進は少々疲れてきた。信号がなく走行の邪魔をするものがない道は、気分良くどんどん飛ばせる。つまり足を休めることができない。少し走れば信号にぶつかる日本と違い、足を止める機会がないまま突っ走ってしまえることにじんわり恐れを覚え始めていた。

渡井に何度か「大丈夫ですか?」と聞いてもらったのに、足を引っ張りたくなくて「大丈夫」と強がってしまった自分が恨めしい。

「進さん、意外とフォームが綺麗ですよねぇ。膝がまっすぐ前に出てる」

ちょっとペース落としませんか……そう切り出そうとした矢先、隣を走る真帆にまじまじと見つめられ口をつぐむ。

「そうそう、私なんてすぐガニ股になっちゃうけど、足首を使わずにペダルを踏むとか、進さんは乗り出した当初から基本に忠実ですよね。変な癖がない」

「いやぁ、教えがあればそれ通りにしかできないというか。自己流が苦手なだけで」

サドルにどっかり乗らない。こまめにギア比を変える。適切な体重移動……渡井のアドバイスを律儀に守り『ロードバイクの始め方』といった初心者教本で付箋《ふせん》を貼りつつ勉強していた進は、初めてフォームを評価されて頬が染まる心地がした。

褒められるとどうしても弱い。あハハと濁して、また言い出せなくなる。

PBPではタイム記入と通過スタンプをもらうPC以外にも、多くの小さな町や村、ささやかな集落を通過する。道に町名の看板が現れると「もうすぐ道幅が狭くなって坂道だな」と進もパターンが摑めてきた。ほとんどの町は坂上にあるのだった。

もはや何度目か覚えていない「町上り」が始まり、しかしその度に進の胸は膨らむ。石造りの頑丈そうな建物。三角の屋根。鎧戸《よろいど》に煙突。色とりどりの鉢植え……写真や映画でしか見たことのない「ヨーロッパの家」が並んでいる。なんて素朴で美しいのだろう。

そしてその軒先で声援を送ってくれる人たち。道に飛び出さんばかりに駆け寄ってくる子供から、持参の椅子にちんまり座って微笑を投げかけてくれる老人まで、町を挙げて参加者を歓迎しているのが伝わってくる。

「PBPを走ると、ちょっとしたヒーロー気分が味わえますよ」

スタート前、渡井が含み笑いしていたのも今ではよくわかる。こんなにも自転車乗りが愛され、ＰＢＰ参加者がリスペクトされているとは、進にとって驚きを超え感激以外のなにものでもなかった。

「もうすぐ日が落ちる。ここらでベストを着ておきましょう」

大人数で隣り合って走っていたトレインがほぼ一列になり、町の中心部にある教会まで上り切ったタイミングで渡井が合図を出してくれた。道脇にはけ、集団を先に行かせる。

久々に地に足を着けた進は、心拍数を落とすイメージでボトルに口をつけた。二本持ってきたうち、既に一本が空になってしまった。もう二十時半だというのに、暑い。水を飲んだそばから体内で蒸発してしまうようだ。

「どうですかお二人、初めてのフランス走行は？」

「やっぱり走りやすいですねぇ！　車も自転車慣れしてるのか、大きく避けて抜いてくれて安心だし」

黄色の反射ベストを羽織った渡井は走り出したばかりのような涼しい顔で、興奮気味に答える真帆もどうってことない様子だ。

既に疲れてきた進は不安を悟られないよう、淡々と答えた。

「僕は大きな集団で走ったことがなかったので、周りの自転車が近くてヒヤヒヤしました」

「わかるぅ！　トレインの威力はすごいけど、ワチャッと固まって走るのはちょっと怖いですよね。ここまで約40㎞、いいペースで来れたけど、自制心を持って走りをセーブしないと後半バテそう」

真帆が進の気持ちを代弁してくれた。

日本で走るときは基本的に一列走行。進は並走経験がほとんどないため、集団のなかで抜いたり抜かされたりする度に、自転車が接触しないか気が気でなかった。妙に疲れた気がするのは、精神的なものが大きいのかもしれない。

――大丈夫、まだまだいける……

自らを励まし教会を見上げる。無宗教の進だが、質素な建物に不似合いなほど重厚な十字架に「無事に時間内完走できますよう」と、無心に祈りを捧げていた。

「進さん、水は足りそうですか？　サービスのあるＷＰ（ウェルカム・ポイント）まで、あと80km弱。タイムは上出来ですから、ここからはもうちょっとのんびりいきましょうね」

渡井のいつもの笑顔と気遣いが染みる。足を止めたのはほんの僅《わず》かな時間だが、ストレッチもでき気分転換になった。

坂を下り町を出ると、再び開けた大道路が続く。１２００km、延々とこの繰り返し。どこまでも続く野畑を横目に、真帆は急におしゃべりになった。三人のペースで気楽に走れるようになったこともあるのだろう。真帆も気を張っていたのかも、と進はようやく気付いた。

過去に経験したブルベで印象的だったコース、忘れがたい出会い、辛かった経験……自転車の話となれば、会話下手な進でも無理なく付いていける。

「自転車通勤を始めてから、五感で季節を感じられるようになりましたね。もう空気がぬくんで春が近いなとか、金木犀《きんもくせい》の香りがするから秋だなとか……女房にもそう話したら『そんな情緒的な人だったっけ!?』って不審がられましたが。電車通勤で家と会社を往復してただけの頃は気付けなかったんだよなぁ」

　自転車を始めてなにが変わったかという話題に、渡井がしみじみと答え、進も引き取る。

「そういえば僕もこれまで意識しなかったことに敏感になりました。例えば今フランスを走っていても、暑いけど湿度が低くて空気がサラッとしてて、田舎の匂いがするなとか……」

「田舎の匂いぃ？」

「なんでしょう、土っぽいような、緑っぽいような……残念ながら語彙《ごい》は増えていないのでうまく言えないんですが。どこか自分の田舎に似た空気を感じるからかな」

「進さんの田舎ってどこですか？　渡井さんに自転車少年だったって聞きましたけどぉ？」

　次々に真帆に突っ込まれ、どぎまぎしながらも進はゆっくりと答えていった。

　中部地方の山間部にある集落で農家の三男坊として生を受けた進は、昔から内向的でおっとりとした性格だった。身体が小さく要領も悪いので、喧嘩《けんか》っ早く威張りんぼの兄たちに従者のように使われ、同級生たちからは「どんくせぇ」と馬鹿にされることもしょっちゅう。常に受け身な進に対し、父は苛立ちを露わに「男ならやり返せ！」と理不尽に怒る。母だけが「心根が優しいんだよね」とかばってくれたが、その母こそが家の手伝い要員として進を最もコキ使うのだった。

「とにかく一人で静かにすごしたかったんです。だから隙あれば自転車に乗ってました。お下がりのオンボロ自転車で、遠くへ遠くへ。誰にも邪魔されないですむ場所へって」

「遠くに行きたい感覚、ちょっとわかるぅ。田舎は皆が顔見知りだから息が詰まるっていうか、少しでも外の世界の空気を吸いたいみたいなの、私もあったなぁ」

「子供の世界はとりわけ狭いですもんね。誰かに追いかけられたりすると、必死で漕いで逃げてね。あとでこづかれるとわかってても、振り切れると嬉しかったなぁ。赤錆《あかさび》だらけの重くて扱いにくい自転車でしたけど、僕にとっては唯一の友達でしたね」

当時を振り返りながら、進は失笑を禁じ得ない。自由のない地元から少しでも遠くへ逃げ出そうと自転車を走らせていた。

あれから五十年、六十年が経ち、理由こそ違えど今もまた「現実逃避」で自転車に乗っている。

「今日はここまで、明日はもっと向こうまでって、徐々に遠くへ行けるようになるのも楽しかった……」

——とはいえ、まさかフランスまで逃げて来るとはなぁ。

オンボロ自転車がロードバイクになり、逃避スケールだけは上がっているものの、ちっとも成長していない自分。呆れるのを通り越し、感慨深くすらあった。

進と真帆の後ろで、ジャージの背中ポケットから取り出したエナジーバーをかじっていた渡井が「それでふ」ともごもご言いながら上がってきた。

「初めて東京から江ノ島まで自転車で行ったとき、すごく新鮮な気持ちがしたんですよ。『電車や車を使わなくても来れちゃうんだ?』って。距離にしたら50㎞くらいだから大したことないけど、あのときの感動があったから、もう少し、もう少しって距離を伸ばして、いつのまにかブルベ馬鹿になっちゃったんだなぁ」

「原体験ってヤツですねぇ。私は元彼に誘われてなんとなく始めて、でも長距離走った後のご飯とビールがおいしすぎて、彼氏よりブルベにハマっちゃったって感じ？」

二人がけらけらと談笑を始め、今度は進が下がる。ゆるやかに先頭を交代しながら走り、このリズムのまま足をためて走ることができれば御の字だ。

二十一時すぎ、眩《まばゆ》いほどの夕日が落ちると、目の前に続く地平線がオレンジに、そして淡い朱から紫へ染まっていった。明るかった青空も水を注いだように淡く薄れ、墨汁を足し入れたようにみるみる闇が広がっていく。

ＰＢＰ最初の夜。最初の試練の始まりだ。

朝日が昇るまで、周囲の状況がわからないほど深い暗闇が約九時間も続く。初日からぐっすり寝られるほど余裕はない。短い仮眠に止《とど》め、ひたすら漕ぎ続けるのみ。ナイトブルベは「自身との闘い」という面が特に色濃く、精神的な強さも求められる。

――しっかり寝溜めして十分エネルギーも摂って、体調もまずまず……なのに、なんでぼんやりするんだろう？

街灯のない真っ暗な道に、前を行く自転車の赤いテールランプが点々と流れている。その幻想的な光景のなか、無意識でペダルを回していると、ともすれば半分夢のなかにいるような浮遊感が訪れた。

二時間以上しゃべりっぱなしだった真帆はさすがに話し飽きたのか、後ろに下がってグミを噛みだし、三人は静けさに包まれた。

「トレイン、来まぁす！　けっこう大きそう」

ほどなくして真帆の声に振り向くと、バイクか車と見紛うほどに強力なライトがいくつも夜道に光っていた。ぴかぴかと目に痛いほどだ。

「ちょうどいい、WPまで乗っていきますか」

何台もの自転車と抜いて抜かされしてきたが、なかなか脚の合いそうなトレインとぶつかることがなかった。あえてスピードをゆるめ、待ち構える形をとる。渡井が集団の先頭を引いていた男性に一声かけ、三人は吸収されるように後ろに付いた。

途端に空気抵抗が軽くなった。何重にも自分を取り巻いていた風のヴェールが一枚なくなったようだ。やはり大勢で走る威力は絶大だと唸《うな》りつつ、進は再び緊張してくる。位置交代は慎重に……少しふらついていて列を飛び出しがちな参加者がおり、余計に神経を使う。

ヨーロッパに多い、進は不慣れな円形の環状交差点に差し掛かる。周囲に迷惑をかけないよう細心の注意をはらいながら、初めてスムーズに通ることができた。が、そこで気が緩んだのか、右側から抜いてこようと上がってきた参加者に気付くのが遅れた。右側通行の欧米では右から追い抜くのは御法度と聞いていたが、慌てた進はとにかく車間を開けねばとスピードを落としながら左に寄った。

「×××!!」

瞬時に罵声が飛んできた。反射的にごくわずかにブレーキをかけ、速度を殺す。何語か判別する余裕もなく、後ろの車輪が誰かの自転車と接触した。

「ッ!?」

集団から弾き出された。落車しないよう、暴れるハンドルをなだめて必死にバランスを取る。心拍数が跳ね上がり、全身から冷や汗が吹き出した。

よろめきながらなんとか体勢を整えた頃には、トレインは既に赤い光の塊となって遠ざかっていた。ほんの数秒の出来事。だが取り返しがつかないほど遅れをとってしまった。あまりにあっけなく置いていかれ呆然《ぼうぜん》としたが、冷静さを取り戻すと、これで良かったのかもと思う。意識的に大きく息を吸い込み、吐く。倒れなかっただけ、誰かを巻き込んだ事故にならなかっただけマシだ。前にいた渡井と真帆は、おそらく進が脱落したことに気付いていないだろう。

「まぁ、やってみるさ」

独りきりになった心細さと、人に気を遣わないですむ気楽さ。

渡井ほどの脚があれば本来、進と走るより真帆と走るほうが楽なはずだ。ブルベに、ＰＢＰに誘った者として、お人好しの責任感から進に共に走ろうと申し出てくれたのはわかっていた。

——なるようになった。それだけだ。

進はスッと心が軽くなるのを感じた。とはいえ、ペダルは重くなる。一人で風を受けながら走るのだから当然だ。トレインはすっかり見えなくなってしまったが、点々と個々に続く赤い光が決して止まらず、前に前にと流れていくことが進を勇気付けた。

ぼんやりしていた頭も、いつしかクリアになっていた。

数時間ぶりに自転車から降りると、地球には重力があったのだなと思い出す。身体が重い。

零時少しすぎ、ようやくＷＰのモルターニュ＝オー＝ペルシュに到着した。深夜だというのに、黄色い反射ベストを着た自転車乗りでごった返している。通過スタンプをもらうＰＣではないため立ち寄る義務はないのだが、ランブイエから１２０㎞も走ってきたのだ。皆、少しは休みたいのだろう。

進もまた駐輪場横のドーナッツ形の巨大な屋台を横目に、サービスの行われている建物に入った。ＰＢＰで利用されるのはヴァカンス中の中学や高校の校舎らしい。

まっしぐらにトイレを目指し、すっきりした途端に空腹感に襲われた。比較的空《す》いているカフェの売店に並ぶことにする。

「進さん！　よかった、会えて」

肩を叩かれ振り返ると、渡井の丸顔があった。心なしか、つぶらな瞳が潤んでいる。相当心配させていたのだろう。

「いやぁ面目ない」

進が照れ笑いで先程のアクシデントを話すと、渡井は心底気の毒そうに「災難でしたね」と顎を引いた。

「渡井さんたちは問題なく？」

「えぇ、真帆さんは先に準備も済ませて、ちょっと動画撮ってくるって……」

「これから出発ですね。僕はマイペースに行きますから、どうぞご心配なく」

ためらった渡井に、進は笑顔を向けた。先に行くことを気に病ませたくなかった。

「集団で走るのは難しいにしても、深夜の単独走はできるだけ避けたほうがいいです。携帯もないなら尚のこと。次のＰＣまで80㎞以上ありますし、なにが起きるかわかりませんから」

それでも良心が痛むのか、渡井は早口で進の身を案じる。進が軽食を買うまで共に列に並び、なにくれとなくアドバイスを残して渡井はようやく旅立っていった。

「昼の熱波で今はまだそれほど冷えませんが、これから下がるでしょうから寒さ対策も忘れずに。あと、眠くなったら無理せずに休む！　これは絶対です、約束ですよ！」

進の心に生じた爽やかな寂しさは、決して悪いものではなかった。

カフェテリアはほぼ満席だったが、ちょうど席を立つ参加者がいて滑り込む。売店にしれっとビールが並んでいて目を疑ったものの、進は多くの参加者同様にコーラとハムサンドウィッチを選んだ。還暦すぎの食事としてはいかがなものかと思うが、ブルベ中は「高カロリー」が正義。常日頃、塩分や糖分に配慮して自炊している進だが、ブルベ中は「なんでも食べていい」ことにした。長年毛嫌いし、娘にも厳しく禁止してきたジャンクフードすらがっつき、その背徳感が密かな喜びであったりもする。

「これは……」

空腹も相まって、初めこそ勢いよく食らいついた進だったが、棍棒のように巨大で硬いフランスパンのサンドウィッチは半分も食べると疲れてしまった。咀嚼《そしゃく》にもエネルギーを消費するのだと痛感する。貧乏性のもったいない精神でどうにか胃に詰め込んだが、エネルギー補給としての機械的な食事になってしまったことが少し残念だった。

——次は食堂で食べる時間を持てるかな。

長蛇の列ができている食堂に後ろ髪を引かれながら、ものの十分で立ち上がる。

ＰＢＰを制限時間内に完走するために、まず心得ておくべきは「ＰＣ・ＷＰでの時間の使い方」だと、経験者は口を揃えて言う。建物や敷地が広いこともあり、効率的に動かないと二十分、三十分は平気で飛んでいくらしい。自転車の走行タイムを二十分縮めるのがどれだけ難しいかを考えれば、九十時間という制限時間のなかで最も簡単にタイムを短縮できるのは、各ポイントでの過ごし方というのも納得だ。

「PBP攻略の鍵は、混雑回避にあり」

そう独りごち、湯気をたてる煮込み料理やパスタの皿は見ぬふりで、急いで支度に取りかかった。ボトルの水を補充する際、日本から持参したアミノ酸も忘れずに飲む。効果が即実感できるわけではないが、疲労軽減・体力回復のために勧められたサプリは種々様々用意していた。

「このあたりのはずだけど……」

スムーズに出発できそうだぞと満足したのも束の間、自転車がぎっしり並んだ駐輪場で右往左往する羽目になった。夜目にロードバイクはどれも似通ってみえ、この場所で確かなはずだと自らに言い聞かせても、周囲の自転車が替わっているので不安になってしまう。

「あッ!?」

祈るような気持ちで端から自転車を確認していた進は、思わず腰をかがめた。年季の入ったクロモリフレーム。ALPS――

タイミングを測ったように「Oh la la（オーララ）」と楽しげな声が背中に降ってきて、進もつい頬が緩んだ。

「進さんやないの、ぼちぼちでっか?」

「はい、ぼちぼちです」

フレデリックだった。大阪弁に精通していても、若干の勘違いはあるのだなとおかしい。

飄々《ひょうひょう》とした様子で疲れなど微塵《みじん》も感じさせず、七時間ほど前に初めて短い会話を交わしただけなのに、懐かしい友人に再会したように嬉しかった。

「今から出るとこなん？　一緒に行こか」

出し抜けに誘われて驚いたが、願ってもない話だ。脚が合うかは二の次で首を縦に振る。

「ただ僕の自転車がちょっと行方不明でして……」

「ボケかますんは早すぎちゃう？」

ツッコミを入れつつフレデリックも探してくれ、笑えない状況なのに口の端がうずうずする。

人見知りの進は外国人と話したことなんて皆無に等しかったが、半世紀も前の貸し借りを忘れない義理堅いこの男には、初めて会ったときから惹《ひ》かれるものがあった。

探していたすぐ後ろの列に進の愛車である赤いジャイアントを見つけると、フレデリックは「ほな行くで」と間髪を入れずに出発した。肩を丸めて歩く姿は老人のそれだったが、自転車にまたがった途端、力強いペダリングを見せて進を瞠目《どうもく》させる。


ＷＰを出るとすぐ、急な下り坂が待っていた。冷えてきた風の中に落下していくのと等しく、寒さ対策のグローブをしていても指先が千切れるように凍え、吸い込む息が痛かった。真っ暗闇のなか永遠に続くかのようなダウンヒル。前を行くフレデリックの背中がなかったら、怖くなっていたかもしれない。

「ＰＢＰは初めて？」

ようやく下り切り、今まで同様ゆるいアップダウンを繰り返す道に入るとフレデリックが口火を切った。

「１０００km以上のライドも、海外に来たのも今回が初めてです」

「物好きやなぁ……日本でＰＢＰってそんな有名なん？」

「どうでしょう、僕は全く知らなかったんですが、ブルベを始めてから『自転車乗りたるもの一度はＰＢＰで走りたい』と語る人には大勢会いましたね。マラソンが好きな人がホノルルマラソンを目指す感覚でしょうか」

「なんやそら。でも実際、仰山おるやろ日本からの参加者」

「今回は四百人弱だったかな」

進があやふやに答えると、フレデリックは驚嘆したように目をぎょろつかせ、ふンと鼻を鳴らした。

「あれか、皆で船貸し切って自転車積んで来るんか。〈豪華客船で行くＰＢＰの旅〉って」

「いえ、それぞれ飛行機で――」

「冗談やて。ほんま遥々ご苦労さん」

進は耳が熱くなった。冗談の通じない奴、とどれだけ言われてきたことか。

「日本だけじゃなく、年々外国からの参加者が増えててな。ボクからしたらありがたいわ申し訳ないわやけど、『フランスなのにフランス語が通じん』てこぼす尻の穴の小さいフランス人もおって」

「ああ、だから今回、フランス人参加者の枠が多かったんでしょうか」

進はＰＢＰの英語版サイトと睨《にら》めっこし、これで本当に合っているのかと案じつつ参加登録した日のことを思い出した。前年度のブルベで完走した距離が長い人ほど早く申し込みができ、進は600kmの認定をもらっていたため1000kmまたはRM1200以上に次ぐ二番目にエントリー可能だった。参加者の上限は八千人。「申し込めないことはないだろう」と高を括っていたが、うちフランス枠が二千五百で確保されており、外国人枠は五千五百だけと知ってヒヤリとした。

「一応歴史あるイベントやし、フランス人が少なかったらシャレにならんちゅうことやろ」

「フレデリックさんは、今回何度目の参加なんですか？」

前回、前々回の参加は人伝に聞いていたが、フレデリックの余裕を感じさせる走りや身軽な装備からは、ＰＢＰ熟練走者の貫禄《かんろく》が滲み出ているように思われた。

「四度目。初めての十二年前は、ブレストにも着けんで脚痛めてリタイアしてな。そりゃもう悔しくて、次は絶対やったるって猛特訓して二度目でゴールしてん。でも三度目は余裕かましすぎてタイムオーバー。今回はそこそこ速く、そこそこ休んで、そこそこ楽しく。そこそこ完走が目標やな」

「いいですね、そこそこ作戦。僕の作戦はもう破綻してしまったので、あとは出たとこ勝負ってところでしょうか」

前回ギリギリ完走した渡井に、できるだけ付いていく……それが進の作戦といえば作戦だったのだが、最初のＰＣに辿り着く前から別行動の有様だ。脚もなければ経験も浅い自分が、具体的に走行スケジュールを組んだところで予定通りいかないのは目に見えていた。「どのあたりでどれくらい寝たい」と漠然としたイメージは持っているものの、とにかく前進あるのみ。

しばらく共に走ってみてわかったが、フレデリックとは走りのスタイルが似ていた。馬力はフレデリックに軍配が上がるも、上りでは進のほうが少し速い。脚も合うので走りやすかった。なによりフレデリックは一定ペースを保つのがうまく、自然と引っ張ってくれる。ついでにおしゃべり好きで、眠気をやりすごすためにも理想的な相手だった。

「しかし本当に日本語がお上手ですね。何十年も前に数年暮らしただけで、そんなに身につくものですか？　しかも方言って勉強も難しいんじゃ」

ユーモアを備えたフレデリックの雄弁さに、進は舌を巻くよりない。大学の専攻が英文学だったおかげでかろうじて基礎英語は頭に残っているものの、片言もいいところの自分が恥ずかしかった。

「身につかんよ普通！　天才やなボク」

ダハハと咆哮《ほうこう》するようにフレデリックが笑う。

「けどなぁ、フランスに戻ってずいぶん抜けてしもたんよ。でも一念発起して、また勉強し始めてん。いつかヨシダに会えたら、バシッとツッコんでやらなあかん思てな」

「吉田さんて、例の？」

せやねん……おどけた口ぶりは変わらないものの、急にしんみりとした声音になる。

「大阪で働き始めた当初はキツかったわぁ。一応日本語勉強しててん、大阪弁て言葉だけちゃうくて、アクセントも語尾も教科書に出てくるのとちゃうやん。皆ガーガー話すし、笑いのツボもようわからんし、ほんまノイローゼになりそうやった。けど、ヨシダが助けてくれてん」

一九七〇年代前半、大盛況で閉幕した大阪万博の熱気がまだ街に色濃く残っていた当時。勤めていた日系企業はグローバル展開の大手とはいえ、外国から異動してくる社員はまだ珍しく、フレデリックが初めてのフランス人だったという。会社としては扱いに困ったに違いなく、世話役としてあてがわれたのが同僚の「吉田」だった。

「ヨシダは英語が達者でな。ボクと他の社員の間に入って通訳みたいなこともしてくれた。新婚の奥さんは仏文科出ててフランス語もできる言うて、休みの日にはちょくちょく家に呼んでくれて。夫婦でほんま良うしてくれたわ」

フレデリックは目を細めた。透明に近いサングラスだが、レンズ越しの輪郭が歪んで見え、かなり度が入っているらしいとわかる。

「ヨシダの趣味が自転車で、夫婦揃ってブリヂストンのランドナーに乗ってた。そんでボクも始めたんや。けど同じ自転車ってのもおもろないから、これを買ってん」

「じゃあそのアルプス、五十年前の？」

「せや、さすがにパーツはいろいろ替わってんねんけどな」

自慢げに口の端を持ち上げると、フレデリックは吉田夫妻との思い出を楽しそうに語り出した。キラキラと目を輝かせ、微に入り細に入り、二人の優しさを強調する。

進もうんうんと笑顔で相槌《あいづち》を打っていたが、うっすら「記憶は美化されやすいからな」とも思う。それは自分が光子を想うときにも当てはまることだと自覚していた。

だがフレデリックの言《げん》を裏返せば、知人もツテもない極東に飛ばされた二十代の西欧圏の若者がどれだけ孤独だったか、吉田夫妻の存在がいかに心の支えだったかを物語っており、やはり進は力強く肯定したいのだった。

「珍しくヨシダと二人だけで遠乗りしたことがあって、あれは琵琶湖《びわこ》やったかなぁ。あいつ言ったんや、『いつかフランスでも一緒に走れたら最高やなぁ』って」

「それがパリ・ブレスト・パリに繋がるんですね」

「……大阪は楽しかった。それも全部、ヨシダと奥さんのおかげや」

ふとフレデリックが口をつぐんだ。忙しなく目をしばたたいたと思うと、ゆっくりと唇を舐めて再び語り始める。

「フランスに帰ってから結婚して、子供にも孫にも恵まれた。腹立つことも納得いかんこともあるけど、ささやかで幸せな人生や。満ち足りとった。でも五十半ばで癌《がん》が見つかって……」

「癌？」

筋肉質で厚みある上半身に、頑丈そうな太い手脚。いかにもスポーツマンタイプで健康がみっちり詰まっていそうなフレデリックと「癌」が結びつかず、進は思わず素っ頓狂な声を上げていた。

「思ったんや。『あぁこれは罰や』って。すっかり忘れたふりして楽しく生きとったけど、恩人のヨシダを裏切った罰やって」

「裏切った⁉」

更に続く突然の告白。進が二の句を継げずにいると、フレデリックは噛み締めるように続けた。

「なんもわからん日本でやっていけたんは、ヨシダと奥さんのおかげやねん。なのにボクがやらかしたせいで、音信不通になってもうて……二人があれからどうなったか、ずっと引っかかってな。もう会えへんって諦めかけたけど、閃《ひらめ》いたんや。自転車好きのヨシダのことや、いつかＰＢ

Ｐで走るかもしれん。だから絶対に癌を克服して、ボクも走らなあかんって誓った。それで復活できたんや。またヨシダと一緒に走って、謝るって決めたから」

自らを鼓舞するように、フレデリックはきっぱりと前を見据えて言い切った。

「せやからヨシダは、ボクを二度救ってくれてん。長いこと自転車から遠ざかってたけど、リハビリ兼ねてまた乗り出した。このボロい自転車乗り続けてるのもな、ヨシダなら気付いてくれるって信じてんねん。ボクと同じでガタはきてるけど、ここまできたら最後まで一緒や」

進は改めて、深い皺が刻まれたフレデリックの顔と、塗り直したらしい塗装が少し剝げた自転車を見つめた。爛々《らんらん》と光る青い瞳は力強く、丁寧にメンテナンスされているのがわかる車体は美しかった。

冷えてきた進の身体の芯で、火に薪をくべられたように熱いものが生じた。

「まだまだ、まだまだ走れますよ」

「どやろ、次回のＰＢＰは八十になるからな。まぁ今回が、最後のチャンスや」

フレデリックは軽く流したが、横顔に悲しげな色が浮かんだ。「裏切った」と表現するからには、吉田との間に抜き差しならないなにかがあったのだろう。だが本人が黙したことを、進から深追いするのは憚《はばか》られた。

「僕も探しますよ、吉田さん。きっと見つけましょう」

進が励ますと、フレデリックはわざとらしく「あ」と人さし指を立てた。

「そいえば進さん、お笑い好き？　今はネットとか便利な世の中になったやろ。大阪弁の復習兼ねて、日本のお笑い見んのが最近の楽しみのひとつやねん」

「僕は……すみません、お笑いとかバラエティとか苦手で」

「なんやもぉ！　そんなとこもヨシダに似とるわ。あいつ生粋の大阪人のくせに堅物やった」

カラカラ笑い飛ばすと、フレデリックは別の話題を持ち出した。進も一生懸命に耳を傾け、相槌を打つ。脳に霧がかかったように思考が鈍り、身体はけだるくなっていたが、不思議と眠気は訪れなかった。


「あそこ、寄ってこか」

夜更けの町を通り抜けていると、突如明るく光る一角が見えた。軒先にテーブルを出し、飲み物やお菓子をふるまっている民家だった。

ＰＢＰの参加者を応援するために、ボランティアで私設エイドを作る人たちがいるとは稲毛のブログなどで知っていた。ここに来るまでも家の前や道路脇に止めたキャンピングカーで、軽食を提供している人たちの姿を見た。だがまさか丑三《うしみ》つ時でも、あたたかく迎え入れてくれる場があるなんて……進はにわかに信じ難かった。

フレデリックに誘われ足を止めると、身体が冷えて脚もガチガチに張っていることに気付いてギョッとした。気温は一桁台まで下がり、二重に手袋をしていても指がなかなか動かない。

「ボンソワール」

最低限覚えてきたフランス語のひとつで挨拶すると、厚手のコートを羽織った老年の女性がにっこりほほ笑んでパウンドケーキやクッキーを勧めてくれた。

「ありがたく貰《もら》っといたらええ。コーヒーも飲むかって聞いとるで」

フレデリックは遠慮なくケーキをぱくつき、女性と談笑を始めた。手慣れた手付きで受け取ったコーヒーに角砂糖を放り込み、音楽的な抑揚で鼻濁音を繰り出している。フランス語で話すフレデリックが進には新鮮で、なぜかおかしかった。

「シュガー？　ミルク？」

「ノーサンキュー。メルシーボクー」

女性の息子らしい男性から、進も押し頂くようにしてコーヒーをもらう。闇夜を背景に小さな紙コップから白い湯気が立ち上っている。一口すると、食道から胃の腑《ふ》に落ちていくまでの熱がはっきりと感じられた。思わず目をつぶり、その熱の余韻を味わう。生き返る。コーヒーというよりエスプレッソの濃さで空っぽの胃には強すぎたが、それを理由にクッキーに手を伸ばすと、あまりの至福に口元がゆるんでしまった。

「真夜中のブルベで、カフェとガトーはたまらんやろ」

恍惚《こうこつ》となっていたのか、フレデリックに肘で突つかれて進は照れ笑いで頷く。フレデリックもズズッと砂糖たっぷりのカフェを飲み干すと、ため息をつくように言った。

「１２００㎞も夜通し走り続ける鬼畜イベント、好きで苦しみたくて参加するボクたちはただのアホや。でもボランティアスタッフや、こうしてテーブル出して応援してくれる人たち……なんも見返りなくやで？　アホを支えるために目しょぼしょぼさせて、全くどんな天使や」

進たちが一休みする間も、灯りに引き寄せられる虫のごとく、途切れることなく参加者がやってきた。私設エイドの住人たちも休みなくサービスを続けている。ふらつく者には椅子を勧め、毛布まで貸し出していた。

英語やフランス語が通じなくても、ＰＢＰでは「自転車」という存在が共通言語であることを実感する。国籍問わず、分け隔てなく優しくもてなす住人の姿を見つめていると、進の胸にコーヒーとはまた違うぬくもりが広がった。

――悩んだけど、来て、良かったな。

拙い言葉で感謝の気持ちを伝えると「ボン・クハージュ」と励まされた。「がんばれ」……そうだ、がんばるんだ。がんばるしかない。進は汗で汚れごわつく顔をピシャリと叩くと、フレデリックと共に再出発した。

カフェインのパンチで頭が冴え、力が湧いてきたのも束の間、三十分も走るとスイッチが切れたように気力体力共に抜けてきた。

「進さーん？」

フレデリックの呼びかけにハッとする。眠気の波に飲み込まれそうになっていた。

「少し休むか？　このペースならあと三十分くらいでＰＣ着くけど……」

遅れがちになっていた進は慌ててフレデリックの走りに合わせる。サイコンのスピードメーターはこの数時間ずっと「21km/h」で前後して動かず、驚くほど正確な一定ペースを刻むフレデリックに脱帽するばかりだった。

「大丈夫です、ＰＣでしっかり食べてちょっと寝ます」

「そか。ボクはすぐ出発するつもりやから、あとで連絡先教えてな。せっかくのご縁や」

「喜んで。いま携帯がないので、紙に書きますね」

「携帯ないん!?　それ平気なん？」

　進がまたしてもパリでの盗難事件について語ると、フレデリックに激しく同情され「ほんまフランス人として申し訳ない」と謝られてしまった。

「それじゃ奥さん心配しとるやろ……って待て。進さん、結婚しとる、か？」

　ちらと左手にフレデリックの視線を感じたが、もちろん手袋で薬指も隠されている。

「してますよ、一応」

「一応ってなんやねん」

　進がほほ笑むと、フレデリックは失言にならず安堵した様子ですかさずツッコミを入れてきた。

「今はなんというか……別居……いや、違いますね」

　皆にそうしてきたように曖昧に取り繕おうとして、進は不意に馬鹿らしくなった。

「妻は出て行ってしまったんですよ、二年前に」

「……あのな進さん、眠気覚ましに一番いいのは話すことや。なんでもええから、な」

　ぽん、と骨っぽい手で肩を叩かれた。フレデリックの芝居がかった八の字の眉とへの字の口が、過剰に悲劇的でむしろ喜劇だ。

「そうですね。説明が下手なので、話がとっちらかるかもしれませんが――」

　ぽつりぽつりと、進は光子との出会いから語り始めていた。

「新卒で入った会社で、まじめにこつこつをモットーに働いていました。三年経った頃、社内で野心満々と恐れられる、当時ただ一人の女性課長の下に配属されました。僕と同じ配下になった男たちは『女の下なんて』と不満を隠しませんでした。反抗的な態度や嫌がらせもあった。でも彼女は飛び抜けて有能で、燦然《さんぜん》と輝く星のようだった。五歳年上でしたが、十年かけても、一生かかっても、僕は彼女のように仕事はできないだろうと素直に尊敬しました……それが後に結婚することになる妻、光子です」

進は敵ばかりの光子を密かに応援した。それはつまり、女性だから、上司だからと態度を変えず、いつも通り愚直に働き、叱責も激励も素直に受け取るだけのことだった。

——お弁当、自分で作ってるの？

あの夜のことを進は鮮明に覚えている。会社の宴会で、具体的には店のトイレの前で、唐突に話しかけられた。進は酒が弱く、煙草も吸わない。酔っ払いも馬鹿騒ぎも苦手な進は、しかし場の雰囲気を壊すまいと四苦八苦して飲めない酒を飲みすぎた。結果的にトイレの前でうずくまることになった進の横に、スッと腰を下ろしたのが光子だった。

——いつもご飯と肉野菜炒めでしょう。

節約から自炊を心がけ日々弁当を持参していた進は、代わり映えのない中身を見られていたことに気付き、酔いで赤らんでいた顔が更に真っ赤になった。

しかし光子は意に介さず、仕事中には見せたことのない無邪気な笑みを浮かべた。

——君は、いい旦那さんになるね。

思えばあの時から、光子は進の本質を見抜いていたのかもしれない。

「同期が出世し始めても、僕はずっとマイペース。会社でのし上がろうとは全く考えなかった。そんな地味でうだつが上がらない男に、なぜか光子さんは興味を持ったみたいで……」

男性主体で下ネタのオンパレードになる酒の席は、光子にとっても居心地が悪かったのだろう。飲み会のたびに蚊帳の外に置かれる二人は、店の片隅や廊下でとりとめのないおしゃべりをした。

「あるとき『初給料でなにを買ったか』と聞かれて『自転車』って答えたら『私もサイクリング好きなの』って……初めてのデートは、東京湾のサイクリングでした」

——東京の夜景はきれいだけど、星が全然見えないのが残念ね。

——僕の田舎はなんにもないけれど、星だけはきれいでした。

そんな会話を交わした一年後、進は田舎に光子を連れて行った。入籍の報告だった。

「国副って変わった名字でしょう？　光子さんの姓なんです。僕の家はどこにでもある平凡な名字でしたし、せっかくなら希少な『国副』姓に変えたい、と僕から申し出ました。結婚して名字を変えると役所や銀行の手続きが面倒とも聞いていましたし、仕事上で支障が出るとしたら僕より圧倒的に光子さんのほうでしたから。でも家族に反対されるだろうなと思って、事後報告したんですよ。案の定、父親には『家を捨てたのか⁉』と青筋立てて怒鳴られました。国副家には甚《いた》く恐縮されましたが、僕ら二人で決めたことです」

仕事に燃える光子はキャリアアップで転職し、頭角を現し始めた。進は会社に残ったが、出世街道を完全に外れ、同期の「姉さん女房の尻に敷かれて、婿入りまでして」という哀れみと蔑みの視線が消えることはなかった。仕事はほどほどに家事一切を請け負い、主夫として妻を支えることに全力投球した。

幸せだった。

「四十間近になった光子さんから『そろそろ子供を』と提案されたときは、『結婚しよう』と言われたときと同じくらい衝撃を受けました。もちろん、良い意味で。ただ当時は男性の育休という概念がありませんでしたから、子供が生まれたら僕は仕事を辞めるしかありませんでした。マッチョで頭の固い部長に『女の腐ったような奴』と罵られましたね。だから『それは女性に失礼なんじゃないですか』って、退職願を置いてきた。あのときの部長のなんとも言えない顔、忘れられないな」

子育ては大変だったが、娘の歩美はかわいくて仕方ない。散財せず家計をやりくりする醍醐味を覚え、チラシの特売の丸つけが楽しかった。

三十五年ローンで日当たりの良いマンションを購入した頃、転職先で「女性初の管理職」になった光子は忙しさが加速した。深夜残業に出張。念願だったはずの「マイホーム」にほとんど帰ってこない。

「僕のワンオペ育児も限界にきて、見かねた義母が助けに来てくれました。控えめで遠慮がちな方で、光子さんとは正反対でしたね。一緒に台所に立って国副家の『おふくろの味』も教えてもらいました。数年前に亡くなりましたが、僕や娘にとっても大きな存在でした」

仕事を愛する女性のキャリアモデルになる——いつからか次世代を見据えた夢を描くようになった光子を応援することが、進にとっても生きがいになった。

「光子さんはリタイアしてからも、働く女性やシングルマザーの支援団体をサポートするために飛び回っていました。そんなパワフルな彼女を尊敬していた。でも、だからこそ僕のような自分の夢もなにもない『尽くす男』は、おもしろみに欠けたんでしょう」

二年前に「好きな人ができた」と出て行かれたことまで吐き出してしまうと、進の胸に重くのしかかっていたものが少しだけ軽くなった。

「それからまるっきり連絡ないん？　それはさすがに酷いんちゃう！」

「やっぱりけっこう、酷い話、ですかね？」

「これが愉快な話かい！　いくら奔放とはいえ自分勝手すぎやろ。人としてどうなん」

進の長い回想に付き合ってくれたフレデリックが縦長の鼻の穴を横にも大きく広げて憤慨するのを見て、進は目が覚める心地がした。

――そうだよな。怒って当然……僕ももっと正々堂々と怒れば良かったんだ。

理由が理由なだけに、「妻の出奔」は疎遠になっている親族にはもちろん、大切な自転車仲間にさえひた隠しにしてきた。歩美が周囲に話しているかどうかは知らないが、少なくとも進のなかでは絶対の秘密にしており、第三者の反応を受けたのはこれが初めてだった。

「夫の献身を踏みにじりよって……」

憤懣《ふんまん》やるかたない様子でぶつぶつ小言を垂れるフレデリックに、つい頷く。励まされるように、光子に対しまっすぐな怒りが芽生えた。それは不思議と前向きで健やかな、自らを奮起させる怒りだった。

ここが外国で、フレデリックが外国人という気安さからだろうか。単に疲れ切っていて、頭で考えるより先に口が動いてしまっていたのかもしれないが、包み隠さず打ち明けて良かったと思えた。

「しかし進さん、冷静やな。まるで仏さんや」

「いえ、仏だなんて……この年になって妻に捨てられるなんて恥ずかしい。いわゆる寝取られ亭主かと思うと被害者ぶることはもっと恥ずかしくて、どう反応するのが正しいかわからないだけというか」

「男だろうが女だろうが、浮気する奴は浮気するやん。されたほうにも問題があるっちゅう言い分もあるんかもしれんけど、浮気したほうが悪いのは確かやろ。奥さんとしては出ていくって形で筋を通したのかもしれんが、話聞く限りボクは納得いかんッ」

フレデリックは弱腰の進が理解できないというように語気を強くした。

「娘は怒り狂ったんですよ。今思えば、そのぶん自分は冷静でいなくてはと感情を制御していたのかもしれません。なんというか、家族二人で光子さんを敵にしてしまうと、彼女の帰ってくる場所がなくなってしまう気がして」

「帰ってきてほしいんか。そんな酷い裏切り方されたのに?」

「……よくわかりません。少なくとも、もう一度会いたい。あまりに突然の、一方的な別れだったから――」

進は天を仰いだ。ガイドブックには決して載らないであろう名も知らぬフランスの内陸部。常夜灯もほとんどない真っ暗な深夜、星だけがパノラマのように広がる空に惜しみなくちりばめられ、夜通し自転車を走らせる物好きを慰めている。

「彼女に去られてから、ずっとうじうじしていました。せめて話し合いたくても、自分は何も誇れない、つまらない人間だって知っているから足がすくんで動けない。でもこのPBPを無事に時間内完走できたら、勇気を出して光子さんに連絡してみようって決めたんです」

「なんや、つまり進さんも会いたい人のために走ってんのか」

苦虫を噛みつぶしたような顔をしていたフレデリックが、ニッと歯を剥いた。

「こんな外国くんだりまで来て……アホやなぁ。パパッと連絡したればいいだけやのに。ボクらこないボロボロになって願掛けて、ほんまややこしいなぁ！」

「ほんま、ややこしいですねぇ」

二人の笑い声が弾けた。進が腹の底から笑ったのは、ずいぶん久しぶりのことだった。


〈4H47〉。

ようやく最初のPCであるヴィレンヌ＝ラ＝ジュエルに到着し、ブルベカードにタイム記入と通過スタンプをもらう。スタートから十時間弱で２０３㎞走れたのだから上出来だ。全てはフレデリックの素晴らしいペース配分のおかげだが、遅くとも十二時間以内でと考えていた進にとっては、少々出来すぎかもしれない。今しっかり休まないとまずいのは、頭より身体がよくわかっていた。

「深夜やさかいわからんけどな、ここは帰り、ほんまにお祭り騒ぎやで。屋台なんかも出て、日本の夏祭り状態。青いTシャツのボランティアスタッフは今までもよく見たやろうけど、蛍光グリーンのTシャツ着てる子供ボランティアスタッフ。あれはここ独特やな」

経験者の解説に感心しつつ、お互いに交換した連絡先をしまう。フレデリックは進より三十分遅いスタートの「O組」なので、だいぶ走行ペースが速い。ここで別れれば、もう共に走ることはないかもしれないと少し感傷的になりながらも、進は「必ず吉田さん探しの報告をする」と約束した。

「お互い、会えるとええな」

二度目の握手を交わす。進の惨めな打ち明け話を聞いても、馬鹿にせず同情もせず、最後はかりりと笑いあってくれた、青い目の同志――

次のＰＣへ着実に駒を進めるため、大股で建物を出て行くフレデリックを見送りながら、進はＰＢＰに懸けた決意を改めて胸に刻み込んだ。


食堂で大盛りのボロネーゼパスタを口に運んだ瞬間、懐かしい記憶が蘇った。

「離乳食完了期……いや、中期」

この茹ですぎたぐでぐでの食感。赤ちゃんの頃から歩美はパスタが好きで、よく作ったものだ。皿からこぼれそうなほど気前よく盛ってもらったソースも、どこか間延びした薄味で離乳食を彷彿《ほうふつ》とさせる。隣でどばどば塩を振っている干からびた顔の参加者を見ているうち、つまり塩味を感じないのは汗と共に体内のナトリウムが排出されたからではと思い至った。

進も塩を足しながら、出自も年齢も異なるのに、ここにいる皆が同じ苦難を共にしているのだなと奇妙な心地がした。誰もが一様に着ている黄色い反射ベストがユニフォームのように思えてくる。そういえば「黄色いベスト運動」なんてニュースで見聞きしたが、これが連帯というやつか……

ビクリと身体が跳ね、フォークが床に落ちた。いつのまにか机に突っ伏して眠っていたらしい。周囲に頭を下げながら、慌ててフォークを拾いあげる。デジタル腕時計を確認すると二十分ほど寝ていたようだ。

――もう少し寝ていくか？

しかし仮眠所を覗くと人が並んでいる。「八人待ちですよ」ちょうど受付を離れた日本人参加者が苦笑いで教えてくれ、進は出発することにした。到着してから既に一時間半近く経っている。先ほどの仮眠で少しすっきりしたので、次のＰＣまでなら保つだろう。

――それに、もうすぐ……

六時十五分。まだ暗い。ＰＣに入ってくる自転車のライトに照らされながら、進は走り出す。

――たぶん、もうすぐ……

ほどなくして、地平線がぼんやりと薄明るくなってきた。

「朝日だ！」

すっかり見慣れた延々と続く農業地帯に太陽が上っていく。辛く長かった夜が明ける瞬間ほど、走っていて胸が震えることはない。理屈ではない生の喜びが溢れてくる。

進は大きく目を見開き、フランスの空が澄んだ水色に染まっていく様を脳裏に焼き付けた。ひとまずは二日目の朝を無事に迎えられたことに感謝した。

相変わらずゆるやかなアップダウンが続く道を、心拍数に気をつけながら淡々と走る。下り坂でロケット型のベロモービルが弾丸のように走ってきて、あっというまに視界から消えたのには度肝を抜かれたが、徐々に自分のペースが摑めてきた。抜いたり抜かれたりも怖くない。

例年より寒さは厳しくないようだが、放射冷却のせいか七時をすぎて急に冷えこんできた。身体の内は燃えているが、吐く息が白い。向かい風も強くなってきて負荷が上がる。外気にさらされている肌がピリピリした。

小さな町に入ると、どの家の軒先にも示し合わせたようにお手製の自転車オブジェが飾られていた。行く先々の町や村で、電飾を巻き付けた自転車やサイクルジャージを着たカカシ、応援メッセージの横断幕などＰＢＰ参加者に向けた装飾を見つけることができ、それを探すのが進の楽しみのひとつになっていた。参加者を鼓舞してくれるのはもちろん、住人たちも楽しんで作ったのだろうと思えるものばかりなのが嬉しいのだ。

まだパン屋しか開いていない町で、自転車が吸い寄せられていく家がある。私設エイドだ。まだ離乳食パスタが胃に残ってるしな……と行き過ぎかけて、掲げられた段ボールの手書き看板に〈FOOD〉や〈DRINKS〉の他、〈WC〉の文字を見つけ急停止する。

「オハヨウゴザイマース」

「あ、どうも」

元気の良い日本語の挨拶に意表を突かれ、つい間の抜けた返事をしてしまう。長い金髪を後ろで結い、鼈甲《べっこう》のメガネをかけた恰幅《かっぷく》の良いマダムがチャキチャキとサービスをしていた。

「クッキー？　オニギリ？」

なんとクッキーの横に、おにぎりが並んでいる。腹ペコではないが、進は迷わずおにぎりをご馳走になった。不格好な丸みをおびた三角形。まさかＰＢＰ中におにぎりが食べられるとは……思わず顔が綻ぶ。中はマヨネーズたっぷりのツナだった。

「おいしい！　ベリーグッド！」

感極まって親指を立てると、マダムも「そうだろう」と言わんばかりに誇らしげに頷く。もうひとつ手を伸ばしたくなるところを自制し、熱いコーヒーをもらった。

片言の日本語と英語で話してみると、マダムは日本食レストランで働いており、自身も和食が大好きなのだという。共にエイドを切り盛りしている女性陣も、レストランの同僚らしい。

「そこのうるさいのが旦那」

マダムが笑いながら指差す先には、コーヒー片手に参加者とおしゃべりに興じる男性の姿があった。

「旦那は過去二回、ＰＢＰに参加してたてね。そのときたくさんの人に助けられたから、今度は自分たちが恩返しする番だって」

「そのわりに自分は働かないんだけどね」

「男は好きなことばっかり夢中になるんだから」

カラカラと明るく笑いあう働き者の女性たちに、進は頭が下がるばかりだった。

「あの……お借りできますか？」

おそるおそる〈WC〉を指差すと、マダムが鷹揚《おうよう》に家に招き入れてくれた。ＰＣではもちろんのこと、ルート上で公衆トイレを見つければ利用していたが、寒さや体調の急変で催すこともあるので油断ならない。清潔な自宅のトイレを使わせてもらえるなんて夢のようだった。今までずっと腰を半分浮かせていたが、どすんと便座に座れるのもありがたい。あたたかな室内であることも手伝い、進は気が緩んでトイレで再び寝落ちしそうになった。

洗面所でこっそりお湯を使って顔まで洗わせてもらい、せめてなにかお礼をしたいなと思う。

日本人の中には私設エイドでお世話になったときに渡せるよう、浮世絵のポストカードや和風シールなど、軽くかさばらないものを事前に用意して走る者もいた。進も考えなくはなかったが、走る前から他力本願のようで気が引けたのだった。しかしここまでしてもらうと、厚意でのもてなしとはいえ、なにもお返しできないのは申し訳ない気がする。

悶々《もんもん》としつつ戸外へ出ようとして、玄関に飾られた写真に目が留まった。若かりし日のマダムたちの結婚式、子供の誕生日パーティー……幸せいっぱいの写真に目を細めていると、最近撮ったらしいレストランでの一枚を見つけた。エイドにいた女性たちや笑顔の日本人も数名おり、ここが職場なのだろう。フランスに来て日本食ブームを目の当たりにしたが、世界のあちこちで日本人ががんばっているんだなと励まされる。

「あなたも日本で外国人が困っていたら、助けてあげて」

結局、わずかだがお金を払おうとして「Non non!」と怒られてしまった進は、優しくそう諭された恥じ入った。たくさんの人に助けられたから、今度は自分たちが恩返しする番だ——マダムはそう言っていたではないか。ＰＢＰだけの話じゃない。自分も親切を返していけばいい。単純なことだと腑に落ちた。

「帰りもオニギリを作って待ってるわね」

「ありがとうございます！　また明日……いや明後日！」

お米パワーは偉大だ。向かい風は止まないが、それくらい撥《は》ね除けてやろうと思える。進はウインドブレーカーを脱ぎ、自転車中央に取り付けたフレームバッグに丸めて入れた。アームカバーに付け替えた上半身がスゥスゥしたが、走り出せばちょうど良いはずだ。

時を同じくしてエイドを出たフィリピンからの参加者に声をかけられ、しばらく共に走ることになった。お互い弱り切って笑うしかないほど言葉が通じなかったが、時折眼差しを交わすだけで充分だった。

空気は既にぬるんできて、今日もまた暑くなりそうだった。

3. Bretagne《ブルターニュ》 353km / Tinténiac《タンテニアック》

太陽が上り胃袋もしっかり満たされたことでエンジンがかかったのか、二つ目のＰＣがあるフジェールの街にも理想的なタイムで到着した。立派な城塞がある観光地で、進の思い描く「ヨーロッパの古い街並み」を今まさに走っていることに興奮する。

コントロールが行われているＰＣ会場は体育館らしく、壁にはバスケットゴールが付いていた。高い吊り天井からは優に畳四畳はある巨大な国旗が幾重にもぶら下がっており賑々しい。イタリア、ベルギー、中国、たぶんチェコ、おそらくポーランド、きっとルクセンブルク……だがどこの国の旗なのか大半わからない。国旗の無知もさることながら、進の世界地図はずいぶん狭く限られているのだと気付かされる。日本はないことがちょっぴりだけ寂しい。

〈BAR〉と張り出された一角の壁には、青地に黄色い星がくるりと輪になっている欧州連合の旗が飾られていた。まだそれほど空腹でもなく、クロワッサンとバナナ、ジュースで軽く早くエネルギーチャージをすることにした進は、代金を支払う際に指差しながら尋ねてみた。

「あそこにかけられている、フランス国旗の隣の旗はなんですか?」

コントロールの受付所には、トリコロールともうひとつ、白黒の横縞の旗が下げられていた。アメリカ合衆国の旗のように左上は四角いスペースが取られ、やはり白地に黒でモミの木のようなモチーフが三列、計十一個並んでいる。

「Gwenn ha Du（グウェン・ア・ドゥ）」

耳慣れない硬質な響きに進がぽかんとしていると、今度はおかしそうに「Drapeau Breton（ドラポ・ブルトン）」と言われた。

「ぶるとん……あぁ、ブルターニュ？　フラッグ・オブ・ブルターニュ？」

ブルターニュ地方の旗らしい。片言の英語でやり取りするに、モミの木のようなモチーフは「エルミン」という動物だというが、それがなんなのかまではわからなかった。こういうとき携帯があれば検索できるのにと、手元にないことを初めて残念に思う。

――そうか、もうブルターニュ地方まで来たんだ。

せかせかと軽食を食べ終えると、準備を整えてすぐに出発した。時計を確認すると十一時すぎ、三十分強の滞在時間で済んだことに満足する。

良いリズムで走り続けられそうに思われたが、午後になると急激に日差しがキツくなった。もう少し塩分の強いものを食べるべきだったか……進は少し不安になったが、次のＰＣ３までは約60㎞。スタートから最初のＷＰまで１２０㎞離れていたのだから、その半分の距離だ。ＰＣ１から2も約90㎞離れていたことを考えれば、だいぶ近い。途中、日陰を見つけて休憩してもいい。大丈夫、大丈夫……

自らを励まし、一定ペースを意識してペダルを回す。が、遮る物が一切ない田舎道では日差しが強烈なビームのように背中に突き刺さる。サイコンの温度計はついに三十度を超し、暑いを通り越して痛みすら感じてきた。

ちびちび口に含んでいた一本目のボトルの水が残り少なくなり、進は今までやったことがない荒技「頭から水被り」を実践することにした。ヘルメットに空いている通気穴から頭皮めがけてじゃっと勢いよく水をかける。だらだらと額や首筋をつたって流れ落ちる水自体が既にかなりぬるく、爽快さはさほど感じない。が、暑さであっというまに蒸発し、その気化熱で皮膚表面の熱が奪われる。汗をかくと体温が下がるのと同じ原理で、水を被った直後だけは救われるのだった。

一度「水被り」に味をしめてしまうと、ついついボトルに手が伸びる。だが身体の内にこもった熱はそう簡単には出ていかず、表面だけ冷やしても結局は焼け石に水という気もした。とはいえ、この灼熱《しゃくねつ》地獄からわずかでも逃れたい。

──飲む分も残しておかなきゃな……冷たい水、飲みたい……

ずっと買い物できる場所を探していたが、日本のコンビニのようにどこにでもあるわけではない。自販機も存在しない。改めて日本の便利さを痛感しながら、進は朦朧《もうろう》と脚を動かしていた。

命綱のようにあと一口だけ水を残して走っていたところ、突然足に力が入らなくなった。吐き気がするほどの空腹を感じ、道脇に逸れる。青々とした緑が続く野で、平和そうに草を食《は》む牛の群れの横に尻餅をつくと、持っていた補給食をありったけ胃に放り込んだ。

気分が悪い……

典型的なハンガーノックの症状だった。エネルギー摂取には気をつけていたはずなのに、暑さで水分補給に気を取られすぎていた。しばらく木陰で休んでから出発したが、それからも何度も脚を止め、頭を低くして息を整えなければならなかった。ついに最後の水も飲み切ってしまい、そろそろ町か村に着いてくれないと本格的にまずい状況に追い込まれた。

ＤＮＦ――リタイアが頭にチラつく。まさかこんなところでと即座に打ち消し、生唾を飲み込みながらじりじり前進していると、路肩にバイクを寝かせ休んでいる参加者が見えた。

「サドルくん!?」

進より一時間先にスタートした悟だった。がっくりと首を落とし座り込んでいる姿には、既に戦意がなかった。

「外国ブルベ、舐《な》めてました……今回はもう無理っス。次、体調万全でリベンジします」

よろよろと自転車から下りた進に気付いた悟は、顔を上げるのも辛そうに絞り出した。

もともと身軽でスピードのある悟は、当初は計画通り飛ばしていた。だが予期せぬメカトラブルが重なり、自転車の修理に時間を費やしたうえ、ロスした時間を取り戻そうと実力以上に速いトレインに乗って体力を消耗してしまったという。

「時差ボケも治らないし、お腹の調子も悪いまま……熱中症一歩手前なのか、頭痛もしてきてヤバイなぁなんてぼんやりしてたら落車しちゃって。もう体力気力共にゼロですよ、ゼロ」

片方の唇の端だけ吊り上げた痛々しい笑みを前に、進はどう慰めればよいかと胸が詰まる。

「この暑さは本当に応えますね……僕も少し前から急に……」

進がハンガーノックに陥っていると知ると、悟は這うようにして立ち上がり、自転車に積んでいた補給食を譲ってくれた。

「俺も水はギリなんですが、こっちはもう必要ないんで」

申し訳なさに鼻の奥がツンとするが、進は厚意に甘えて一番栄養のありそうなカロリーバーにかじりついた。無心に咀嚼しせっかちに飲み込むと、胃の中でポッと燃えるのがわかった。すぐさま細胞に染み込み、力が戻ってくる。新し物好きの悟が、海外通販含め様々に試したなかから選りすぐったというスポーツ専用のリカバリー食は効果てきめんだった。

「ＰＢＰで必要なのは三万五千キロカロリーっていわれてます。次のＰＣでちゃんと食べて、寝たほうがいいですよ」

あらかた食い尽くすと、嘘のように吐き気や気持ち悪さが引いていた。遠のいていた身体が自分の元に戻ってきた感覚があった。残りの補給食をジャージの背中ポケットに詰めると、いくら礼を繰り返しても伝えきれないもどかしさを抱えつつ、再び自転車にまたがる。

「焦らないで。俺みたいにならないように……完走、祈ってます」

悟が進の腕に軽い拳をみまった。キリリと痛かった。

リタイアする仲間を置いていくのが、こんなに心苦しいなんて……

後ろ髪を引かれる思いで進が振り返ると、悟は細い腕をゆらゆらと振って送り出してくれていた。もう一度振り返ったとき、そのシルエットは既に曖昧で、すぐ見えなくなった。

悟の分まで走る――月並みだが、自分にできるのはそれだけだ。進は自らに強く言い聞かせながら、一方で「絶対に時間内完走する」という頑なな決意が弛緩《しかん》していくのがわかった。

――僕より実力のある悟くんでもＤＮＦ……やっぱりＰＢＰを完走するって相当厳しいんだ。

生半可な気持ちでＰＢＰに挑戦する者などいない。悟は進以上にトレーニングを重ね、ＰＢＰ攻略に向け入念な準備をしていた。「Zwift（ズイフト）」を介して共に走り、同じＰＢＰ初参加者として楽しみや不安もたくさん分かち合ってきたから、悲しいほどに悟の努力を知っている。

この夏、進はＰＢＰの特訓にズイフトを導入した。

「オンライン上で様々なルートを世界中の自転車乗りたちと走れる、バーチャルトレーニングアプリです」

渡井からそう説明を受けたときには目をぱちくりするばかりだったが、要は「室内サイクリングを楽しくする仕組み」だという。自転車の後ろのタイヤを外して専用機器を取り付ければ、コースが坂道になると斜度に合わせて負荷がかかるなど、体感的に本当にアップダウンしているように走れる。「特に夏のトレーニングには必須ですよ」と何度も勧められたが、室内サイクリング自体が味気なく思えて苦手だった進は、当初はのらりくらりと勧めをかわしていた。だが早朝ならまだしも、日本の炎天下で何時間も自転車を漕ぐのは命に関わる。何度も汗だくになって死にかけ、進は仕方なく簞笥《たんす》貯金を切り崩し、半分ヤケのように渡井が使っているのと同じ上位モデルを購入した。

——どうしてもっと早く買わなかったんだろう！

想像を大きく上回るリアルな走り心地に感動し、進は使用初日から吝嗇《りんしょく》な自分に歯嚙みした。室内とはいえ汗をかくので、風を切って走る演出も兼ねて扇風機も設置。歩美にもらったお下がりのタブレット画面のなかで、アバターなる進の分身はなかなか凜々しく、バーチャルの世界であっても時間やルートを事前に打ち合わせて仲間と共に走れるのも嬉しい。

「NYの次はロンドンを走ろう」

「凱旋門を走れる特別イベントがあるらしいよ」

オンライン通話も併用し、わいわい語らいながら走っていると、まるで本当に皆でサイクリングに出かけたように心が弾んだ。何十キロという距離でもあっという間だった。

家に独りきりなのに、どこにも行けないのに、くるくるペダルを回しているときだけは世界中の自転車乗りたちと一緒なのだ。

――科学の進歩は素晴らしいなぁ。

インターネットといえば「知らないものを調べられる便利なもの」程度の認識だった進が、あれよあれよと未知の世界に踏み込み、毎日飽きずに没入していた。

「よくわからないものは怖い」。保守的な進は、いつからかそう信じ切って疑うことすらなくなっていた。だがその「よくわからないもの」が、こんなにおもしろいなんて……人生も後半になり、ようやく「未知」が持つ輝きを知ったのだった。

――あんなに張り切ってたのに、サドルくん、悔しいよな。

同じブルベクラブでPBPに参加する者たちが集まり、ズイフト上で走ったことがあった。その仲間内で一番若い悟が、一番はしゃいでいたのを思い出す。

「ブルベ始めたときから決めてたんです、いつか絶対PBPに出るって。そんでブレストでムール貝をバケツいっぱい食べる！　楽しみだなぁ！」

だがブレストまで辿り着けず、帰国するのだ……

顎をつたい汗がしたたるのと同時に、進はため息を漏らしていた。譲ってもらったエナジージェルを吸いながら、諦めた悟と出くわしたからこそ、自分は奇跡的にまた走り出せている皮肉を思う。

ＤＮＦするのは、時に走り続ける以上の勇気が必要だ。特にＰＢＰのような特別なイベントでは。もちろん恥ずかしいことではなく、「自己責任・自己対処」が基本であるブルベにとって最も大切なのは引き際をわきまえることだと言ってもよい。

――サドルくんはすごいよ。本調子でないなか、外国であそこまで約３４０km……よくがんばった……

心の中で大いに悟を労いながら、既に諦めた仲間がいることに安堵している。ありえないと突っぱねていたリタイアという選択肢が、進のなかでぐっと存在感を増していた。

悟の厚意と応援を絶対に無駄にしたくないという闘志と、走りきれなくてもしょうがないという冷めた達観。ふたつがなんら矛盾なく胸の内で膨らんでいくのを、進自身どうすることもできなかった。


タンテニアックの街に入ると、荘厳な石造りの教会がでんとそびえていた。有名な観光名所だろうかと見入ってしまうほど立派な、あれは確か聖トリニティー教会……稲毛のブログ内ＰＢＰレポートで、過去二回とも写真をＵＰして紹介していた記憶がある。進もまたこの目で実物を拝めたことが感慨深い。と、思うだろうと思っていたが、あまりにへとへとで感情が薄れていた。なんとか三番目のＰＣに着けそう、ということが全てだった。

――予定よりずいぶん遅れたけど、しっかり休んでいかないと……

タンテニアックのＰＣはカラフルな花飾りをあしらった自転車を街灯にそのまま括り付けるようなワイルドな装飾で、一般人の観客も多く大賑わいだった。いかにも祭の華やかさだが、進は楽しむ余裕もなくコントロールに直行する。タイム記入とスタンプをもらうと、倒れ込むように木陰に腰をおろした。

久方ぶりにシューズを脱ぐと、足からむわっと湯気が放たれるようで思わず鼻に皺がよる。ペダルと足を固定するため靴底に留め具がついているビンディングシューズは、歩きにくいうえ締め付けがキツい。脱ぐだけでだいぶ楽になり、PCに裸足の参加者がいたのも頷ける。

進はどでんと寝転がった。雑草がチクチクとくすぐったく、土の香りに癒される。身体を地に預けると、その心地よさになぜ人間は二足歩行しているのかと思うほどだった。

——外で寝転がるなんて、何年ぶりだ？

記憶をたぐってみても、なかなか思い出せない。数年前、数十年前……やっと蘇ったのは、歩美がまだ小さい頃、家から少し遠い総合公園まで自転車でピクニックに行ったときの一コマだった。

家族三人の弁当に、歩美の好きな唐揚げと光子の好物の磯辺揚げ、どちらも張り切って前夜に揚げ、翌朝には歩美のための卵サンドを作り光子のためのおかかむすびを握った。二人がお腹いっぱい食べて残ったぶんを進がさらい、はちきれんばかりになった胃を空に突き出して芝生に寝転んだ、あの麗かな春の午後。

——あれが最後か……楽しかったな……

腕時計のアラームが鳴り、ぼんやりと目覚める。人が激しく行き交っているすぐそばで、大の字になっている自分に一瞬混乱した。だが進のすぐ横で猛獣のようないびきをかいて寝ている参加者を見て、そうだそうだとおかしくなる。

アラームは一時間でかけていたが、ずいぶん頭がしゃきっとした。やはり横になっての睡眠効果は素晴らしい。

空腹を感じる前に食べておく重要性が身に染みた進は、毒々しいピンクの豚のハリボテが出迎えてくれる食堂に並び、Entrée（前菜）・Plat（主菜）・Dessert（デザート）のフルコースを頼んだ。といっても、学食のようにいくつかのメニューから選んでトレーに載せていくだけだ。じゃがいものソテーと肉々しいハンバーグステーキもなかなかだったが、人参サラダが酸っぱくておいしい。水分の多いフレッシュなものを身体が欲している。リンゴのコンポートとヨーグルトで胃腸を整えたつもりになり出発した。

もう十七時。殺人的な日差しが少しやわらいでいてホッとする。

「Hi! How are you?」

それなりに満足いく状態で走れている自分に胸をなでおろしていると、後ろからやってきた二人組に声をかけられた。真っ青なジャージには白抜きで「ITALIA」。その国名をアンダーラインで強調するように緑白赤の三色国旗が帯状にデザインされている。シンプルだがとても目立ち、その多さもスタート地点から際立っていた。反対にイタリア勢の二倍は参加しているはずのドイツ勢を、進はほとんど見かけていない気がする。国旗の描かれた自転車のプレートは横に並ぶまで見えないため、どこの国からの参加者かを推測するにはまずジャージだった。

進はスタート時は慣れ親しんだクラブジャージ、途中の着替えにＰＢＰオフィシャルジャージ、そして最後は日本ジャージでゴールしたいと用意していたが、参加者が国のオフィシャルジャージを着るか、銘々好きなジャージを着るかにもお国柄が出るらしいと興味深かった。

五十前後と思われるイタリア人二人組は、身振り手振りを交えて進に「一緒に走ろう」と持ちかけてくれた。ありがたく肩幅のある巨体の男性の後ろに付くと、「風除け」の定義を彼に書きかえたいほど風の当たりがやわらぎ目を見張る。

二人組は脚の合いそうな参加者にはどんどん声をかけ、やがて中規模トレインを形成した。弾むような陽気なイントネーションで的確に指示を出してくれ、集団に慣れていない進でも走りやすい。

一定リズムでローテーションを繰り返していると、あっというまに25㎞先のWP・ケディアックに着いてしまった。数名は離脱したが、進含めほとんどがこの快適トレインから降りることなく、次のPC・ルデアックまで直行することを選んだ。

クイと手で合図を送られ、進が皆の先頭に出る番となる。巨体に守られていた後の最前線は、空気抵抗をもろに感じて尻込みしそうになるが、十数人を率いて走るのは妙に誇らしかった。ペダルが重くなり、呼吸はやや浅く、心拍数も上がってなお湧き立つ快感がある。

幼少期も学生時代も社会人になっても、家庭をもってからでさえ、進は常に誰かの後ろで粛々と地味な役割をこなす黒子だった。

——僕が先頭に立って皆を引っ張っていくなんて、後にも先にもPBPだけだろうな。

数分の役割を終え、ふぅと額の汗をぬぐいながら列の後ろに下がると「Good job!」とそばかす顔の若い参加者に親指を突き出され、なんとも照れ臭い。彼がオレゴン州のジャージを着ていることに気付き、アメリカには州ジャージがあるのかと広大な国土を思った。

「Regardez!」

昂りを抑えきれないといった面持ちのフランス人参加者が指差すほうを見やると、大きな給水塔がある。塔いっぱいに黄色いジャージを着た自転車選手の絵が描かれていた。

は て、誰だろう……無感動な様子の日本人に痺《しび》れを切らしたのか、フランス人は鼻息荒く英語で説明をしてくれた。

「ルイゾン・ボベ。フランスが誇る偉大なサイクリストだ。ツールを三連覇したんだぞ」

「あぁ、だからチャンピオンジャージのマイヨ・ジョーヌを……」

この町のパン屋で働いていたんだ、ＰＢＰのコースにこの町が入っているのはボベへのオマージュに違いない、云々……得々と語られても、進は「ふむふむ」と話を合わせるのが精一杯。ツールファンの渡井だったら大興奮で盛り上がるだろうにと、歯応えのない話し相手になってしまったことを申し訳なく思う。

――きっと渡井さんもあの給水塔を見たよな。今どのあたりだろう。まほりんさんも一緒かな。

そんなことを考えていると、対向車線に自転車が現れた。今までも度々地元のサイクリストとすれ違っていたため珍しくもないが、今回は少し様子が違う。

――まさか！

ブレストから折り返してきたＰＢＰの先頭だった。思わずサイコンで走行距離を確認すると、４００kmと少し。進がやっとこさ全行程の三分の一を走ったところで、既に三分の二を終えようとしている超人がいることに唖然とする。Ａ組は十九時出発のＭ組より三時間早く出発しているとはいえ、スピード体力共に尋常ではない。

走行時間を計算しようと時計に目を落とし、ランブイエを出発してからちょうど丸一日、二十四時間が経過していることに気付いた。

小さく見えていた自転車はたちまち近づき、あっというまに走り去っていた。終盤にあっても恐ろしいほど速く、力強い走り。トレインの中から「クレイジーだな！」と感嘆が漏れ聞こえたが、進はあまりのレベルの違いに声もなかった。

それからぽちりぽちりと折り返してきた参加者とすれ違うことになったが、浮き足立つ参加者を横目に「彼らは全く別の世界の戦いをしてるんだ。気にするな」と淡々と走る者もおり、進も冷静さを取り戻す。

——誰かと比べる必要はない。遅くてもカッコ悪くても、最後まで走り切れればそれでいい。

もうすぐ四番目のＰＣに着くという頃、若い痩身の参加者とすれ違った。はぁはぁと口を開け、苦しそうに顔を歪めて走っていて進まで辛くなる。

ふと進の脳裏に、爽の鋭いまなざしが蘇った。ＰＢＰ初参加にもかかわらず、孤高に八十時間枠に挑戦した彼は、今どこを走っているんだろう。

——独りでがんばりすぎていないといいけど……

ＰＢＰで最大規模、東京ドーム程の面積がある四番目のＰＣ・ルデアックには二十一時すぎに到着した。街に入る直前で足がつりそうになり、ストレッチをしたためにトレインから置いていかれてしまったが、82㎞という距離をほぼノンストップで駆け抜けることができた。グロスで時速20㎞以上出ていた計算になる。集団で走る心地よさを初めてのびのびと実感できたことも大きく、進としては今までで一番納得いく走りができた。

——次のＷＰまで47㎞、そこからＰＣ５のカレまでは32㎞……ここから約80㎞か。五時十三分までには到着しないといけないから、えぇと、何時に出れば間に合うんだ？

「１２００kmを九十時間以内に走る」はもちろんだが、実は各ＰＣにもクローズタイムが設定されている。その足切り時刻前に到着し、タイム記入をしてもらわねばならない。コントロールで無事チェックを受けた進は、食堂の列に並びながら疲れて回らない頭で必死に計算した。

——夜は寒いし、パフォーマンスも落ちる。時速15kmで走るとして……零時までには出発しないと……

わ！　と思った刹那、膝を崩していた。目標のひとつだったルデアックまで辿り着けて気がゆるんだのか、突如睡魔に襲われて脚がかくんと折れたのだった。派手に転んで注目の的となり、周囲に心配までされて消え入りたいほど恥ずかしい。

「どうもどうも、大丈夫でした？」

聞き覚えのある太い声に首を回すと、見事なスキンヘッドの稲毛だった。春に関東で開催されたブルベで一緒になって以来、約四ヵ月ぶりの再会。進は稲毛のブログの一読者にすぎなかったが、度々顔を合わせるうちに同い年の気やすさもあり知人以上友人未満の仲となっていた。

「ランブイエの宿を出る直前にね、白ワインで清めた剃刀《かみそり》で剃《そ》り上げてきたんです」

共に食事をしながら、稲毛はつるりとした頭を一撫でして真顔で言った。「いやいやご冗談を」と笑うべきかと悩みながら、進もやはり真顔で「さすがですね」と頷く。

自転車や装備は当然のこと、「毛の一本でも軽く！」を合言葉に極限まで身軽に走るスタイルを貫いている稲毛に触発され、進も密かにスネ毛を剃ってＰＢＰに挑んでいたのだったが、それを告白する勇気は出なかった。

「まほりんさん、かなりいい調子みたいですよ」

進が初っ端からトレイン内でタイヤをハスらせ、渡井と真帆と別行動することになったと話すと、稲毛がSNSを見せてくれた。真帆はこまめに近況をUPしているらしく、最新の投稿は次のWP・サン＝ニコラ＝デュ＝ペルムの写真だった。

「もうサン＝ニコラ！　速いなぁ。僕はこれから寝ようっていうのに――」

素直な驚きを口にした進は、はたと考える。真帆が速いのではなく、自分が遅いのだろうか？

稲毛だって自分の二時間後に出発したはずなのに、もう追いつかれている……

「過去のPBPと比べると、往路のブレストまでのクローズタイムが二時間近く前倒しになってるんですよ。そのぶんパリへの復路はのんびり走れるってことですが、前回のペースじゃまずいなと思いまして。今回は慎重に計画を立ててきました」

稲毛は各PCに何時に到着し、どれだけ休憩するかなど細かに書き込まれた行程表を示した。今までのところ、ほとんど計画通りに進んでいるらしい。

「これから予約してるホテルに寝に行きます」

「ホテルですか！　確かに仮眠所は混雑してますもんね」

「すぐ順番がきても、PCによってはほぼ雑魚寝で固かったり寒かったり……実は前回、隣に寝てた参加者の鼾《いびき》と歯軋《はぎし》りが酷くてね。やっと寝られても疲れが取れなくて、あれにはまぁ参りました。隣人ばかりは運ですが、こちとら三度目のPBPですから。雪辱を果たすべく、ちょっと遠くても個室で確実にゆっくり休みます」

稲毛は一本に繋がりそうな立派で濃い眉に力を込めた。体毛のなかで眉毛だけはいじっていないらしい。

ブルベでホテル、と初めて聞いたときは「それは有りなのか」と釈然としなかった進だが、600kmを超えるブルベでは確実に一度は仮眠が必要になる。どこでどう仮眠を取るかは個人の裁量であり、ホテル宿泊がルール違反なわけではない。脚力のある人は計画通りに走り、しっかり寝だめできるホテルで休むのが理想的というのも理解できるようになった。

ただ進レベルではよくて二、三時間の仮眠。そのためだけにホテルは……と貧乏性を発揮し、ルート上で事前に目星を付けておいた銭湯や健康ランドで休憩を取ることが多い。最近はブルベを機に初めて利用したインターネットカフェもお気に入りで、シャワーが使えるのはもちろん、水っぽい味のコーンスープやココア、時にソフトクリームまで食べられると童心に返るのだった。

「国副さんは初めてのPBP、それも初めての海外でしょ？　まずはトライ&エラーというか、とにかく無理せず楽しんでくださいね」

励まされると同時に「初めてなのだから駄目で元々」と先回りして慰められたようで心許なくなる。お互いの健闘を祈り稲毛と別れたものの、進は急に焦ってきた。

わずかでも時間を稼ごうと、だるくなった脚を懸命に動かしドロップバッグの受け取りへ急ぐ。荷物を事前に届けておいてくれるサービスで、日本からの参加者はこのルデアックがピックアップ場所になっていた。

大きな日の丸の旗が掲げられた一室に着くと、かなりの参加者が荷物の出し入れをしており、人目も気にせず着替えている者までいる。旗は寄せ書きを兼ねていて、「まほりん」と渡井のサインを見つけると無事の知らせのようで嬉しかった。ざっと確認しても爽の名はなかったが、寄せ書きに加わるとは思えない。もちろん進もペンを取ることはなかった。

ドロップバッグから着替えなどを出し、「日本食は力になる」と聞いて入れてきた補給食の羊《よう》羹《かん》やせんべいを補充する。シャワーも浴びに行き、痛みだした尻は特に念入りに洗って保護用のクリームを塗り直した。汗でどろどろになったジャージを着替えると精神的に安らぐ。

「やっぱり、か……」

祈りながら仮眠所に脚を運んだものの、ヴィレンヌ以上に長蛇の列。稲毛は今頃、ふかふかで温かなベッドに身体を横たえているのかと想像すると、ため息が出るほど羨ましかった。

しかたないと諦め、意を決して銀色のエマージェンシーシートを取り出す。疲れ切った参加者たちが、床でごろごろ寝ているのを今まで幾度も目の当たりにしてきた。よく恥ずかしくないな……と冷ややかな眼差しで通りすぎていた進だが、暴力的な眠さは全てに勝る。恥も外聞もなく、床寝を決行することにした。

寝心地の良さそうな床を探すが、ホールの隅などは既に先客たちで埋まっている。野戦病院さながらに、廊下で眠るしかなさそうだ。床が冷たく固い。皆の足音が身体に直に響く……だが、睡魔と疲労はそれ以上に強力で、進は引きずり込まれるように眠りに落ちていた。


またたくまに零時をすぎ、進は焦燥感にかられながらルデアックを後にした。結局のところ、廊下ではあまり深く眠れず一時間半弱で起きてしまった。睡眠後に少しは元気になっていることを期待していたが、全くシャッキリせず、むしろ身体が冷えて強張ってしまったのか至るところに鈍い痛みを感じる。舗装《ほそう》状態が悪い道が多く、ネジが緩みやすいためバイク点検はしたほうがいいと稲毛にアドバイスされ、のろのろと作業していたら出発予定時刻を過ぎていた。深夜に再スタートを切るのは昼間の十倍辛い。加えて今までよりもコースに斜度が増え、アップダウンが激しい。最悪の寝起きに体力勝負を挑まれるなんてと泣きたくなった。

──雨が降ったのか？　思ってたよりずっと寒いぞ……

進はフランスに来てからの一週間で、霧雨が多いと身をもって知った。洋服のフードで凌いだり、平然と濡れたまま歩いている人がほとんどで、傘をさす人を見かけないことにも驚かされていた。

だがこの路面の濡れ具合からいくと、いちどきにザッと降ったのだろう。ところどころ水たまりができており、滑らないかと気が気ではない。しかもおかげで一気に気温が下がった。身体の芯まで冷えてしまった進には、追い討ちをかけられたも同然で歯が鳴りそうになる。ドロップバッグにもう一枚厚手の上着を入れてきていたのに、悩んだ末置いてきてしまった自分を呪うしかない。猛暑でリタイア寸前に追い込まれ、当初警戒していた寒さ対策に甘くなっていた。身体をあたため眠気を飛ばすためにも、あえて必死にペダルを漕いで心拍数をあげる。

夜道の単独走はあまりに単調で、集中力を保つだけでも一苦労だ。昨夜フレデリックと共に語らいながら走っていたのが遠い昔のこと、むしろ夢だったのではという気さえする。だが進は約束通り、日本人参加者と顔を合わせるたびに〈大阪のヨシダ〉の聞き込みだけはしていた。今のところ成果はないが、希望は捨てまい。

──もうすぐＷＰか……でも水も補給食も十分。どうするか……

既に二時間半以上走っていた進は、休みたい誘惑にかられた。が、脚を止めてしまったら、もう動けなくなりそうな予感もしている。次のＰＣまで急ぐか――！

「シークレット・コントロール！」

奮起した進をはばむように、ルートの途中に反射ベストを着た人たちが立っていた。

「ここで⁉」

思わず日本語で叫び返してしまう。往路・復路ともにＰＣでのコントロールとは別に、シークレット・コントロールが設けられている。近道などの不正をしないようにという狙いらしいが、経験者から「どこかのＷＰになることがほとんど」と聞かされていたため、こんなに唐突に止められるとは予想もしていなかった。

スタッフに簡易施設のような場所に誘導され、狐につままれたような気持ちでチェックを受ける。心の準備のないまま自転車から降りることになった進は、再び走り出したもののどうも調子が狂ってしまった。

それからほどなくＷＰのサン＝ニコラに到着し、パスしようと思っていたのに大勢の参加者が休憩を取っているのを見ると、吸い寄せられるように自転車を止めていた。凍えるような深夜三時、小さなボウルになみなみと注がれる湯気の立つスープを見ると誘惑に勝てなかった。ふうふうと息を吹きかけ、背を丸めてすする。マイルドで濃く、しっかりした味の野菜スープでしみじみとうまかった。おまけにマドレーヌまで付けてもらい、脚を止めた価値はあったと自分を納得させているうちに、意識が遠のいた。がばりと跳ね起きたのは三時半すぎ。またしてもまどろんでいたようだ。

――次のＰＣまで32㎞……時速17㎞で走っても間に合わない！

慌てふためき出発した進だが、道のりが絶望的に長く感じる。休んだはずなのに、力が出ない。漕いでも漕いでも歯車が嚙み合っていないような徒労感。多くの参加者に追い抜かれていく。

——時間内完走できなくても、最後まで走りきればそれで十分じゃないか？　いや、僕のような素人が参加できただけですごいことだ。ここまで走れたら上等……

ＤＮＦの三文字が頭をチラつきだし、どんどん弱気になってくる。気力が切れると、途端に眠気も襲ってきて「キープ・ザ・ライン！」、「ゴー・ストレイト！」といった罵声が飛んできて自分が蛇行運転していたことに気が付く始末だった。

気温は一桁台まで落ちているにもかかわらず、寒々とした路肩の芝生で寝ている参加者が目に付く。睡魔に負けて力尽き、倒れるように眠っているのだ。レスキューバイクが定期的に見回りをしているものの、ＰＢＰでは過去何度か死亡事故も起きている。参加資格はアマチュアに限られるとはいえ、真に過酷で心身共に追い込まれるイベントなのだ。

——こんな状態で走っていたら、誰かに迷惑をかけてしまう。僕も寝なきゃ……

せめてバス停やベンチなどはないものか。朦朧とした進が寝場所を求めていると、点々と続くテールランプの光が視界いっぱいに広がっていった。

——あれ、この光……？

進は目を見開いた。見覚えある夜景に包まれている。まだ光子と夫婦になる前、キレ者と評判の上司と影の薄い部下だった頃。レインボーブリッジのなかった一九八〇年代。初めてのデートで自転車を並べ、お互いの距離を摑みかねながら眺めた東京湾——

「東京の夜景はきれいだけど、星が全然見えないのが残念ね」

欄干に腕をのせ、身を乗り出すようにして夜景に見入る光子を、進は横目でそっと観察した。プライベートで会ってまず驚いたのが、光子は小柄という事実だった。会社ではいつも高いヒールを履き、ピンと背筋を伸ばしていて、その存在感の大きさも相まって小さいと感じたことがなかった。だがスニーカーを履いて自転車を飛ばす彼女は、学生のように初々しく少女のように天《てん》真爛漫《しんらんまん》だった。

「僕の田舎はなんにもないけれど、星だけはきれいでした」

なんの気なしに進がそう返すと、光子は不敵な笑みを浮かべて挑むように言ったのだった。

「夜景も星も、なんて欲張りな話かしら?」

進は打たれた。

自信に満ちた勝気そうな横顔を、恥ずかしさも忘れて穴が開くほど見つめた。

――あぁこの人は……欲しいものは全部手に入れたい。手に入れられると思っている。そしてきっと、手に入れてしまう人なんだ……

光子の燃えるような貪欲さは進にないものだった。眩しいほど、悔しいほど、魅力的だった。

「Are you OK?」

水面に映る数々のビルの輝きが、向こう岸に光る東京タワーが、溶けていく。まばゆい東京の夜景は消え失せ、真っ暗になった世界を震えるまぶたで押し上げる。

進は目覚めた。冷たく濡れた草むらのうえで。

なにが起きているのかわからなかった。まだ朧《おぼろ》な意識のなか、まず指先がぴくりと動き、次にその指先を確認するように首が動き、その指先の向こうに自転車が横倒しになっているのが見えた。自分が仰向けに地面に転がっていると理解したとき、目の前にぬっと顔が現れた。

「Are you OK?」

丸メガネをかけた知的な雰囲気の初老男性に助け起こされ、進はようやく膝をついて立ち上がった。走りながら眠りこけ、自転車ごと倒れていたらしい。痛む右腕を無意識にさすると、ウィンドブレーカーが破けている。もし左側、道路の中央に倒れていて車でも通ったら……と想像して絶句した。

死んでいたかもしれない。

瞬間、恐怖で覚醒した。アドレナリンがバンバン出て、全身しっとり濡れていても身体中の毛穴から蒸気が噴き出す気がした。「安全第一」の進が落車したのは、まだロードバイクを始めてすぐ、足に固定するビンディングペダルがうまく外れずに停車で立ちゴケして以来のことだった。

「Are you OK?」

「イエスイエス！　サンキューベリーマッチ!!」

現実に追いついていなかった進は、三度目の声かけでやっと我を取り戻した。鉤鼻《かぎばな》も相まってフクロウを彷彿とさせる男性はいつのまにか進の自転車を起こし、後輪を指差して英語でなにか言っている。

「……ディレイラーハンガーが、ちょっと曲がっちゃった?」

フレームと変速ギアを繋ぎ、衝撃を受けた場合にフレームの変形を防いでくれるパーツが、微妙に内側に歪んでいた。つまりプロテクションの役目を果たしてくれたわけだが、曲がりすぎると走行に支障が出る。青ざめる進にミスター・フクロウは「変速はできるか」、「軽いローギアに入れてもチェーンは落ちないか」など確認するよう冷静に指示した。おそらく派手に横転したのだと思われるが、転ぶ直前はスピードが出ていなかったのか、進の自転車は奇跡的に「無事」といって良い状態だった。進自身もまた、腕の痛み以外には手指の擦りむき程度の怪我しかないようだ。

安堵したのは進だけでなく、ミスターもまた心底ホッとしたようにほほ笑み、ひらりと自分の自転車にまたがった。プレートにはインド国旗が描かれている。

「Go together?」

一緒に行くか？　——紳士的なミスターの厚意を受けて良いものか、進はためらった。一分が貴重な状況で自分のためにわざわざ脚を止め、もう何分も時間を無駄に使わせてしまった。その上、さらに迷惑をかけるのでは……

自分はもう走れないかも、とぶつぶつ返事をしていると、

「Give up?」

バッサリと遮られた。厳しい声音だった。柔らかい物腰は変わらないが、優しい黒い瞳のなかに激しさが閃いたことに進は息を呑んだ。煮え切らない態度を批判されたのだ。

「あなたはなんのために海を渡ってきた。そんな簡単に諦めていいのか」……

淡々とした流暢な英語ではあったが、不思議と一語一語が進に響いてくる。同じアジア遠征組として放っておけないという想いもあるのかもしれない。

進は詫《わ》びた。ミスターは頷いた。

そして二人で共に走り出した。

「落車は覚えていないけれど、その前に東京の夜景を見た気がします」

進がつたない英語で説明すると、ミスターはさもありなんといった様子で顎を引いた。

「ブルベで体力気力の限界を越すと、幻覚や幻聴を体験するのも珍しいことじゃない。私もアメリカで広野を走っていたとき限界を感じた。休まなくてはと岩陰の砂地に腰を下ろし、眠ろうとした。だがscorpion（サソリ）がうじゃうじゃいたんだ」

「すこーぴおん!?」

進が叫び声をあげると、ミスターはふふと上品に笑い「No no」と人差し指を振った。

「サソリは幻覚だったのさ。絶叫して跳ね起きて、休むのが遅すぎたって気付いたんだよ」

医者だというミスターは、今回が二度目のPBPだと語った。海外ブルベも毎年のように参加しているらしい。滑らかな発音の端々にインテリジェンスを感じさせ、その頼もしさは神々しいほどだ。

「眠さを飛ばすには口を動かすのが一番だ。私もそうしよう」

そして、不意に歌のようなものを呟き出した。

何語だろう……思わず引き込まれる優しく美しい抑揚。進は神聖な気持ちに浸り、しばし耳を傾けた。そのひとときは疲れや不安が浄化される気さえした。不思議なほどの安らぎのなか、先ほどありありと目の前に広がった、あの懐かしく特別な東京湾の夜がじんわりと思い返されてきた。

「世の中には君みたいな男もいるんだねぇ。モテるでしょう」

鈴を転がすような若かりし日の光子の声まで聞こえてくる。

「いや全然……頼りないんでしょうね。僕が女性でもそう思います」

学生時代に仲良くなった女性はそれなりにいたが、あくまでも「友達」だった。密かに想いをよせる女性から恋愛相談を受けたことは一度や二度ではない。

「見る目がない女が多いんだなぁ」

そんなことを言われても、進はたじろぐばかりだった。馬鹿にされている、というわけではなさそうだが、からかわれているような居心地の悪さがあった。

「いや、男友達からも言われますよ。『もっと胸を張って男らしくしなきゃ舐められるぞ。女性にも相手にされないぞ』って」

「男らしく？　なにそれ？」

光子はヘッと鼻で笑い、偉そうに腕組みをした。わざとらしく口を歪め、嫌悪感を剝き出しにするやり方は、社内で人望の厚い「男らしい」部長の所作に似ていた。

そのとき進は、光子もまた「女らしく」と小言を言われてきたに違いないこと、そして不器用なやり方でそれに反発していることに思い至った。初めて光子を哀れに思った。

「いらないわよ、そんなもん。君は変わる必要ない」

キッと大きな目で進を見据え、光子は吐き捨てた。

――それでも僕は、変わらなきゃ……

「そうしたらまた二人で、一緒に走れるかな」

いつからか一人でしゃべっていたことに気付き、あッと口元に手をやる。少し前を走るミスターは、進の独り言など全く意に介さず静かに言葉を紡いでいた。

「五時半……間に合わなかった……」

ミスターのおかげでペースアップしてPCのカレ゠プルゲールに到着したものの、クローズタイムを二十分ほどオーバーしていた。

半分もいかないうちに、進のPBPは終わってしまった。

何度もDNFを考えていたというのに、足切りという形で強制終了にあうと息苦しいほどの悔しさが押し寄せてきた。六十五年の人生で、これほど痛みを伴う後悔に身を絞られたことはなかった。

コントロールへと急ぐミスターの後に足取り重く付いていき、進もブルベカードを差し出す。間に合いませんでした――あまりの悲しみで英語が咄嗟《とっさ》に出ない。むっつりしている進をちらと見上げ、スタッフはウインクでスタンプを押してくれた。

「え……？」

無情に終了を告げられると覚悟していた進は呆気《あっけ》にとられた。後ろからやってきた参加者に押しのけられて受付から退くと、ミスターは悟り切ったような笑みを浮かべていた。

「ルールブックには『重大なメカトラブルがあった場合のみ、ふたつ先のPCまでに遅れを取り戻せば良し』とあるが、実際には単なる遅れであっても、最終的に１２００㎞を制限時間内に走れば良いという暗黙の了解がある。とはいっても、厳格なスタッフもいるだろうから早く巻き返すに越したことはない」

——首の皮一枚、つながったのか？

まだ天は自分を見捨てていなかった——意気消沈していた進の心臓が、再びドクドクと激しく高鳴り出す。

「まだ走るんだろ？」

「イエス」

即答していた。自分のどこにこれほど強い闘志が隠されていたのか、力がみなぎってくる。

ＰＢＰを走り切りたい。

弱い自分を変えるという決意とは別に、それは切実で単純な願いなのだと気付いた。絶望しかけたが、このチャンスを絶対にものにしなくては。

ミスターも満足そうに頷き、救護室で怪我の手当てを受けるようにと矢印看板を示した。

「本当にありがとうございました。まずは次のＰＣ、折り返し地点のブレストにクローズタイム以内に着けるようがんばります」

「ブレストを目標にすると帰れない。最後まで糸を切らすな」

深々と頭を下げた進に、ミスターは哲学めいた言葉を残して去っていった。

ＰＣ内に設置されている救護室をおそるおそる覗いてみると、すぐに医者が怪我を診てくれた。夜で重ね着していたことも幸いしてか、打撲と擦り傷で大したことはないとの見立てだった。

「さすが柔道の国だな。受け身がうまい」

進には「Judo」しか聞き取れなかったが、腕で畳を打つようなジェスチャーをして感心されたので、おそらくそういうことだろう。感じよく「メルシー」と返事をしておく。英語もフランス語も、想像で意訳して話を合わせる術が身についてきた。

少し休もうと考えていたが、興奮しきっているのか眠気は吹き飛んでいる。このハイ状態がいつまで続くかはわからないが、無理に寝ることもないと軽食の列に並んだ。少し前のＰＣから食べている人を見かけて気になっていた「ソーセージのガレット巻き」を試したかった。

ブルベで遠征したら、その土地の名物料理を食べなくては損した気分になる進は、図書館で借りたフランスのガイドブックで食に関する下調べもしておいた。蕎麦粉のクレープであるガレットはブルターニュ名物のひとつらしい。

「ブルターニュ・フード？」

念のため配膳をしてくれる女性に聞いてみると、にっこりされる。夜通しボランティアで働いているのか、かなり疲れを滲ませていたが「これもそうよ」と四角いケーキのようなものを指差した。

「ファーブルトン。ハンドメイド。ベリーグッド！」

「ＯＫ、プリーズ」

ちょっとしたやり取りに癒される。進も自然と笑顔になった。

――ん、これはイケる！

買ったそばからソーセージガレットにかぶりつき、目を丸くした。ガツンと塩と香辛料の効いたソーセージと、ほのかに甘味のあるしっとり柔らかいクレープの相性が抜群だ。普段食べるにはしょっぱすぎるだろうが、積極的に塩分を摂りたいブルベにはもってこい。バゲットサンドウィッチと違い顎が疲れず、口のなかの水分をそれほど持っていかれないのもポイントが高い。

歩きながらぺろりと平らげ、回れ右。片手で食べられるので補給食としても適していそうだ、と買い足すことにした。行儀は良くないが、順番待ちの間にファーブルトンも食べてみる。持ってみてその重量に驚いたが、卵プディングのような素朴でがっちりとしたケーキだった。底にごろごろとプルーンの甘煮も入っており、こちらもまたエネルギー補給に良さそうだ。

「シードルは飲んでいかなくていいの?」

再びガレットを購入し、紙に巻いてジャージの背中ポケットにしまう進に、先ほどの女性が茶目っ気たっぷりに勧めてくれた。リンゴの発泡酒・シードルがブルターニュ名物であることは進も承知していたが、この国に「飲酒運転」という概念はないのかと首を傾げたくなる。丁重に辞退し、再び笑顔で別れた。

——なんでだろう、すごく元気な気がする!

落車で負ったダメージや、長時間走行で尻や脚が痛むのはどうにもならないことだ。常に顔を上げて前方を見据えながら走っているため、首から背中にかけても意外と疲労がたまっている。だが悟やミスター、共に走った名も知らぬ仲間たちに「生かしてもらった」という想いが進をブレストへと駆り立てていた。

施設内のメカニック・サービスにも立ち寄り、曲がってしまったディレイラーハンガーの相談をすると「スペアを持っているか」と尋ねられ首を横に振る。パンクした際の替えチューブなど最低限の準備はしてきたつもりだったが、ディレイラーは想定外だった。メカニシャンは渋い顔で似たものを探してくれたが、基本的に互換性のない特殊なパーツ。結局曲がったディレイラーを取り外すと、ゆっくりと体重をかけながら真っ直ぐにするという原始的な方法で直してくれた。

「これは応急処置だ。もう一度曲げたら折れるだろう。パリまで保つといいが」

礼を言い代金を払おうとすると、今度は向こうが首を振る。先ほどの救護室での診察も無料だった。ＰＢＰ参加者に対する敬意なのか、これほどの好待遇ぶりは申し訳ないほどだった。思わず「ありがとうございます」と日本語で伝えると、メカニシャンは立派な顎髭を撫で「アリガト」とはにかんだ笑みを返してくれた。

ベニヤ板に直塗りした手描き国旗の看板がぶすぶす刺さった芝生を横目に、進は出発した。このＰＣには日本国旗もあり、その下に子供の書いたような「ようこそ」という稚拙な文字を認めて頬がゆるむ。見様見真似で一生懸命ひらがなを綴《つづ》るボランティアスタッフの姿が見える気がした。

——すぐ戻ってきますよ。

ブレストの次のＰＣは、またこのカレなのだ。駐輪場の相棒のもとで時間を確認すると、六時四十五分。既に世界は朝の光を取り戻しつつある。

「今度は自転車、すぐ見つかったん？」

走り出してすぐ、後ろから含み笑いの大阪弁が追いかけてきた。進は「まさか」と「やっぱり」がぶつかった歓声で応える。

三時間しっかり寝て起きたところだという、快調でご機嫌なフレデリックだった。

「のんびりしすぎて貯金がなくなってもうた。進さんも、あんまちんたら走ってると危ないんとちゃうか」

「四時間半でブレストまで、時速20kmでいければギリギリ間に合います」

そう嘯《うそぶ》いたものの、進の現状では時速18kmをキープできるかもあやしい。

「なぁんや、そんなん余裕やろ。ここから本気出すで！」

しかしフレデリックは力強い走りをみせ、勇気づけてくれる。朝日に背を押されるように、進も調子が上がってきた。まるで示し合わせていたかのように、共に折り返し地点・ブレストを目指す。

「大阪の吉田さんについては、その後……？」

「からっきしやな」

「そうですか……僕も何人か尋ねてみたんですが、今のところなにも」

「せやろな、おおきに。ほんで進さん、ここまで順調やった？」

フレデリック自身、もう〈ヨシダ探し〉を諦めたのかと思うほどこだわりのない様子で話題を変えられ、進は少し拍子抜けした。

促されるままハンガーノックや落車について息混じりに報告すると、フレデリックは深刻さの欠片もなくノリよく突っ込んでくる。同情や励ましの言葉を期待した進は不意をつかれたが、そのときは死ぬ思いだったのに自分でもおかしくなってきたから不思議だ。

元来、進は物事を真面目に難しく考えすぎてしまう。孤独に走っていると内に内にと思考が向かい、それに拍車がかかった。睡眠不足で精神状態も普通ではない今、フレデリックの楽天的な陽気さは救いになる。

――人は自分にないものを持ってる人に惹かれるんだな。

無駄口を楽しみながらなかなか良いペースで走っていると、二人乗りのタンデム自転車が追い上げてきた。その猛烈な推進力に驚いていると、

「オハヨーゴザイマス！」

まさかの日本語で挨拶が飛んできた。このＰＢＰで二度目だ。

車のない早朝の広い国道で横から上がってきた二人組は、前が女性、後ろが男性と珍しい乗り合わせだった。タンデムの男女ペアも少なくはなかったが、女性が前に乗っているケースは初めて目にする。後ろの白人男性がギリシャ彫刻のごとく鼻筋が通り陰影の濃い顔をしているのと比べると、挨拶をしてくれた白人女性は日本人の進に親近感を抱かせるやわらかい顔立ちだった。アジア系のミックスなのかも、と頭の片隅で考えながら挨拶を返すと、

「おばあちゃん、日本人です」

少したどたどしい日本語で自己紹介が始まった。女性はナオミ、男性は夫でフランスとギリシャのミックスでユリスと名乗った。

「私は目が悪いので、一人では自転車に乗れません。でも健常者の妻が運転することで、二人で力を合わせて同じ風を感じながら走れます」

ユリスがナオミ以上に確かな日本語を使うことに、進はまたしても仰天してしまった。

「日本語上手やねぇ」

「日本語を教える先生ですので。そちらこそ、お上手ですね」

「もしかして関西に住んでる？　おばあちゃん、奈良です」

日本人の進抜きに、三人の日本語トークが始まった。

ひとり静かにペダルを回しながら、進は鼻をひくつかせた。時折むわりとこもった臭いを感じるのは、養豚場が近いからだろうか。背の高いトウモロコシ畑が延々と続くのは、家畜の肥料になるからかもしれない。その塀のようなトウモロコシ畑が風力発電機の並び立つ雄大な風景に切り替わったとき、覚えず感嘆の声を漏らした。三本の真っ白な羽が澄んだ朝空に映え、モニュメントのように美しい。

ブルターニュの片田舎にあっても、進が走り飽きることはなかった。

「タンデムってのんびり走るイメージでしたけど、すごく速いんですね」

三人がひとしきり盛り上がった後、話の切れ目を待ってようやく口を挟んだ。

タンデムのペダルは前と後ろで連動しているらしく、二人でシンクロするように右・左・右……と同じ動きでリズムよく漕いでいる。タンデムに引っ張られるようにして、進とフレデリックもややペースが上がっていた。

「二人分の馬力で走れるから、二倍速いんですよ」

「でも一人がダメだと、もう一人ががんばらないと」

「乗りかたにコツがあるので慣れるまで少し大変ですが、苦しみは分け合い、喜びは二倍になる。タンデムは長く乗るほどに魅力を感じますね」

「結婚生活と同じ！」

冗談混じりに仲良くひとつの自転車を漕ぐ夫妻は、心もひとつに繋がっているようだった。

夫妻がＰＢＰに挑戦するのは初めてだが、心配した息子がキャンピングカーで応援に来てくれたという。サポートカーとして事前申請をしていれば、ブルベ走行中の手助けは禁じられていても、ＰＣに限り食事提供など援助が許可されている。おかげで二晩ともしっかり車内で眠って体調も万全、とナオミは力瘤《ちからこぶ》を作ってみせた。

「制限時間はあまり気にしていません。二人で元気にゴールできれば、それでいい」

ね？　と夫婦は確かめあうように視線を交わした。お互いを慈しむまなざしだった。

かなり後方からクラクションの音が飛んできて、素早くタンデムを先頭に一列になる。追い抜かれ様、再びブァッブァッとけたたましいクラクションを鳴らされた。何事かと進は冷や汗をかき、助手席の窓が開けられたときには身構えた。

「アレアレ！　アレアレ！」

罵声でも浴びせられるのかと思えば、女性が窓から身を乗り出すようにして両手を叩いた。豊かな巻き毛をなびかせながら叫ぶように応援してくれている。

「アレアレアレアレェエ！」

進たちから見て奥の運転席に座っている男性もまた、拳を振り回して叫んでいる。賑やかな車は威勢よく走り去っていき、進たちのなかでさざ波のように笑いが広がった。

「アレアレってよく聞きますけど、どういう意味なんですか？」

「Go Go、いけいけ！　って感じかな」

自転車を走らせていると、数えきれないほど「アレアレ！」と声援を受けた。道端で手を伸ばしてハイタッチを求めてくる子供も多く、スポーツや競争に無縁だった進は、そんな熱狂的な応援が自分に向けられていることだけで胸が熱くなった。

――アレアレ、いけいけ、か……

進はそっと心の中で唱えてみる。

アレアレ。

アレアレ進、アレアレ！

「さて、そろそろ私たちは飛ばしますが……」

「このまま乗っていく？」

ナオミとユリスがぎゅんぎゅん引いてくれる真後ろで、進はタンデムの威力に恐れ入るほかない。「二人乗り自転車」の存在は知っていたが、若いカップルがキャッキャと遊びで乗るような、牧歌的な乗り物だと考えていた。だが実際の矢のように鋭く、安定した太い走りを目の当たりにして、自分は井の中の蛙《かわず》、それも本当にちっぽけな井戸の中の蛙なのだなと愉快になる。

この力強いタンデムが引く理想的なミニトレインを参加者が放っておくわけもなく、走っているうちに徐々に人数が増え、気付けば十人以上がずらりと鈴なりになって走っていた。

走りながらスマホを掲げ自撮りする若者。ミニスカートにレギンス、ハンドバッグ姿で颯爽と走る女性。虹色のグラデーションペイントが施されたカスタムバイクに、自国の旗を突き立て花で飾ったマウンテンバイク――

進が世界各国の個性豊かな参加者や自転車に見惚れていると、前方から小さな歓声が上がった。湖だ。東から西に移動するなかで様式や色彩は変わるものの、小さな町村と見渡す限り畑という景色を何十時間も繰り返してきたので、穏やかな光をたたえる水のある景色は新鮮だった。写真を撮るためか、わざわざトレインを離脱した参加者の気持ちもわかる気がした。

その涼やかな湖も、瞬く間に置き去りにして突っ走る。少しだけ残念に思いながらスピードメーターを確認し、進は目をこすった。時速25㎞強。下り坂以外で見たことのない数字。心拍数もさほど上がっておらず、リラックスして走れているのにこれほどスピードを出せるなんて魔法のようだ。

「このぶんなら、ブレストのクローズタイムに間に合いそうです！」

興奮して前を走るフレデリックに声をかけると、ニヤリと意地悪な笑みが振り返った。

「ならええけど？」

フレデリックの言う通りだった。長い長い、果てが見えない上り坂が始まったのだ。勾配はゆるやかでも疲労の溜まっている脚には致命的で、体力のない者はトレインから振り落とされ始めた。短いアップダウンが繰り返されるのがＰＢＰのコースの特徴だが、二日前から５００㎞以上漕いできた今になって、何十分と続く峠道を走らされるのは悪夢としか形容できない。

「ロッコ・トゥルヴゼル。ブルターニュで二番目に高い山や。いうても標高は４００ｍもないんやけどな」

「日本でいうと、高尾山《たかおさん》の大垂水《おおたるみ》峠《とうげ》くらいですかね。でもこのダラダラ続く坂は……」

「キッツイよなぁ！」

さすがに高速トレインの時速も落ちてきたが、それでも進はかじりついていくのがやっとだった。昨日一昨日ほどではないにしても日差しが強まり、みるみる体力が削られていく。

ブレストから折り返してくる参加者とすれ違うことが増えてきて、彼らはペダルを踏まなくてもいいという当たり前のことが恨めしい。峠を上り切れば、今度はこちらが下り坂になるのだからと自らを励ましペダルを踏み続ける。が、苦しさについ下を向いてしまう。

「がんばれ、進さんッ！」

よく知った声に弾かれたように顔をあげた。対向車線から走ってきた渡井だった。子供のような輝く笑みで、こちらに手を挙げてくれている。

「ありがとう！　渡井さんもアレアレー！」

渡井は一陣の風のごとく下っていった。ほんの一瞬すれ違っただけだが、その一瞬に送り合ったエールのおかげで、進は再び顔をあげて前を向く気力を絞り出すことができた。

「進さんの友達？」

「ブルベを教えてくれた恩人です。妻が出て行って途方にくれていたときに」

進の後退に合わせてフレデリックもトレイン後方まで下がってきてくれた。

「……素直に妻を怒れなかった理由はもうひとつあるんです」

だらしない、しっかり漕げ、と自分に活を入れながら、全く別の角度から激しい羞恥の感情が溢れてくる。

「僕は理解ある夫のふりをしていただけ。妻を支えることが自分の使命だなんてカッコつけて、本当は彼女の陰に隠れて安心していた。光子さんなら間違いない。光子さんの後ろに付いていけばいいって、ずっと頼り切っていた。だから愛想を尽かされたのかもしれないって」

心の奥底に隠し込み、蓋をしてきた昏《くら》い感情。だが一度溢れ出ると勢いは止まらず、進は内側から溺れそうになる。

「光子さんは出会った時からずっと『上の人』でした。上司部下の関係から、結婚して『光子さん』、『進くん』と呼び合ういわゆる仲良し夫婦になっても、彼女主体の暮らしは変わらなかった。僕もそれで満足していた……なんて言いながら、『男のくせに女に食わせてもらって』と馬鹿にされれば、やっぱり悔しかった。傷ついた。気にしてない顔でごまかしても、自尊心はじわじわ腐っていった」

タンデムのトレインから、ついにこぼれ落ちた。進は汗が滲《し》みた目で遠ざかる先頭を見つめる。一番前にいるのはナオミだが、すぐ後ろで同じ自転車に乗るユリスは隠れているわけではない。やはり先頭なのだ。苦楽を共にし、二人一体となり、同じ目標に向かってまっすぐ進む。対等で、信頼しあっている。

「優秀な彼女がパッとしない僕と結婚を望んだのは、不倫していた上司と別れて自暴自棄になっていたからなんです」

息を切らせて呟くと、サングラス越しでもフレデリックの巨大な目が更に大きくなったのがわかった。

「あるとき忘年会でね、その上司が最優秀営業マンとして大々的に表彰されたんですよ。そのとき光子さん、飲み過ぎちゃって。介抱することになったわけですが、『裏切られた、信じてたのに』って……涙を見せたからわかっちゃったんです。それからすぐですよ、『結婚しよう』と言われたのは。僕たち、付き合ってもいなかったのに」

覚えず自嘲的な笑みが浮かぶ。当時、光子はまだ不倫相手の上司に未練があったのだ。それを断ち切るために、または当て付けのために進が選ばれた。「裏切らない、優しく真面目な男」と見込まれて。

愛されたことなんて、きっと一度もなかった。

「でも、結婚ってそういうものかもなって納得したんです。タイミングがあるし、恋愛感情より『利害関係の一致』が大切というか」

「日本ではよく聞くな、『恋愛と結婚は違う』みたいなこと……悲しい話やけど」

フレデリックは息も忘れて聞き入っていたのか、ぷハッと喘《あえ》ぐようにため息を吐いた。

「そんなら進さんにとっても結婚に、恋愛とは別の理由があったん?」

「もちろん光子さんのことは好きでしたよ、尊敬してました。でも結婚したのは、『結婚』それ自体が僕の夢だったから――」

進は乾き切った唇を舐めた。口を開くとネバついて、ボトルの水を一本空にする。

「僕は女性と付き合ったことが一度もなかった。恋愛はカラキシ、勉強もスポーツも仕事も負け続け。順位なんて関係ないなんて嘯いていたけれど、それは弱い自分を守るための言い訳です。本当は、一生に一回くらい、一番になりたかった。結婚って『誰かの一番になった』っていう究極の証でしょう?」

自分の苦しげな呼吸が耳の奥で痛いくらいこだましている。疲れを通り越し、怒りが湧いてきた。もういっそ自転車から降りてしまおうか……

「光子さんほど優秀な女性が、こんな僕を選んだ。実際『あいつが国副さんと!?』って社内に大激震が走りました。嬉しかったですよ、誇らしかった。僕を小馬鹿にしていた同僚の目に嫉妬を感じたときは、ザマミロと思いましたね。人生で初めて優越感を覚えた。結婚して急に『一人前の男』になった気がしました。光子さんが僕を、変えてくれたんです」

半分ヤケになりながらのろのろ坂を上っていると、自転車を降りて押し歩きしている参加者を追い越した。もつれるような足取りに、降りたところで地獄に変わりないのだと教えられる。

「結婚生活は至極順調でしたが、光子さんが浮気してるかもって思ったことは何度かあります。でも、見てみないふりをした。彼女が家族を大切にしていることに変わりなかったし、恋愛体質というか刺激を求めてしまう人だって知ってたから。家に戻ってきてくれればそれでいい。戻ってきたくなる、安らげる家を僕が守ろう。彼女に尽くそうって決めてました。でも……」

「結局出て行ってしもた、か」

進が押し黙り宙ぶらりんになった告白に、フレデリックがそっとピリオドを打った。他人の口から簡潔に語られると、ひどく滑稽に思えた。

「いつかこうなるんじゃないかって、ずっと恐れてた。出て行かれたときも、彼女を怒るより先に自分を納得させようとした。『わかってただろ』って。『アイツはそういう女だ。尻軽で感情的で、好きな人とやらともどうせ長く続かない』……そう馬鹿にして取り合わないことで、これ以上苦しまないよう先回りしてた」

僕はなにも悪くない。家事をしない妻がいなくなったところで痛くも痒《かゆ》くもない——防衛本能で光子を否定し、存在そのものを抹消しようとした。

「でも鍋の焦げ付きみたいなもので、こびり付いて落ちないものを必死に消そうとすればするほど気になってしまう。光子さんは僕に初めて自信を与えてくれた人だ。結婚という夢を叶えてくれ、夢に見さえしなかった子供まで授けてくれた。それに引きかえ僕は？　彼女に何も返せていない」

進は胸を押さえた。心拍数が上がりすぎている。苦しい……

「ずっと申し訳ない気持ちがぬぐえなかった。だから強く引き止められなかったし、怒ることさえできなかったんだ。本当は妻に去られた以上に、そんな卑屈な自分が一番ショックだったんです」

「……光子さんはデキる女性なんやろ?」

進のスピードがさらに落ちそうなところ、前を走るフレデリックは手を差し伸べるがごとく振り返った。

「きっと進さんが自分でも気付いとらんすごいとこ見抜いて、誰かに取られてまう前に結婚したろ思ったんや。誇ってええやん。喜んだらええやん。進さんは卑屈になること、なぁんもあらへん！」

「いや、でも――」

「自信をくれたのには感謝したらええけど、結婚も子供も一人ではできへん。進さんあっての話やん。『Give and take』って言葉、ボクは好きやないねん。日本語にもっとエェ言葉があるやろ。『お互いさま』ってやつ」

「お互いさま……」

どうしてこのお気楽なフランス人は、根拠もなく弱い自分をきっぱり肯定してくれるのだろう。だが「お互いさま」の優しい響きは、純粋に進に響いた。

「あとさっきな、『光子さんが僕を変えてくれた』言うたけど、それはちょっとちゃうんちゃう？　光子さんが変えたんは進さんの評判であって、進さん自身やない。進さんが本当に変わったとしたら、それは進さん自身の力やないの。自分自身で変わりたいって強く望まなきゃ、人は変われへん……この大原則を教えてくれたのも、ヨシダや」

その名を唱えたとき、フレデリックは痛みを堪えるかのように険しい目つきをした。

「吉田さん……彼とはいったいどんな――」

「Non!」

ついに進が核心に触れかけたとき、悲痛な声で叫ばれた。拒否されたのかと怯えたが、

「パンクや！」

フレデリックは舌打ちし、タイヤを覗き込みながら減速した。進も慌てて止まろうとすると、ギロリと睨みをきかされて泡を食う。

「ギリギリやろ、先行き！」

手で追い払われるように前へ促され、止まってしまう寸前で踏みとどまった。フレデリックはそれでよしというように笑顔で進の肩を叩いた。

「心配すな、また追いついたる。次はボクの話も聞いてもらわんといかんしな」

「……絶対、絶対ですよ！」

今の進のかつかつの状態では、上り坂で足を止めるのは命取りになる。二人ともそれはよくわかっていた。フレデリックの想いを汲《く》むなら、彼を置いていくよりなかった。

進は何度も振り返りながら、歯を食いしばってペダルを踏んだ。

――まただ、また僕は自分だけ……

独りで走りながら、情けなくて仕方なかった。自分は本当にいいとこなしの、すっとこどっこいだ。

「進さんは卑屈になること、なぁんもあらへん！」

フレデリックの言葉が蘇り、目頭が熱くなる。

光子には到底釣り合わないとわかりきっていた。だから進は自分にできる精一杯をしてきた。

それでも稼ぎ、出世し、世間的に評価され尊ばれるのは光子ばかりだった。妻が輝けば輝くほど、進は「髪結の亭主」よろしく冷淡な眼差しを浴びる。光子の活躍を豪華なケーキで祝うときは、ゆらめく蠟燭《ろうそく》の火に妬みがじくじくと燃え出すことがないよう注意した。

典型的な家父長制だった実家では「情けない」と嘆かれ、この家風を受け継いだ兄たちの家からも「恥ずかしくないのか」となじられる。それがわかっていても、少なくともお盆とお彼岸と正月には顔を出さねばと律儀に帰省していた進を、光子がやんわりと拒んだ。

――帰ってほしくないなぁ。わがまま言ってごめんね、でもほら、私も忙しいし。

そうやって仕事を理由に、進が傷つくのを守ってくれたのは光子だった。やがてお年玉を楽しみにしている歩美のために、帰郷は正月の一度が定番となった。

絶対的な権限を持ち、死の直前まで畑を耕していた父は「出来の悪い三男」に落胆したままぽっくりと逝った。男泣きする兄たちの横で、進もまた哀しみにくれていたが、涙のひとつもこぼせなかった。

「なんであんたみたいな子が生まれたんだろうね」母は他意なく、よくそう口にした。

――私がかんばれるのは、進くんのおかげだよ。いつも本当にありがとう。

だが他の誰でもない、光子から感謝されていた。誰からも一目置かれ称賛を受ける女性の「一番」になった。それでいい、それだけで十分だ……腐りそうになるたび、自らに言い聞かせ続けたウン十年だった。辛かったことがないといえば嘘になる。

しかし盲目的に信じていた「結婚」という形の「一番の証」すら、脆《もろ》く虚しい紙上の契約でしかなかったことを突きつけられた。

「そうか」

フレデリックに言われたことを反芻《はんすう》していて、進ははたと理解した。

「僕は本当は、なにも変わっていなかったんだ」

パワフルで破天荒な光子と結婚し、生活や周囲の目が変わった。自分も変われた気がした。でも本当は、なにも変わっていなかった。

臆病で、競争が苦手で、人と向き合うのが下手で。ボロボロの自転車にまたがり、現実から逃げ出していた幼い頃と同じことを繰り返しているだけではなく、人間としても、結局なにも変わっていない――

ぼんやりと鼻先に汗が玉になるのが見え、いつのまにかまた俯《うつむ》きながら走っていたと気付く。が、急に道が明るくなり顔を上げた。

峠道に沿って鬱蒼とそびえ立つ三角錐の高木の並びが途絶えていた。突然開けた野に、桜でんぶのような輪郭の淡いふんわりしたピンクの花が散っている。抜けるような青空には白い飛行機雲が幾筋も走り、交差していた。

ついに、峠のてっぺんに着いた。重かったペダルが、スッと軽くなる。

「いい景色……！」

右手には赤と白の縞になった細い電波塔。左手はゆるやかにどこまでも山裾が広がり、空と同じ色の水面を光らせる湖が遠くに見えた。風を受けてざわめき日差しをきらめかせる青々とした雑草が、なんてことない緑の景色を楽しげに変えている。

「アレアレ！」

頂上の沿道にもまた、車でわざわざやってきて応援する物好きな人たちがいた。白黒の横縞、ブルターニュの旗を振っている。ワゴン車を広げた私設エイドまであり、前を行く参加者がエイドに立ち寄るのを見ると進も揺れたが、ここで立ち止まってはフレデリックに申し訳が立たないような気がした。

なにより進自身、今は進みたかった。目の前の霧が晴れたような感覚に包まれて。

ゆるやかな、しかし確かな下り。疲労しきっていた筋肉が歓喜を叫び、踏み込む必要もないのに一気に加速させていた。向かい風が真っ向からぶつかってくる。前をはだけていたジャージのジッパーが猛烈にめくれあがり、背中をピシピシと打つ音がした。その風も、痛みすら、自転車と一体になり押し返す。何台もの自転車を追い抜いていく。

進は今までこんな乱暴な下り方をしたことはなかった。スピードの出る坂は怖い。だが不思議と冷静で、疲れ切っているのに感覚が冴えていた。風に刺される肌がびりりと心地いい。

「海だ！」

再び峠道を覆うように両側に木々が厚く茂っていたが、その切れ間に大西洋がちらりと顔を現した。すぐにその広大な姿は隠されたものの、間違いなくそこにある。自らの目で認めた一瞬のエメラルド色が、目の奥で更に光を増す。

目に映る世界全てまで、鮮やかに変わっていくようだった。

「僕も、今度こそ本当に……」

潮風にのって、かすかに甲高いカモメの鳴き声が聞こえた。

4. Finis Terrae《地の果て》 604km / Brest《ブレスト》

20㎞は下ったか。上りでは暑さに悶えていたのに、猛スピードで風を切り続けてきた今は寒く感じるほどだった。指先はかじかみ、爪先が痛い。だがPBPのシンボルとして名高いプルガステル橋が見えてくれば、否応なしに気持ちは弾む。

長さ880m。エロルヌ川がこのプルガステル橋をくぐり、大西洋に注ぎ込む。眼下に広がる海は深い藍色から水平線にかけて色を淡くしていた。その水平線すれすれ、海面に触れそうなほど空の低い位置に座布団のような平たい白い雲が悠々と浮かんでいる。その雲が反射する光で海の際は銀色に輝いていた。

いよいよ進も橋に差しかかり、少しスピードをゆるめる。向こう岸にも高いビルなど一切なく、目の前はほとんど空だった。こんなにも開放感ある爽やかな風景に飛び込むことがくすぐったい。心が洗われるとはこういうことなのだと思った。どれだけ急いでいても、この瞬間を抱きしめられない人生なんて虚しい。

右手には車の走る巨大な斜張橋が並行してかかっており、それをバックに記念写真を撮る参加者が後を絶たなかった。地元の自転車好きなのか、橋の中央で待ち構え「Photo?」と積極的に撮影係を買って出る好々爺《こうこうや》までいる。両脇の歩行者から「ブラボー!」と大きな声援を受け、進は口をむずむずさせながら控えめに手を挙げて応えた。

「ここがかの有名なプルガステル橋であります！　私はいま大西洋のほとりに立っているのですぅ！」

スマホを掲げハイテンションで実況中継しているのは、疑いようもなく真帆であった。

驚いた進が自転車を止めると、「お、戦友登場～」とスマホを向けてきたので、咄嗟に手で顔を覆って縮こまる。隠すほどもない顔とわかってはいるが、汗だくでよれよれの汚い親父面をさらしても百害あって一利なしだ。

「嘘うそ！　もうライブ終わってたんで、だいじょぶですよぉ」

ケタケタと朗らかな笑い声が懐かしい。進もホッとして、過剰な防衛反応を見せてしまったことに照れ笑いする。真帆は相変わらず元気そうに振る舞っているものの、顔はひとまわり萎み疲れが濃厚だった。

「まほりんさんは、もっとずっと先を走ってるのかと思ってました」

「それがですねぇ、深夜コースアウトしちゃって……」

走行中にGPSの充電が切れてしまい、漠然と前の参加者に付いていったところ、一緒にコースから外れて迷子になってしまったという。

「道標の矢印看板も全然見かけないし、なんかおかしいなぁとは思ったんですが……気付いたときには大パニック！　結局元来た道を延々と戻るしかなくて、すごい時間ロスしちゃいました。しかもお腹まで痛くなってきて、もう最悪ですよぉ！　ちょっと休んではちょっと進んでを繰り返して、やっとここまで」

あくまで口調は軽いが、真帆は汗で消えてしまった眉根を険しく寄せ、

「半分来れたし、大西洋見られたし、今回はここまでかなぁ……」

ぷいと顔を海にそむけて笑った。その横顔の明るい悔しさが辛かった。

「この体調で走り切れる気がしなくて。パリまで帰るにも、ブレストが一番ですしね」

リタイアしたところで誰かが迎えに来てくれるわけもなく、自分で移動手段を見つけて帰るしかない。フランスの田舎だとバスも電車もタクシーすら走っておらず、DNFを決めたところで何キロも余計に自転車を漕ぐ羽目になりかねない。その点、フランスの最西端とはいえブレストは巨大な軍港都市。高速列車・TGVの駅があり、パリまで一本で帰れるのだ。

進の脳裏にミスター・フクロウの言葉が蘇った。ブレストを目標にすると帰れない――あれは、自分の足で帰ることが難しいという意味だったのかもしれない。

「そうだ進さん、カメラもないんですよね」

かぶりを振るも追い立てられるようにして、海を背に立たされた。

「ばっちり！　男前に撮れましたよぉ」

「いやはや、もうずたぼろで自分の顔を確かめるのが怖いです」

真帆はスマホで撮った記念写真を見せてくれたが、進は直視できない。

「私はもう少し景色を楽しんでいくんで。がんばってくださいねぇ！」

とびきりの笑顔で送り出され、進も手を振った。笑顔を作ったつもりだが、うまく笑えていたかは自信がない。やはりPBPには魔物が潜んでいるのだと胸が騒いだ。

真帆が昨夜見失ったという、ピンクの矢印に〈BREST〉と書かれた黄色い案内板。その最後の矢印に導かれ、進はブレストのＰＣに滑り込んだ。折り返し地点でもあり、もっと賑やかな場所を想像していたが、水色のバルーンゲートをくぐると坂上の建物は無機質でだだっ広く、意外と寂しい印象を受けた。ここまで来ると、カモメの鳴き声がうるさいくらいに近い。

十一時十五分……クローズタイムまであと四分。本当にギリギリだった。だが今度こそ時間内に無事タイム記入をしてもらえ、進はやっと人心地がついた。

――よかった、どうにか遅れを取り戻せた……

途端に身体中のネジがゆるんだように気怠くなり、濁流のごとき眠さが襲ってくる。めまいがしそうになり、目を閉じてまぶたの上から指でゆっくり圧を加えてやりすごす。

「お父さん！」

歩美の声……幻聴が聞こえるのはマズい兆候だ。一刻も早く寝たほうがいい。

「お父さんってば！」

ドンと背中を叩かれ、抵抗もできずそのままよろめいた。情けなく地面に手をついてしまった進を唖然と見下ろしているのは実体ある生身の娘だった。だがあまりにも現実味がない。

「ちょっと、大丈夫⁉　ふらふらじゃない」

自分から突き飛ばしておいてと思ったものの、進は「大丈夫、だいじょうぶ」と決まり悪い笑みで立ち上がる。よっこらしょ、と膝に手を置くとペキリと関節が鳴った。

「えぇと、なんで歩美が――」

「なんで電話もメールも無視するのよ！　めちゃくちゃ心配したじゃない‼」

ものすごい剣幕で進の疑問はかき消され、疲労と睡魔で鈍った頭がますます混濁する。

「んーと？　あぁそう、携帯スられちゃって……」

「はァ!?」

満身創痍《まんしんそうい》の父を気遣ったのも束の間、歩美は畳みかけるように質問を浴びせてくる。止まぬ波状攻撃に観念し、進は両手を挙げた。

「それより、なんで歩美がここに？　仕事は？」

「休んだんだよ。会社には胃腸炎って嘘吐いて。急に有給取れないことくらい知ってるでしょ？　でも絶対怪しまれた。皆にも迷惑かけるし……なんでもっと早く教えてくれないの！」

「そんな、わざわざ心配させたくないし……忙しいのに無理して来なくてよかったのに……」

歯切れ悪く返しながら、こうキビキビ叱られると、本当に歩美は光子そっくりだなと感じ入ってしまう。

「いや来る。来ますよ。ずっと私のこと応援してくれたのに、私には応援させてくれないの？」

こうと決めたら絶対に意志を曲げない、強い眼差しもまた光子そのものだ。

「パリのスタートには間に合わなかったけど、折り返し地点のここで待ってれば会えると思ってさ」

至極当然のように言ってのける歩美に、進は絶句した。

「いやいや、途中でリタイアしてたかもしれないじゃない……」

脱力して緩慢に首を振る進を、歩美はしげしげと眺めた。父のボロ雑巾のごとき惨状を改めて凝視し、顔を曇らせる。

「お父さん……やっぱり大丈夫じゃないよね？」

「半分来れたんだ。少し眠れば大丈夫さ」

「うぅうん、そんな身体で自転車なんか乗れないよ。絶対危ない」

「でもまだ、半分残ってる」

「――自分が今どれほど酷い状態かわかってないでしょ」

じっとりと上目遣いで睨まれ、進は目が泳いだ。できればわかりたくない。

「手も怪我してるよね？　ブルベで最も大切なのは『無理しすぎないこと』ってお父さん自身いつも言ってるじゃない」

「……確かに」

「無理して倒れたらどうするの？　自分だけじゃなく、誰かを巻き込んだりしたら？」

ぐうの音も出ない。集団でバイク接触、灼熱下のハンガーノック、睡眠不足からの落車……冷静に振り返れば冷や汗が滲む。ブレストまで辿り着けたことが、むしろおかしいのだ。

「半分っていっても、もう６００㎞も走ったんでしょ。しかも初めての海外で。十分がんばったじゃない、すごいことだよ！　お父さんは自分を誇っていい。私も誇りに思う」

目を潤ませる娘に、進の脚から力が抜けていく。気持ちがぐらつく。もはや痛くない場所のほうが少なく、全身の腫れぼったいような熱が「終わり」のシグナルを送ってくる。

――そうか、そうだよな。よくがんばった……よな？

落ち着きなくまばたきを繰り返す父の逡巡《しゅんじゅん》を見てとったのか、歩美は汗でじっとりした進の腕を引っ張った。

「行こう、お父さん。ここはすごい人だし、もう終わりにしてどこかでゆっくり休もうよ」

焦点が合わなくなりつつある老眼で娘の顔を見やった進は、確信めいた力強い笑みで見つめ返されると反論する気力が湧かなかった。いつも歩美の、光子の言うことは、正しい。

「あの……アバンドン……」

今し方サインをもらったばかりのコントロールで「棄権」を意味するフランス語を絞り出す。念のため覚えてきた時点で、結末は見えていたのかもしれない。

「Quoi?」

しかし発音が悪いのか、怪訝そうに聞き返されてしまった。本心を試されているかのようでドキリとする。

「アバンドン。ギブ・アップ」

だが、なるべく無感情に言い直した。

「リアリー?」

信じられないというような悲痛な声。受付の男性の訴えるような哀しい目に、はたと我に返る。進もまた信じられないと思った。

——本当に、ここで終えていいのか？

固まっている進の横で、歩美がビジネスで日々鍛えている巧みな英語を繰り出す。向こうはそれほど英語ができなかったが、身振り手振りを交えやり取りが成立していた。

「リタイアの申告は、あっちの事務所みたい」

羊飼いに追われる羊のごとく、思考停止状態の進はおとなしく歩美に促され廊下に出た。

小さな部屋を訪ねると簡素な横長の折り畳み机に、スタッフが二人並んで座っている。ノートパソコンを覗きつつ、進たちの前に並んでいた参加者となにやら話し込んでいた。参加者のＰＣ通過タイムなどが登録されているシステムを通じ、正式にＤＮＦの手続きが行われるらしい。

——ここで、諦めていいのか……？

もう限界だ。わかっているのに、こめかみに脂汗がにじむ。まだ終わりたくない、と心のどこかで叫んでいる。でも脚が動かない。もう後戻りできなくなってしまうのに、木偶《でく》のように突っ立って、従順にリタイアの申告の順番待ちをしている。

「本当にお疲れさま。私、お父さんのこと見直しちゃったよ。自転車でフランス横断なんてさ」

無表情の裏で発狂しそうなほど悩んでいる父を横目に、娘は既にＰＢＰを過去のもののように扱う。

「……お母さんも、きっとびっくりするね」

急に声のトーンが変わった。おや、と進が首を回すと、歩美は言いにくそうに伏し目がちに続けた。

「実はね、お母さんも来るの。パスポートの更新もあったから、着くのは明後日だけど」

「——え？」

「お母さん、ホンット勝手だよね。お父さんに謝るまで口きいてやんないって絶交してたけど、お父さんに伝えたいことがあるんだって……許せないかもしれないけど、聞いてあげて？」

周囲の喧騒が遠ざかった。音がなくなる。ドクドクと脈打つ自分の鼓動だけが激しい。

——二年も音信不通だったのに、わざわざフランスまで……？

深刻めいてしまった自らの語りを茶化すように、歩美はわざと大げさに手をひらつかせた。

「いやぁでもよかったよ、ここで待ってて！　こんなボロボロの状態のお父さん見たら、お母さん心配しちゃうもん。一緒にパリに帰って、元気な顔でお母さんを迎えてあげようね」

ん？　と笑顔で顔を覗き込まれても、進はまばたきすらできなかった。

――光子さんが、僕に会いに……

呼ばれてるよ、と歩美に突かれて機械的に前に出たものの、スタッフの男女に見上げられて進は口ごもってしまった。ラチがあかないと思ったのか、スタッフは付き添いの歩美にどうしたのかと尋ね、歩美が「お父さん、ほら」と小声で促してくる。保護者同伴で職員室にやってきたものの、貝になっている子供のようなありさまだった。

「ア、アバン……」

ようやく棄権を宣言しようとしたが、喉が張り付き声にならない。隣に寄り添う歩美が励ますように、うんうん、と小刻みで頷いているのを感じた。

「アイ、アイ・ライク・トゥー……ギブ……」

ギブ・アップ？

「アイ・ライク……」

リアリー？

「ムッシュウ？　サヴァ？」

「Are you OK?」

「アイ・ライク……ヴェロ」

代わる代わるスタッフに声をかけられ、進はやっと返事をした。今度はするりと、迷いないまっすぐな声が出た。

「アイ・ライク・ヴェロ。リアリー！」

その場に呆気にとられたような沈黙が訪れ、次の瞬間、スタッフが爆発したように大笑いした。

「Oui, j'adore le vélo moi aussi!!」

Vélo（ヴェロ）、自転車——僕は、自転車が好きだ。こんな惨めな状況になっても、まだ諦めたくない。

進も人が変わったようにワハハと腹を抱えて笑い出し、歩美が目を剝いた。

「行こう、歩美」

まだ笑い止まないスタッフの二人と両手で熱い握手を交わすと、進は踵《きびす》を返した。

「とりあえず戻ってみるよ、パリに。自分の脚で」

「けども う、そんな身体じゃ……」

「確かに身体はぼろぼろだけど、気持ちはまだ切れてない……まだイケるって気がするんだ」

「勝ち負けもない、順位もない。走りきったところで満足するの、自分だけじゃない。自己満足のために苦しむの？　私まで心配させるの？　もうやめてよ、お願いだから」

愛娘にすがるように懇願されても、もう進は揺らがなかった。

「いや、僕は勝負をしてる」

ギュッと拳を握る。手の痺れはあっても、力は入る。爪先を床につけてそっと足首を回す。痛みはない、走れる。

もしPBPを時間内完走できたなら——

光子が会いに来てくれるとしても、誓いを破るわけにはいかない。僕は変わったと、胸を張って彼女の前に立つために。

「絶対に負けられない勝負をしてる。ごめん、歩美」

「……こんな頑固なお父さん、初めてだね」

ついに歩美が降参した。困ったような笑みで小首を傾げ、おかしそうに、そして少し眩しそうに父を見つめた。

「いつも勝ち負けに意味はない、結果より過程が大事、なんて言ってるくせに……でもぜーったい無理しないこと！」

ぐいと小指を突きつけられ、進は苦笑いする。「指切りゲンマン」はどうにも野蛮で好まなかったが、光子は娘に約束をさせるとき、小指を絡めて歌うように元気よく唱えていた。

目の前にピンと立てられた隙のないベージュ系ネイルが施された指先は、まるで呪術具のようだった。進が汚れた短い自分の小指を申し訳程度に添わせると、するりと細くしなやかな指が絡まり、子守唄のような優しい抑揚でお決まりの節が唱えられた。急に顔が火照った。

「……母さんがフランスに来るっていうのは、歩美が誘ったから？」

おそるおそる尋ねると、ため息交じりで笑みが返ってきた。

「あの人が私の言うことなんて聞くわけないでしょ。お母さんが自分で言い出したの」

「歩美はもう怒ってないのか？」

進の問いに、優しいカーブを描いていた唇がキュッと引き結ばれた。目元にもピリリと電気が走ったように真顔になり、歩美はゆっくりと言葉を選んだ。

「お母さんが私たち家族を捨てて男の元に走ったことは、生涯消えない事実だよ。やっぱり屈辱だし、許し難い。でも怒りは……そうだね、だいぶ収まったかな。ずいぶんボロクソに言ってきたけど、今は話を聞いてやってもいい――って、なんで笑ってるの？」

「笑ってる？」

自覚していなかった。進は緩んでいた口元に手をあて、今度こそフッと笑った。

「安心したんだ。仲直りできたんだな」

「仲直りっていうか、歩み寄りっていうか……お父さんは、まだ怒ってる？　許せない？」

「許すも許さないも、怒ってなんか――いや、どうだろう。僕は怒るのに慣れてないんだ」

進はぼんやりと視線をさまよわせた。

母娘が喧嘩をすれば仲裁する。家族のバランスを取り、常に中立でいる。誰でもない進自身が選んできた役割だった。いつものように全てを丸く収め平和に解決するのならば、自分も光子を受け入れればいいだけの話だ。

だが、ずっと奥底にしまわれてきた進の本心は？

「……深く考えるには、疲れすぎてる。ちょっと寝ていいかな」

「じゃあその前に、これ使って。全身くまなくね」

歩美はリュックから大判の汗拭きシートを取り出すと、鼻にしわをよせた。

身体を揺り動かされ、進はゆっくりと目を開ける。仮眠所はいっぱいだろうと確かめることすらなく、気持ち良さそうな青々とした芝生を見つけて寝転がったのだった。真昼間でも木陰と潮風のおかげで暑くもなく、瞬時に深い眠りに落ちていた。

「二時間経ったよ。ちゃんと眠れた？　こんなところで」

隣にしゃがんだ歩美に案じられながら、進は上体を起こすとめいっぱい腕を空に突き上げて伸びをした。生あくびが止まらないものの、久々に気分爽快だ。普段の生活で十時間たっぷり寝たとしても、この極限においての二時間睡眠の満足度には到底値しないだろう。

「あぁよく寝た！　生き返った！」

「ならいいけど……一体どんな境地なんだか」

歩美はあきれ顔になり、ツンケンしつつも油が染み出している紙袋を差し出した。

「お腹空いたんじゃない？　クイニーアマン。お父さんが寝てる間に、近くを歩いてて見つけたの」

「ブルターニュ名物じゃないか。ありがとう」

進が密かに食べたかったもののひとつで、さすが娘よと胸の内で拍手喝采を送る。砂糖でキャラメリゼされた発酵菓子はバターがしたたりそうに艶々と重く光り、顔を近寄せるだけでうっとりする芳醇な香りが漂ってきた。大振りの菓子パンほどの大きさにもかかわらず、手をべたつかせながら夢中で食べ尽くしてしまう。

「やばい、これひとつで一日分のカロリー摂っちゃいそう……もうちょっと食べる？」

娘から更に半分恵んでもらい、進は寝起き早々幸せに浸った。

「あと、和系が恋しくなるかと思って……」

如才なくウェットティッシュで指先を拭い、進にも使うように指示しつつ、歩美はリュックから次々に食品を取り出した。あんパンにどら焼きと甘いあんこものから、するめイカや小魚といった塩辛いおつまみ系まで、いずれも進の好きな庶民的メーカーの菓子が揃っていた。

飛びつきかけた進だが、急に気がかりになる。ブルベは基本的に、完走まで自己完結しなくてはならない。ホテルやレストランを利用するのは、既存のサービスにポケットマネーを払うのだから問題ない。ＰＢＰ特有のボランティア私設エイドは参加者全員に向けられたものなので、やはり問題ないらしい。が、個人のサポートは事前登録しなくてはならないはず……規則違反になるのでは？

「すごく嬉しいんだけど、特定の誰かに自分だけ助けてもらうっていうのは……」

「なに今更？　クイニーアマンがっついたくせに」

「えぇ、まぁ……おいしかったけども……」

「それにお父さんが事前に教えてくれてたらね、私だってサポート登録くらいしたよ。つべこべ言わず、ありがたく取っときなさい！　少しは図太くなれ！」

歩美に一喝され、進は周囲の目を気にしながらも結局その場で日本の味を口に放り込んでいった。ちょっぴりの罪悪感とたっぷりの思いやりが、前進するエネルギーに変わる。

「ブルターニュ地方には四つの県があって、ここはフィニステールっていう県なんだって。ラテン語の『地の果て』が語源らしいよ」

黙々と咀嚼する父の横で、そっぽを向いた歩美は独り言のように言った。

「日本は島国だしさ、海なんて別に珍しくもないじゃない。でもさっき坂の上から大西洋を見たとき、なんかグッとくるものがあった。ブレストは大西洋に突き出してるブルターニュ半島の西端でしょ。ああここが、本当の『地の果て』なんだって」

「……こんな辺境まで来させてごめんな」

空になった菓子袋を几帳面に折りたたみ、進はうなだれた。

「ホント！　お父さんがこんな無茶な挑戦しなかったら、きっと一生来なかったよ。ありがと、だね」

父を振り返った娘の右の頬だけに、ぽっちりえくぼができた。本人は幼い頃「なんで片方だけ」とぐずるほど嫌がっていたが、進はその愛らしい窪みを見るたび宝物を見つけたような気持ちになった。昔と寸分違わず、地の果てにあっても、それは輝いて見えた。


歩美のおかげで食事時間を節約でき、そのぶんバイク点検はじっくりと行った。娘に見られていると思うと、タイヤの空気圧の調整やオイル注入など、いつも以上に慎重かつエレガントにやってのけようとカッコつけてしまう自分がいたが、そんな気持ちの張りは悪くない。

もう一度拭いていけとダメ押しをされ、高級汗拭きシートを惜しげなく使い切った進は、心なしか良い匂いまでさせてメンテナンス万全の相棒にまたがった。良質な睡眠を取れ、身体がずいぶん軽い。だが心までこんなに軽いのは、歩美のおかげに他ならなかった。

「駅まで見送れなくて申し訳ない」

「なに言ってんの！　私が応援しに来たんだよ？　せっかくだからもうちょっと観光していくし、こっちの心配はいいって。早く行きな」

ほらほら、と急かされて進はこくりと首を縦に振ったものの、いざとなると去り難い。

「本当にありがとうな。不甲斐ない父のために――」

「あのね、お父さんのそういうとこ、駄目だと思う」

キリッと睨まれ、進は言葉を失う。

「そうやってすぐ自分を否定するようなこと言わないでよ。お父さんは、時代を先取りしすぎただけ。今の時代なら、イクメン&フェミニスト日本代表で表彰されるくらい立派だよ。ううん、今だってお父さんほど女性に理解ある人、そういない。私も社会人になって、それなりに男とも付き合って、やっとわかったの。パッと見は情けないし、頼もしいとはいえないけど、実はヒーローにも負けない、スーパーパパだったんだって」

進はぐっと喉に力を入れた。力が入りすぎて、顎が梅干しのごとくしわだらけになる。ともすれば涙がちょちょ切れそうだった。自分は二の次で無我夢中で育てた娘から贈られた、身に余る賛辞。嬉しい、ではとても言い表せない想いを素直に表現することはできなかった。

「待ってるね、パリで。お母さんと一緒に」

「……うん、いってきます」

「いってらっしゃい！」

漕ぎ出しつつ何度も振り返ると、最後にはシッシと手の甲を向けて追い払われた。

「負けんなよ！　でも絶対絶対、無理すんなよー！」

歩美の声援が胸いっぱいにこだまし、進は知らず知らず満面の笑みで真っ赤なロードバイクを疾走させていた。

十四時半と少し遅い出発にはなったが、ペダルも軽い。コースの道標となる案内板が、〈BREST〉から水色の矢印の〈PARIS〉に変わっている。

いよいよ後半戦だ。

——無理せずがんばる……じゃ無理だな。

パリ・ランブイエには明後日の十三時までに到着しなければならない。つまり残り四十六時間半で615km。前半戦はブレストまで604kmを約四十時間半かけてやってきた。同じペースを保つことができれば余裕でゴールできるが、一度は棄権しかけたほど追い詰められた状態。確実にペースは下がる。平均時速20kmはとても出せない。いつもの冷静で現実的な進なら、迷わず目標を「時間外完走」に切り替えてマイペースに行くところだ。

——でも今回は。今回だけは。とことん、がんばりたいんだ。

PBPのスタートを切ったとき、去っていった光子の影を追いかけているのだと感じた。だが現実に、ゴールのパリで光子が待っているらしい。そんな都合のよい奇跡があって良いのだろうか……だが進は自分が手を抜いた時点で、奇跡は跡形もなく消えてしまう気がした。

——しかしなぜ、わざわざフランスまで?

和解しに来たのだろうか。自分が間違っていたと思えば、潔く頭を下げられる人だとは思う。だが「好きな人」とうまくいかなかったとしても、一度捨てた家に自ら舞い戻ってくるような輩とは到底信じられない。蓄えだって進よりずっと多く、交友関係も広いのだ。むしろなにがあっても戻るまいとするのではないだろうか。

「お父さんに伝えたいことがあるんだって……」

歩美の言い淀んでいた表情から察するに、必ずしも好意的な理由ではないのだろう。進のサインや同意が必要で、それも一刻も早く必要といった「早急対応案件」を抱えていると考えるのが妥当かもしれない。

――離婚してくれとか、保険や相続絡みとか？

だからって、あと数日したら進は日本に帰るのだ。半日以上かけて少なくない出費と労力を惜しまないということは、やはり別の、つまりは「進に一刻も早く会いたい」という想いがあるのでは……どうしてもポジティブに捉えたい自分がいる。

――単にフランスに来たいだけ？　観光を兼ねて……いや、もしかしたら約束を果たさないと気がすまないのかも。

光子はプライベートも仕事も有言実行の人だ。「結婚しよう」、「子供を作ろう」。「昇進する」、「転職する」etc. 全て有言実行で通してきた。「口先だけの宣言ならしないほうがまし」と豪語してきた女性だ。

定年後、時間ができたら海外旅行をしよう――そう指切りゲンマンした彼女は、フランスで進と再会することで「約束を片付けてしまえ」ということなのかもしれない。ずいぶん乱暴な論理だが、ありえないことではない。

進は小さく頭を振った。どれだけ邪推したところで、なにも解決しない。理由は本人の口から直接聞けばいい。今問うべきは、そんなことではなかった。

「トマト！　トマート！」

路面にトレーラーを止め、お揃いの野菜柄のエプロンをした数名がＰＢＰ参加者にミニトマトを差し出していた。この辺りの農家が総出で応援に来てくれたのだろうか。進はスピードをゆるめ、手から手にまん丸の真っ赤なミニトマトを受け取る。

「ガンバレ！」

「ありがとう！」

予期せぬ日本語のかけ声が嬉しい。口に放り込んだ立派なトマトはぷちッと弾け、瑞々しい甘酸っぱさに頰がゆるんだ。こんなに味の濃い野菜を食べたのは久しぶりだ。

——奇跡の味。なんてな。

自転車に出会えた奇跡。ＰＢＰで折り返せた奇跡。そして光子がやってくる奇跡。

数々の奇跡を引き寄せた今、その幸運を本物に、自分のものにできるかこそが問われている。新たな試練が立ちはだかったのだ。

武者震いしていた。再びペダルに体重をかける。自分がこんなにも果敢な走りができるとは知らなかった。

しばらく往路とは違う道を走っていたが、やがて見覚えのある道に戻ってきた。先ほど渡井とすれ違ったが、今すれ違うのはブレストに向かって走っている「制限時間八十四時間」組がほとんどだ。彼らは日曜ではなく、月曜の早朝に出発している。

「お疲れです！」

時折日本人の姿もあり励まし合う。外国にいると同じ日本人というだけで自然に仲間意識が生まれるらしい。

もはやおなじみの緩いアップダウンを繰り返していたが、忽然と急勾配の坂が出現した。進は坂に入る少し手前でギアを一枚落とし、ため息を漏らす。

――ここが新ルートか……

コースの七割方は往復共に同じ道を通り、過去のＰＢＰから踏襲されているルートも多い。だが今回はブレストからカレに向かう道が今までと大きく異なり、経験者の体験談を聞くこともできなかった。事前に発表されたコースから、新ルートでかなり急な坂が待ち構えているらしいとはわかっていたのだが、上り出してみると予想以上にきつい。斜度にして八パーセントはありそうな、いわゆる〈激坂〉と呼ばれる類の一歩手前という体感だ。ギアを軽めにし、平地と同様の一定リズムでペダルを回すように意識しても、徐々にケイデンスが落ちてくる。

進の田舎は山が多く、このくらいの上りは特に珍しくもなかった。幼い頃から鍛えられていたせいか、ブルベ仲間が自転車を押して歩くなか、一人だけ自転車にまたがったまま上り切れて得意になったこともある。が、やはり年齢を重ねるごとに坂が辛くなっていた。

なんとか上り切り、爽快な走行音と共に風を切って一気に下る。一息つきたいところだが、もう少しすると再び上り坂が待っているはずだ。今のうちに少しでも体力を回復したいものの、上がった心拍数はなかなか戻らず、脚にじんわりと乳酸が溜まってきた気配がある。とりあえずアミノ酸サプリに頼りながら、復路早々挫けそうになっている自分に苦笑いした。

「苦しい坂でしたね」

前を走っていた参加者に追いつくと、その男性は進を振り返り人懐っこい笑みで話しかけてくれた。進も大きく頭を上下させて肯定し、笑ってみせる。どんなにキツい場面でも、笑いかけてくれる人がいると前向きな力が湧いてくるものだ。

「次の坂、一緒に上りませんか？」

進より二回りは若く、二倍は体力がありそうな男性の申し出は心強いばかりだった。喜んで同意し、簡単な英会話を交わしながらいつものように自転車のプレートをチラ見する。ハッとした。青と黄の二色国旗――ここ数年前まで全く見覚えがなかった、しかし今では日本でもよく目にするようになった国旗だ。

胸がざわめいたが、それに気付かれてはいけないような気がした。もし進が国際情勢に明るく、気の利いた言葉のひとつやふたつ持ち合わせていたら別かもしれないが、今はただ自転車乗りとして肩を並べ、共に前進することが大切な気がした。

まずは男性が進を引く形で坂に突入した。先ほどとは全く異なる手応え、いや脚応えの軽さに目を見開きながら、リズミカルに上っていく。すぐ前にいた参加者にも追いつき、男性が進と同様に声をかけた。始めは英語で、その後すぐに別の言語で短い会話がなされる。

――ロシア語？

そして当たり前のようにその参加者が進の後ろに付いたとき、そっとプレートを確認する。国旗は……なかった。本来そこに印されているはずのものが、空白になっている。

進が先頭を交代して二人を引きながら、今度はまた違う胸の震えを感じていた。心の芯がじんとするような、不思議な感情だった。

フランスに渡る前に、進はＰＢＰのオフィシャルサイトで国別の参加者の割合を見ていた。日本からの参加人数や参加者の多い国などを確認しながら、気付いたのだった。四年前の前回は二百人以上が参加していたロシアから、今回は誰一人参加していないのを。

——そういうことだったのか……

国旗の描かれてない参加者が前に出て、進は一番後ろに下がる。すれ違い様に二人の顔色を窺ったが、厳しい坂に淡々とアタックしている以外の印象は受けなかった。

それでも進は考えた。世界は複雑だ。国同士の問題もややこしい。だが本来、人間ひとりひとりは、シンプルで優しい生き物なのではないだろうか……

——皆が自転車に乗っているから、ＰＢＰだからかもしれない。

日本人同士の繋がりを強く感じてきたが、この極限下においては声を掛けあわないまでも、全ての参加者にひとつの仲間意識がある。励まし合い、時に怒りあきれ、称えあう。尊重しあっている。今だけであったとしても、国や言葉の壁なんて存在しないと信じられた。

額に汗をにじませ、ハッハと短い呼吸を繰り返しながらも、進はこの痺れるような心持ちを生涯忘れまいと思った。


「サンキュー、グッドラック！」

坂を乗り切ったあともゆるやかに協力しあい漕いできたが、汗だくになり小腹も減った進は町に入ったタイミングで二人と別れた。中央広場に並んだ屋台を見つけたのだ。

教会前のこぢんまりとした空間だが、ＰＢＰを歓迎する横断幕と子供の誕生日会で使われるようなカラフルな三角フラッグガーランドが張り巡らされ、地元住民らしい老若男女が楽しそうに集っている。ＰＢＰ参加者の姿もちらほらあり、進もまた自転車を止めるとアイスクリームを求めた。

「ええと、シトロン、アンド……ヌテラ、しるぶぷれ？」

さっぱりシャッキリさせてくれそうなレモンソルベはすぐ決まったが、ついいつもの欲が出て「ご当地もの」を探してしまう進は、スーパーでよく見かけた「ヌテラ」味のアイスを試してみることにした。ヘーゼルナッツ入りのチョコレートペーストのようなもので、イタリアのメーカーだがフランスでも朝食やおやつの必須アイテムらしい。

カップによそってもらったそばから溶け出すアイスを大きくすくい、口に放り込む。こってりした茶色から想像した通り、かなり甘い。だがチョコレートアイスとはまた違う独特の風味。進の好みからするとベタッとしすぎていたが、悪くはない。

――でもやっぱりレモンの酸っぱさが嬉しいな。細胞に染み渡る感じ。

今も暑いが、ブレストから三時間近く走り続け、既に十七時をまわっている。この調子だと次のPC・カレのクローズタイムに間に合わないのは目に見えていた。ブレストで休みすぎたのか、坂がキツすぎたのか……おそらくその両方だったが、進は妙に落ち着いていた。一度タイムオーバーして肝が据わったのかもしれない。

――カレは間に合わなくても、その次で巻き返すさ。

それよりもアイスで刺激され、更なる空腹を訴えている腹を満たさねば、またハンガーノックになりかねない。屋台で簡単につまもうかと考えたが、ブレストでタンパク質を摂っていないことに思い当たり、看板が見えているケバブ屋に飛び込む。フランスに来てからというものケバブの看板は至るところで目にしており、下手するとパン屋よりも多いのではないかと訝しむほどだったが、まだ未体験だったのだ。

メニューの種類が豊富で目移りするが、まずは定番がいい。一番上に載っている羊のケバブを指差しで頼む。浅黒い肌に黒い立派な髭を生やした店主は、無言で頷くと「そこで待て」というように、やはり指差しで狭い店内の小さなテーブルを示した。しかし既に先客が食事をしている。同じくＰＢＰ参加者だった。

「ポテト、食べる？　すごい量で」

恐縮しつつ同席させてもらった進に、目の前の赤毛の男性は英語で言いながら、おもむろにトレーを押し出してきた。確かにケバブの付け合わせというより、山盛りでオーダーしたら雪崩《なだれ》が起きたという風情のポテト洪水が起きている。

「あー、じゃあ、はい、少しだけ……いただきます」

どうしたものかと悩んだものの、断るのも気が引けて端っこの一本をもらう。揚げたてだが、しんなりしていた。取り立てて美味ということもないが、芋はいつでも歓迎だ。

神妙な顔でポテトをつまむ進を、男性は珍しい動物を観察するかのようにしげしげと見つめ、「マヨネーズもどうぞ。遠慮せず食べて」と勧めてくる。

「日本人？　僕はベルギーから来た。日本のアニメが大好きなんだ」

貫禄があるため四十前後かと思ったが、話しぶりは若く、ひょっとすると二十代後半かもしれない。次々に好きな作品名を繰り出されても、進にとってアニメといえば歩美が幼い頃に一緒に見ていた日曜夜の「世界名作劇場」。曖昧に首を傾げることしかできなかった。

このままではポテトとおしゃべりで腹いっぱいになりかねないと危ぶんだが、ケバブはすぐにできあがった。パニーニのような薄いパンにそぎ切りの肉がパンパンにつめられ、葉物野菜とトマトも覗いている。手にするとずっしり重い。

「んッ！」

うまい!!　かぶりつくたびにこぼれ落ちる肉をパンに戻しながら、一心不乱に食べ進める。パサつきなくジューシーな肉はそれだけで満足できたが「サムライソース」が良い刺激になっていた。ソースを選べと言われたもののケチャップとマヨネーズ以外はわからず、お任せにしたのが功を奏した。優しげなピンク色からは想像できない強烈なソースでうっすら汗をかくほどだったが、刺激物を食べるのが久しぶりで嬉しい。

頼んでもいないのに進のトレーでもポテトの土砂崩れが起きていて食べ切れるかと案じたが、口がひりつくとポテトで中和できる。早食いではないものの先客の男性とほぼ同時に食べ終えていた。自然な流れで共に出発することになる。

「待て。これを持っていけ」

おいしかったと礼を伝えると、無愛想に見えた店主が口髭を少しだけ持ち上げ、ペットボトルの水を手渡してくれた。ちょうど自転車に積んでいる水が少なくなり、買い足そうかと考えていたところだ。最高のタイミングの善意に、深々と腰を折り店を後にする。

「すごい、日本の本物のお辞儀を初めて見た！」

アルチュールと名乗った男性は、妙なところで鼻の穴を膨らませた。

「さっきも道脇で足を組んで座ったまま寝ている日本人参加者を見かけたよ。さすがサムライ、ゼンの国だ」

〈ゼン〉が〈禅〉であると気付くのにしばし時間を要した進だが、外国人にとっては未だに〈侍〉が日本を代表していることのほうに驚いてしまう。

話したくてうずうずしている様子のアルチュールは、進の愛車を見るとにっこりし、

「ジャイアントか！　僕も持ってるよ。今回はこれだけど」

と、真っ白なフレームに黒字で〈TREK《トレック》〉と書かれたシンプルで美しい車体を自慢げに紹介した。

「さっき自転車アニメの話をしただろ？　その主人公のチームのキャプテンが乗っているのがこのトレック。ちなみに彼のライバルが乗ってるのがジャイアント！」

共に走り出してからも、彼は懸命にアニメの魅力を語り「絶対見てほしい！」と唾を飛ばす。

進もタイトルを耳にしたことはあったが、異国の自転車乗りにそこまで推されると気になってくる。ＰＢＰにまで手を出すようなブルベ好きは大抵数台のロードバイクを持っているが、高価なこともありジャイアント一台・一筋の進は、同じ自転車に乗っているというキャラクターを見てみたい気がした。

「バイク一台しかないいんじゃ不便じゃない？　故障したときとかさ」

「毎日どうしても必要なわけではないし、昔使っていたママチャリ……籠付きのシティバイクもあるので」

進は思い出し笑いを噛み殺して答えた。ロードバイクの不具合で修理に預けたとき、久々にママチャリを引っ張り出してみたら、ペダルは空気を掻くように軽くスカスカだった。あまりに進まず壊れているのかと焦ったほどで、別の乗り物であることを痛感させられた。

「でも近所の買い物程度でも、ロードバイクのほうがずっと快適ですよね。今では買い出し専用の大型ザックを使ってます」

ハンドルに大根を入れた袋を引っかけて走っていたら、タイヤに巻き込まれて秒速で大根おろしになった経験も伝えたかったが、進の語学力では混乱させてしまいそうだと自重した。

賑やかな連れ合いができ、自転車を走らせることが楽しかった。アルチュールは早口のうえブロークンな英語で、ほとんど何を言っているのかわからない。進がやっとのことで返事を捻り出しても、本当のところ通じているか怪しい。だがお互いがなんとなく浮き浮きしているのが伝わり、噛み合っていなくても支障なかった。

「ケバブ屋はベルギーにもたくさんありますか?」

共に走り出して何度目かの町を通り抜けつつ、ケバブの看板を示して質問してみた。アルチュールのジャパン・ポップカルチャーの知識の豊富さは進の比ではなく、日本の話題には困らなかったが、進がベルギーの話をと考えてもビールくらいしか思いつけず苦し紛れになってしまった。

「たくさんあるよ。安くて手軽で、日曜も開いてる店が多いからありがたいよね。それにベルギーのポテトはおいしいし! フリッツって言って、専門店もあるくらい。ケバブはなかなかだったけど、フランスのフリッツは全然ダメだね。本物のフリッツを食べてほしいよ」

が、予想以上に熱い返答に進のほうがびっくりする。アルチュールはベルギー・フリッツについても一家言あるらしく、滔々《とうとう》とそのうまさについて述べてくれた。進は几帳面に相槌を打ちながら「全然ダメ」なポテトを押し付けられていたと思うとおかしかった。

「フランスとお隣の国で言葉も同じだったりするのに、いろいろ違うんですね」

ベルギーがフランス語、オランダ語、ドイツ語の三ヵ国語を公用語にしていることを進はかろうじて思い出した。

「だね。でも僕はフランス語圏で育ったけど、フランスのフランス語はおかしいと思うこともあるよ。数字なんてナンセンスだよね？ septante（70）を soixante-dix（60＋10）、huitante（80）を quatre-vingts（4×20）、しまいには nonante（90）を quatre-vingt-dix（4×20＋10）なんてさ！ 全く意味不明だ！」

勝ち誇ったように笑うアルチュールを目の当たりにして、ちょっぴり心配になる。

「……ベルギーとフランスは、あまり仲がよくない？」

「そうだな、なんていうかベルギー人はよくフランス人を馬鹿にするし、フランス人もベルギー人を馬鹿にする。茶化し合うのが一種の文化っていうのかな。それも古くから続くね。でも心配しないで。大好きなフランス人の友達もいるし、この国を嫌いじゃない」

ユーモアを含んだウインクが返ってきて、進も思わず目尻を下げていた。

5. Étoiles《星々》 697km / Carhaix-Plouguer《カレ＝プルゲール》

早朝に出発したカレに舞い戻ったのは二十時少し前だった。日の出と共に走り出し、なんとか日が沈む前に戻ってきたが、復路最初のPC・カレのクローズタイムは十九時四分。コントロールの列に並んでいる際は「もし失格になったら……」と緊張したものの、今回もおとがめなしでタイム記入とスタンプをもらえ安堵する。

「アニメを見たら、是非感想を教えて！」

アルチュールにSNSアカウントを聞かれ、進は原始的にメールアドレスのメモを渡した。自称〈OTAKU〉のベルギー人と、日本風にお辞儀をして別れる。ヘルメットの隙間からぴょこんと飛び出た赤毛が揺れていた。

進はお気に入りのソーセージガレットを買い小休憩を取ることにした。もぐつきながら周囲の参加者を見回し、皆の表情が往路より柔らかいことに気付く。

——そう見えるのは僕だけ？　心の持ちようの問題なのかな。

もちろん誰もが薄汚れ疲弊してはいるのだが、今は「帰り道」。既に折り返し、戻るだけだと考えればガタがきた身体でもどうにかなるかもと錯覚できる。進は早速タイムオーバーしてしまったものの、クローズタイムの設定時間も徐々にゆるくなるのだ。決して楽観はできない状況だが、焦り狂っていた心に少しだけ余裕が生まれていた。

――楽しもう。楽しまなきゃ損だ。

とはいえPCは速やかに後にせねばならない。急いで補給食を買い求め、脚をもぞもぞと交差させた真に迫るアイコン付きトイレに寄ると、もう二十時半。これから迎える夜に備え、反射ベストを羽織り服装も調整する。暗くなるとたちまち眠気に襲われることを嫌というほど学んだので、明るいうちにできるだけ進んでおこうと少しハイペースで漕ぎ出した。

次に目指すはWPのグアレック。カレから34km地点の町で二時間もあれば着くはずだが、こちらも新ルートを通る。そしてやはりというべきか、坂。

「今回のコースを考えた人は、サドに違いない……」

もはや心の内にしまっておけず、ブツブツと悪態をつきながらアップダウンを消化する。特にグアレックに入る坂は、参加者の心を折るために準備されているとしか思えないほどキツかった。

だが日が落ちて暗くなったにもかかわらず、沿道の人たちの応援には凄まじい熱量があった。そう熱烈歓迎されては、へばった姿も見せられない。進は腰を浮かせ、慣れないダンシングを試みる。歯を食いしばっていても目を輝かせた子供たちに手を伸ばされると、よろめきそうになりながらハイタッチを返した。

「なんだよ、カッコつけちゃって」

自分の意外な一面に照れてセルフツッコミを入れる。だが改めて人生を振り返ってみれば、カッコつけたいと望む場面がほとんど訪れなかっただけなのかもしれない。

WPに到着すると持参したアミノ酸粉末でスポーツドリンクを作り、トイレ休憩のみですぐに出発した。次のPCルデアックまで50㎞強。これまたしばらく坂が多い区間だ。

ピカッと後ろから照らされたかと思うと、四人組のイギリス人集団に追い抜かされた。一糸乱れず等間隔に漕ぐさまは、訓練された兵隊を彷彿とさせた。

――参加者の多い国は強いな。夜は危ないし、できれば誰かと走りたいけど……

これまで走りながら参加者を観察してきたが、組織立って走っているのはイギリス、ドイツ、アメリカ、そしてもちろんフランス勢が多いように思われた。事前にしっかり計画を立ててチームを組んでいる人たちの後ろにタダ乗りさせてもらうのは難しい。

――やっぱりライトはハブダイナモだったなぁ。

進は充電式ライトを使用し、予備に電池式ライトを持ってきた。日本のブルべ仲間もほとんど同様の装備だが、欧米人の主流はハブダイナモライトのようだった。タイヤが回る摩擦で発電するハブダイナモは、充電切れ・電池切れのおそれがない。進も悟が試し買いしたものを試させてもらったことがあるが、走行時の抵抗感が気になった。そして重い。

〈充電式ライトが100gだとして、ハブダイナモだと400g前後？　300g違うと重心が変わるんだよなぁ……体力ある欧米人はパワーで押し切れるのかもしれないけど〉

稲毛の海外ブルべ遠征記に書かれていた一節がぼんやりと思い出される。ロードバイクの重量が約八キロしかないことを考えると、100gと400gの違いは些細なようで大きい。

他にも進が興味深く思ったのは、アジア人と欧米人では停車時に着く足が違う点だった。日本人は左足を着き、欧米人は右足を着く。欧米人でも左側に足を着く人がいるなぁと思うと、だいたいはイギリス人だった。イギリスも日本と同様、左側通行の国なのだ。

後方確認をするとき、つい右側から振り向き、左からやってくる車を認めるためにキョロキョロしてしまうのも同じ原理だった。ようやく左から振り向くことに慣れた進だが、いつもと逆向きに首を回転することで普段使わない筋肉が刺激されるのか、妙に肩が強張る。

「ハロー、グッドイブニング！」

良いペースで走る各国混合トレインを捉え、進は今だと声をかけた。夜の単独走でまた寝落ちするくらいなら、恥も外聞もなく頼み込んで一緒に走らせてもらうほうがいい。ランブイエをスタートしたときは英会話にビクついていたのに、たった二日間で通じなくてもめげずに棒読み英語を繰り返せるメンタルを手に入れた。

集団に混じると柔らかな繭に包まれたような心地がする。大勢で走ることに苦手意識が先立っていた序盤が嘘のようだ。たとえ一時であっても体力を温存できるのはなによりありがたく、真っ暗闇のなか「独りではない」と思えるのは心の支えになった。

零時を回った頃、突然雨が降った。気温が一気に下がり、志気もがくんと下がる。

一時間ほどトレインに乗れただろうか。しかし徐々にばらけていくのは必然で、ついに進も脱落して単独で走り出した矢先だった。集団の光が遠ざかっていっても、進にはもう脚がなかった。

——昨日の夜に比べて、ずいぶんテールランプの赤い光も減ったな……

長い長い旅だ。当初は密集していても各人異なるペースがあり、時間が経つほど参加者はまばらに散らばっていく。確実に減ってもいる。

——ＤＮＦしたサドルくんやまほりんさんは、無事にパリまで帰れたかな。きっと今頃、暖かいホテルのふかふかしたベッドでぐっすり寝ているんだろうな……

「羨ましい」

無意識に大きな独り言を吐き、進は自転車を止めた。ザッと降ってすぐに止むだろうとタカをくくっていたが、いよいよ雨脚が強まってきたのだった。

カッパを出し、濡れてへばりついた服の上から羽織る。不快極まりなかった。深夜の雨のライドほど辛いことはそうそうない。漕いでいれば暑い気がしても、濡れたまま風を切る身体の先端から確実に体温は奪われていく。気がついたときには身体の芯まで凍え、震えは止まらず思考能力まで失くしていたりする。

再びペダルを回し出したものの、進の頭は泥水が流れ込んできたようにどんよりしてきた。ちょっと前までやる気を出してポジティブに自転車を走らせていたことなんて、もはや忘却の彼方だった。過去と現在は必ずしも繋がっていない。

「絶対絶対、無理すんなよ！」

歩美の声が聞こえた気がした。

——少しだけ、休もうか……

チラとそう考えただけで脚が鈍くなる。ペダルが回らない。前に進まない……まぶたまで重くなってきた。忙しないまばたきを繰り返しながら、自分がなにをしているのか不意にわからなくなる。

そのとき路肩の草むらから、小さな黒い影が飛び出した。

「!!」

急ブレーキをかける。細いタイヤは雨で滑り、いとも簡単にすくわれた。制御を失った車体と共にふわりと身体が宙に浮く。そのコンマ数秒を、進は連写写真を眺めるように、第三者の視点で冷静に知覚していた。

——あ、転ぶ。

咄嗟に頭を守り、肩から落ちた。地表を感じた瞬間、スーパースローになっていた時間が正常に戻る。内臓がバウンドするような衝撃が起こり、右半身に痛みが走った。

「ッつ……！」

肩が、腕が熱い。だが痛み以上に落車したというショックから過呼吸になりかけた。呼吸を整えるため大きく吸って吐くことに意識を集中する。そのままゆっくりと体勢を変え濡れた地面に腹這いになると、こんもりと丸い物体がテチテチと道路の向こう側に去っていくのが見えた。

——ウサギ？　じゃない。あれは……ハリネズミ？

優に三十センチ以上はある巨大なハリネズミだった。短い手足で懸命に進むさまは愛らしくさえあり、晴天のもとで出会えたならばきっと単純にかわいいと感じただろう。

脱力した進は、再びごろりと身体を転がして仰向けになった。雨がサングラスに打ちつけ、夜空は抽象アートのように雨粒で揺れて滲み、姿を止めることがない。息も絶え絶えの唇を割って入り込んでくる冷たい滴は悪くなかったが、落車直後の燃えるような痛みはじんじんと疼く鈍痛に変わり耐え難くなってきた。

進は観念して目を閉じた。

そういえば歩美が小学校に上がった頃、近所のペットショップで針の白い小型ハリネズミに夢中になっていた。土日の昼間に見に行ってもいつも丸くなって寝ていて、娘がなにを楽しんでいるのか進にはよくわからなかった。

そう、奴らは夜行性なんだ。そして気まぐれに自転車の前に飛び出してくる……

「Are you OK?」

手足を投げ出し雨を浴びながら路上に伸びていた進は、透き通るソプラノの声に起こされた。こんな状況であっても眠りかけていた進は、朦朧としながら「しっかりしろ」と思う。だが身体が動かない。気力を振り絞ってどうにか目を開けたのと同時に、抱き抱えられるようにして助け起こされていた。

「Can you hear me?」

顔を覗き込まれ、ようやく意識のピントが現実に戻ってきた。息がかかりそうなほど迫っている顔は、おそらく不安から強張ってはいたが、目が覚めるような気品があった。頬骨の張った角ばった輪郭に切れ長の瞳、平たい唇。現代の美の基準とは異なるのかもしれないが、気高い野生動物のように美しい。かつて名画座で見たソフィア・ローレンにどことなく似ていた。

そんな女性の腕に抱かれていることを認識すると、進は恥ずかしさでぼおッとし「イエス」やら「ＯＫ」やらもごつきながら、なんとか自力で体勢を立て直した。

そのとき後方からライトの光が近付いてきて、慌てて倒れていた進の自転車を路肩に寄せる。女性の手を借りながらだったが、痛む右腕もちゃんと動いた。右手のグローブは破れ、手の甲の皮膚が削れたようになっていたが、どこも折れたりしておらず安堵した。

女性がジェスチャー交じりに「手当てするか」と尋ねてくれ、進は大丈夫と笑ってみせる。怪我の応急処置セットは最低限ながら持参していた。

「サンキューベリーマッチ、ノープロブレム。ユーキャンゴー」

心配をかけまいと可能な限りにこやかに話したものの、女性は困惑したような表情のまま進のそばを動かなかった。進としてはこれ以上迷惑をかけたくなく、腕で前方を示し「ユーキャンゴー」と繰り返してみたが、女性が悩んでいる様子に困ってしまう。

「実はライトが切れて困ってるの」

女性の英語はなまりが強かったが「My lights」と「trouble」が聞き取れた進は、そういうことかと深く頷いた。予備を持っていると伝えると、女性は絵筆で引いたような細い眉を持ち上げ喜びを表した。

その予備ライトを渡そうとして、車体のチェックも兼ねてかがみこんだ進は「あッ」と叫んでしまった。自転車の損傷で一番怖かったのは直してもらったディレイラーハンガーで、こちらは無事だった。が、落車の衝撃でライトが壊れている。持参した予備ライトはひとつしかない。

状況を察したらしい女性の顔は再び憂いで陰り、二人のあいだに沈黙がおりた。

「Are you continuing?」

嘆願するようにまっすぐ尋ねられた。二重どころか三重くらいにみえる彫りの深い大きな眼に訴えられ、進はたじろいだ。

続けるのか？　――走り続けないのなら、ライトを譲ってほしいということか？

さすがに二度も落車して、続けようというほうがどうかしている。身体も痛むし、少し休みたい。走り続けるにしても、制限時間内の完走は無理かもしれない……ハンガーノックでリタイアもありえたとき、悟に窮地を救ってもらった。今度は進が彼女に手を差し伸べ、予備ライトを託すべきではないか？

痛々しく擦り剝けた右手の甲に視線を落とす。血は滲み出るそばから雨で洗われ、既に止まろうとしていた。左手で右の肩から肘にかけ、そっと触れてみる。右半身の鈍痛は相変わらずだが、触った瞬間に飛び上がるような痛みはない。

「……ソーリー」

進は頭を下げた。無謀だとわかっていても、やっぱりまだ走り続けたい。少なくとも身体がいうことを聞くうちは。

女性は驚いたように目を見開いた。失望させたかと申し訳なかったが、よくよく聞いてみると「走り続けるなら次のＰＣまで一緒に走らせてほしい」ということらしい。確かに街灯もない深夜の田舎道で前方を照らせないと、生死に関わる事故が起きかねない。しかも雨で視界は最悪。ＰＣにさえ辿り着けば、ライトなどの機材は購入できるはずだ。

「オフコース！」

そういうことなら、と進はずぶ濡れの胸を叩いた。早とちりの一人相撲だったと内心で舌を出す。手負いの進としても、共に走る仲間がいてくれたら安心だ。

「私はマティルデ。ミラノで子供にピアノを教えているの」

即席チームを組んだ二人は簡単に自己紹介をし、結局マティルデは進の右腕と手の甲の手当てまでしてくれた。オクターブも軽々と弾きこなすに違いない長い指だった。

「では行きましょう、ＧＯ！」

進の落ち度で貴重な時間を取らせ、余計に雨に打たれ寒い思いまでさせてしまった。せめて少しは良いところを見せなくてはと奮い立つ。幸い、脚も自転車も大事には至っていない。

だが時折ペダルを踏みこむときと引き上げるとき、右足首にピリリと痛みが走った。ヒヤリとしたものの、しばらく漕いでいるうちに痛みを出さないコツがわかってきた。足首が動かないよう固定するイメージでペダリングすればいい。つまりはロードバイクの基本の漕ぎ方だ。図らずも疲労で崩れてきたフォームを正す良いきっかけとなり、多くのことがおざなりになっていた余裕のない自分を客観視できた。同時にＰＢＰを走り出した当初、「フォームが綺麗」と褒められたことが遥か昔の出来事として蘇った。

雨にぶつかるように漕いでいると、呼吸が苦しい。どうしても俯きがちになるが、自分がしっかり前を照らして二人分注意しなくてはという義務感が、良い眠気覚ましになっていた。数十分も走ると雨脚も弱まってきて、そろそろ止むさと希望が湧いてくる。

「あの空を見て！」

後ろから華やいだマティルデの歓声がして、進は空を仰いだ。雨雲で一面塗り込めたように白くけぶる夜空が、進たちが向かう先で突然割れていた。厚い雲が途切れ、黒々と美しい空に星が光っている。

――ここは雨なのに、あそこは晴れていて星空が見えるのか……

シュルレアリスムの絵画世界に紛れ込んだような、奇妙な感覚だった。

「Yeahhh!!」

いよいよ雨雲を抜き去り星空の下にやってきた瞬間、マティルデが喜びを爆発させた。その叫びが呼び水となり、進も雄叫びを上げていた。理性は吹き飛び、感情が迸《ほとばし》る。

今までの暗闇とは別世界の、まばゆいまでの星々。高潔な白から温もりある黄色まで繊細な色のバリエーションを感じ取れるほど、大小の星が数限りなくまたたいていた。進の田舎でも、これほど多くの星を目にしたことはない。

傷だらけの自分を励ますため、世界で今ここだけに現れた特別な星空なのだ……息をするのも忘れながら、進はなんの疑いもなくそう断じた。

二人は声を嗄らすほどに叫びながら走った。雨雲の裂け目はそう長く続かず、再び霧雨のなかを走ることになったが、一時よりさらに雨の気配が薄れている。

――それに雨雲の上には、星が光ってるんだ。

あの星空は神がかっていた。進は限界を超えた先にある、超人的なものに触れた気がした。平凡で無難な生き方を選んできた自分に、そんな一瞬が訪れたことが夢のようだった。サングラスをぬぐいながら、この道の先にきっと待っている星空を目指す。

「ちょっと歌ってもいいかしら?」

進は慣れない大声を出しすぎて消耗していたが、マティルデにとっては発声練習程度だったのかもしれない。口が乾いてまともな返事もできず、こっくり顎を引く。

控えめな咳払いが聞こえたかと思うと、透明だが精強なソプラノが夜空に響きわたった。雨粒まで震わせそうな伸びやかな歌声で、聞き覚えのあるイタリアの名曲が次々に披露される。上手い。プロの歌手と聞いても驚かないレベルだ。ピアノだけでなく声楽も嗜《たしな》んでいるのだろうか。

進はコンサートに招待されたような気分で聞き惚れた。

「今の『フニクリ・フニクラ』ですよね？」

威勢のよい楽しい一曲が終わり、進は思わずマティルデを振り向いた。いつどこでこの曲を覚えたのか定かではないが、耳にするだけで自然と心が弾んでくる。

「知ってるの？　じゃあ一緒に歌いましょう」

「ノーノー！　僕は音痴なので」

「誰も聞いてないわよ。恥ずかしがらないで！」

思わぬ展開になった。余計な一言を挟んでしまったと悔やんだが、マティルデは意に介さず「スリー、トゥー、ワン！」とカウントダウンを始め、もう一度頭から歌い出した。

イタリア語でなんと歌っているかはさっぱりわからないが、あれだけ叫んだあとに恥じらうのも馬鹿らしいと、進もメロディに合わせてうろ覚えの歌詞を口ずさむ。

「行こう　行こう　火の山へ！」

だんだん調子が出てきて、いつのまにか堂々と声を張っていた。曲の二番、三番に入ると皆目歌詞の見当がつかなかったが「ララー」、「ポポーン」と適当にしのぐ。サビの最後の部分だけはイタリア語の原曲と同じ「フニクリ　フニクラ」のため、二人で大声を合わせることができ実に気分が良かった。腹の底から歌うことが、こんなに愉快とは！

「Bravo!!」

歌い終わるとマティルデは、口笛でも吹かんばかりに褒め称えてくれた。

「あなた、結婚は？」

そして唐突な質問。なんでも「フニクリ・フニクラ」はヴェスヴィオ火山にあったケーブルカーのＣＭソングとして作られたものらしい。

「だけどこれは愛の歌なの。最後はプロポーズで締め括られているのよ」

「ラブソングだったんですか！」

「火の山へ行こう」という日本語歌詞の訳は間違ってはいなそうだが、愛を伝えるような一節は記憶にない。むしろ「フニクリ・フニクラ」のメロディから真っ先に思い起こせる歌詞は「鬼のパンツはいいパンツ」だった。

「日本では『デーモンズ・パンツ』という替え歌になっています。子供が大好きでした」

「What?」

「デーモン・ノ・パンツ」

「それじゃそのパンツバージョンでもう一回！」

マティルデが再びカウントダウンをし、進は元気よく歌い出した。歩美が幼い頃に何度も繰り返し一緒に歌ったとはいえ、つかえることなく歌詞が出てくることに驚く。先ほどより声が伸び、喉の奥が広がっている実感がある。なりふり構わずより大胆に、ただ自分が楽しむためだけに大声で歌った。

「はこう　はこう　鬼のパンツ！」

馬鹿笑いして苦しくなる。肺が痛い。だが右半身の痛みは吹き飛び、眠気も完全に消えている。マティルデまでつられたのかケタケタと甲高い笑い声をあげ、進も笑いが止まらない。おかしなテンションで突っ走り、いつのまにかスピードまで上がっていた。

「あなた、とっても歌がうまいじゃない！」

マティルデは弾む息を落ち着けながら、嬉しそうに言った。

「是非、奥さんにラブソングバージョンを歌ってあげて」

「いや、妻に音痴と言われまして」

「それはきっと今みたいに腹の底から歌ってなかったからよ。腹の底から、心の底から歌ったら、絶対に奥さんに届く」

ようやく笑い止んだ進は、雨もまた止んでいることに気付いた。相変わらず空はけぶっていたが、よくよく見れば雲は絶えず流れている。また息をのむような星空を拝めるかもしれない。

「夜景も星も、なんて欲張りな話かしら？」

ふと光子の挑発的な瞳が進の脳裏をかすめた。初めてのサイクリングデートで東京湾の夜景を眺めたとき、星が見えないと彼女は呟いたのだった。

「国副さんらしくていいんじゃないですか」

答えに窮した進は、数拍置いて返した。言葉を選びながらではあったが、本心だった。

「じゃあ東京の夜景と田舎の星空、どっちのほうが好き？」

「どうでしょう、考えたことないです。全然別物ですし、それぞれ良いところがあるし……」

試されているような質問にうろたえ、進ははたと理解した。目の前に広がっている夜景が特別に美しく感じるのは、光子と一緒に見つめているからなのだと。

「とりあえず僕は、この景色を生涯忘れないと思います」

「ずいぶん大袈裟だねぇ君は……でも、うん、私もきっと忘れないかな」

あのとき光子にほほ笑みかけられて、進は思ったのだ。僕の田舎の星空を、この人に見せてあげたいと。この人と一緒にあの見飽きた美しい星空を眺めたら、どう見えるだろうと……

「私は東京の夜景のほうが刺激的で好き」

光子に田舎の星を紹介できたときには、既に夫婦になっていた。彼女らしい正直な感想は、つい人の顔色を窺ってしまう進にとって心地よいものだった。

「けど、心が落ち着くのはやっぱり星空かなぁ」

その眩しいほどの笑顔に、光子こそ激しくエネルギーに満ちた東京の夜景なのだと悟った。そして自分は、そんな光子が落ち着ける田舎の星空でありたいと願った。

——光子さんがさっきの星空を見たら、どう思っただろう……

寂しい。みぞおちのあたりがぎゅうんと縮まり、キリキリする。ひどく寂しい。本当は出ていかれる前から、ずっと寂しかったのかもしれない。

光子は仕事、進は家事と子育て。夫婦になってからの日々は嵐のようにすぎた。充実していた。初めてできた「やりがい」が進を駆り立てていた。だがなにをするでもなく、ただ寄り添ってぼんやり星を眺める、そんな夫婦の時間をなおざりにしすぎていた。

——もっと二人の時間を大切にしていたら。僕が光子さんの背中を押すだけでなく、立ち止まらせていたら……なにか変わっただろうか？

「ごめんなさい、気を悪くした？」

どれだけ黙りこくっていたのか、過去に運ばれていた進は心配そうな声で我に返った。

「……心の底から声を出したら、届くものですかね？」

あんなに笑い転げていたのに、今度はほほ笑むことすらうまくできなかった。レモンを噛み締めたような顔になってしまう。

「届くわよ。保証する」

間髪を入れず、マティルデは断言した。

強張っていた顔も、みぞおちの違和感もゆっくりと溶けていき、進は思い出したように大きく息を吸い込んだ。


「やった、間に合った！」

八つ目となるPC・ルデアックに深夜二時前に滑り込み、進は思わずマティルデとハイタッチを交わした。あと十分もすれば連続タイムオーバーとなるところだった。落車したときは万事休すかと文字通り天を仰いだものの、前半の集団走と後半のマティルデとの二人三脚が功を奏したようだ。

泥だらけの水浸しで身体がべたつく。熱いシャワーを浴びたいところだが、まずは傷の確認と手当てを優先すべきだろうと、ライトを探すマティルデとお互いの健闘を祈って別れた。

深夜だというのにカーテンで仕切られた救護室は人の気配で満ちていた。静かだが圧縮された疲労が空気を澱ませている。進は通されたブースに座った途端に眠気が押し寄せてきて、わずかな待ち時間にこっくりこっくり船を漕いでいた。

まだ若い医師がやってくるとすぐさま傷を診てくれた。学生のようなあどけない顔だが、手首に蔦模様に似たタトゥーを見つけカルチャーショックを受ける。タトゥーは厳つい人が入れているという先入観を持っていた進だが、こちらではお洒落の一環でかなりカジュアルなようだった。

――そういえば歩美がピアスを開けるって言い出したときは大反対したけど、今じゃなんとも思わないもんな。

医師は手際良く生理食塩水のボトルで傷を洗い流し保護シートを貼ったが、消毒・ガーゼ・包帯という流れを想像していた進は不安になる。案じ顔を見てとったのか、平易な英語でゆっくりと「なぜこの方法が良いのか」繰り返し説明してくれた。とても良い先生だ。日本ならタトゥーの時点でクレームがつきそうだが、最終的に進はすっかり信頼していた。

痛々しい擦過傷よりも後々響くのは打撲だろう、とも言われた。今では右腕全体が赤紫と黒ずんだような青のまだらに変色し、一部腫れてきていた。

「無理はしないほうがいい。それでも、続けますか？」

優しい口調には進の意志を尊重する響きがあった。進は「イエス」と顎を引く。

「痛み止めは持っていますか？」

この質問にも、神妙な顔で頷いた。ブルベでは常に、万が一の保険、いわばお守りとして持参している。しかし痛み止めの効果は一時的なもの。痛みの根源が治るわけではない。むしろ痛みを忘れて無理ができてしまうぶん状態を悪化させ、薬の効き目が切れたときにはより激しい痛みに苦しむことになる……

ブルベ仲間の体験談から、慎重で臆病な進は一度も痛み止めを試したことはなかった。痛み止めを飲んでまで走る意味がわからないとすら考えていた。

――今回も飲まずにすませたいけど……最後の手段になるかもしれないな。

去り際、手当てを施してもらった右手を避け、左手を差し出した。医師はかわいらしい微笑を浮かべると、白衣の袖の下からタトゥーを覗かせ進の手を軽く握った。

「Bonne chance（幸運を）」

その後ドロップバッグサービスの会場に直行し、汗拭きシートで全身を拭う。腕のこともある、シャワーはなしだ。時間の節約にもなるじゃないかとプラス思考で通す。乾いた清潔なジャージに着替えると、ようやく人間らしさを取り戻した気がした。スタート時に真帆が着ていた鉄紺色の日本ジャージでゴールを目指す。

会場で数名の日本人参加者と顔を合わせ一言二言交わした感覚では、口を開くのも億劫そうな者とまだ余裕があり話したそうな者が二対一というところだった。「ここでリタイアする」と息も絶え絶えの者もいた。

時計を確認し、三十分ほど仮眠が取れそうだと判断する。仮眠所でゆっくりとはいかないが、食事をして机で突っ伏して寝ればいい。屋内にちょうど良いスペースがあれば、床寝でも……そう考えながら食堂へ向かうと、ホールの片隅で防寒着を重ねたマティルデが丸くなっていた。いかにも寒そうに身体を縮こめている。

「これ、使ってください」

そっと近づき、まだ眠っていないとわかると進はエマージェンシーシートを差し出した。せめてもの恩返しと感謝の気持ちからだったが、マティルデは寝ぼけ眼をこすりながら、ほとんど泣き出しそうに感極まった声を出した。

「なんて優しいの！　でもあなたが使うために持ってきたんでしょう？」

「僕はどうとでもなりますから」

「これから寝るのね、じゃあ一緒に使いましょう。そのほうが暖かいし」

誘いの手を伸ばされた進は、場違いに顔が火照った。

「でも、えーと……三十分だけでよければ……」

背中合わせとはいえ身を寄せ合って同じシートに包《くる》まると、どうしてもドキドキしてしまう。光子以外の女性と寄り添って眠るなんて、初めてのことだった。

――これは浮気じゃない。浮気じゃないぞ……

服を着替えていないマティルデは雨でしっとりしていたが、それでも充分にぬくい。彼女のほうが進より大柄で体温も高かった。広く肉厚なたくましい背中を肌で感じながら、肩甲骨が浮き出た華奢で冷たい妻の背中を遠くに想った。

興奮して眠れないのではという心配は杞憂で、進はすぐさま熟睡していた。人のぬくもりに安らいだのかもしれない。きっちり三十分で起きると、マティルデは進の頬に自分の頬を重ねてチュッと唇を鳴らした。フランスでもよく目にするキスの挨拶だが、耐性のない進はまたしてもポワンとする。

「グラッチェ！　ボンヌ・シャンス！」

イタリア語で感謝を伝え、先ほどの若い医師のセリフもそのまま使ってみた。マティルデの視線を意識してできるだけ颯爽と歩きながら、モテる国際人になった幻想に酔いしれてみる。締まりのない顔で食堂へ向かった。

——あと二十分。三時十五分には出発しなくちゃな。

米とツナのサラダ、鶏肉の茸ソース、一口カマンベールチーズを載せたプレートを手に、空き席を探してうろついていると日本人グループを発見した。後ろ姿のなかに明かりを反射するほど見事な坊主頭もある。

「稲毛さん！」

「お、またここでお会いしましたね」

ぐるりと身体をねじった稲毛にやわらかな笑みを向けられ、進は駆け寄りたくなるほどだった。知った顔を見るとこんなにもホッとするものか。手招きされ、遠慮なく輪に交ぜてもらう。

「次のWP、ケディヤックが復路のシークレット・コントロールになってるみたいですね」

「なんでわかるんですか？」

時計を気にしてせかせか食事を胃袋に詰め込みつつ、皆の情報交換に耳をそばだてていた進は思わず質問してしまった。

「SNSですよ」

ほらこれ、と関西なまりの男性がスマホ画面を見せてくれる。〈#PBP〉で様々な言語の投稿があり、なかでも日本語勢は群を抜いているようだった。

「ははぁ、逐一情報をUPしてくれる方がいるんですね」

日本人はマメなのかSNS好きなのか、とにかく事前に情報を得られるのはありがたい。実のところ、進にいたってはシークレット・コントロールの存在も抜け落ちていたくらいだ。

「そうそう国副さん、まほりんさんと一緒に走ってたって言ってましたよね？」

稲毛はスマホをスクロールしながら上目遣いに進を見やった。

「はい。実はブレスト付近の大橋でまた会えたんですが、リタイアするって……」

「それが彼女、体調崩したものの寝たら復活して、まだがんばってるみたいですよ」

稲毛に示された画面には、いかにも嬉しげな真帆とワイルドな雰囲気が漂う白い歯の眩しい男性の自撮りツーショットが写し出されていた。〈イケメン☆スペイン人と情熱ライド中！〉と添えられている。進は思わず頬をゆるめ、真帆の復活を喜んだ。

「そういえば……〈大阪のヨシダ〉さんをご存知ですか？」

ここ最近、聞き込みができていなかった。進の漠然とした人物説明に一同首を捻っていたが、先ほどの男性がキラッと目を輝かせた。

「知ってる人かも！　七十代で長年自転車に乗ってて、元大手メーカー勤務ですよね？　ちょっと待ってください。確か去年のブルべで皆で一緒に撮った写真が……」

急展開に進の胸が激しく高鳴る。諦め半分だったが、もしや本当に吉田さんが――！

「この人です。どうでしょう？」

進は身を乗り出して集合写真を覗き込んだ。指差された顔を穴が開くほど見つめる。

「……この方、英語が得意ですか？　奥さんが仏文科だったとか」

尋ねてはみたものの、十中八九別人だった。背が高く、瓜実顔の二重。進と似ても似つかない。フレデリックが間違えたくらいなのだ、少しくらい重なる部分があると考えるのが妥当だろう。

「わかんないなぁ。それほど親しくもないので」

「昔から自転車に乗ってるんですよね」

「えぇ、確か三十で遠征に凝り出したって」

「そうですか……五十年前には既に自転車が趣味だったようなので、残念ですが違いそうですね」

にこやかに礼を述べたが、落胆せざるを得なかった。そうは問屋が卸さない、か……

「俺、もう行かなきゃ」

「私もそろそろ準備しないと」

参加者はパラパラと席を立っていった。進ものんびりしてはいられない。

「制限時間八十時間の超人組は、昨日のうちにもうゴールしてるなんて信じられる？」

「俺たち平民は今夜と明日、まだ二回夜が待ってるっていうのにねぇ」

「その夜を無事に越えられればいいけど」

一方で稲毛を含めた数名は充分貯金があり、顔色も良く万事順調といった趣で、ＰＢＰオフィシャルサイトから参加者のトラッキングタイムを確認して盛り上がっていた。

「日本人でも五十時間内に走りきった強者がいるもんな。アウェイで快挙だよ！」

公式走行タイムは、各ＰＣのゲートを通った時間。自転車のプレートについたチップから自動で記録されており、コントロールでもらうタイム記入と通過スタンプはシステム不具合に備えた予備にすぎない。ダブルチェックというわけだ。

「あの若い彼……高津くんももうすぐゴールですかね」

咀嚼もそこそこに完食した進は、炭酸水で口を浄めながら爽の鋭い眼差しを思い浮かべた。そうだね、とノリの良い反応を期待していたが、稲毛たちは顔を見合わせた。

「彼のエントリーしたE組、序盤で大規模な落車があったんですよ。救急車で運ばれた人とか、DNFもかなり出たって」

「高津君も巻き込まれちゃったみたいで……」

沈痛な空気が広がる。進の斜向かいにいた初老の男性が、胡麻塩頭を小さく振ってため息をついた。

「実はここに着く直前に抜いてきたんですよ。それがもう見ていられないくらいふらふらで、『一緒に走ろう』って声かけたんだけど、ひどく殺気立っててね。『同情ッスか』って……」

ブルベは運もあるからな……誰かの呟きが進の胸に突き刺さった。

自分は二度も転んだが、運良く生き延びている。それなのに爽ほど才能のある者が、実力とは無関係に苦戦を余儀なくされている。

「僕も出発します」

危なっかしくも走り続けられている幸運を噛みしめながら、進は立ち上がった。


雨はすっかり止んだものの霧が濃かった。走り出すとすぐに全身霧吹きで水をまぶされたように湿気《しけ》り、丑三つ時の寒さがより応える。しかし手強いのは寒さ以上に視野の悪さだった。白く密度の高い真綿のような霧のなかでは、強力なライトで照らしていても一寸先がぼんやりとしか見えない。ただ走っているだけで、これほど恐怖を感じるのは初めてのことだった。

慎重に走るべきだが、次のWPまで時速17㎞強でいかないとまたタイムアウトになってしまう。右半身の痛みが大きすぎて気付かなかったが、身体の声に耳を澄ませてみれば筋肉という筋肉がギリギリと不調を訴えていた。今の進が懸命にペダルを回したところで、時速17㎞をコンスタントに出すのは不可能に近い。トレインに乗れさえすれば……はかない望みも虚しく、たったひとつのテールランプの光すら見えなかった。この時間は休む者が多いのか、たまに参加者とすれ違っても速すぎたり遅すぎたり、脚の合う者がいない。

「………？」

なんだかおかしい。じわりと沈み込むような感覚。まさか……

「よりによってこんな時にっ」

進は憎しみを込めて呻いた。後輪のパンクだ。渡仏前にチューブもリムテープも新品に替え、空気圧の調整や段差の乗り上げにも注意していた。それでも結局のところ、パンクはほとんどが運。

ブルベは運もあるからな……先ほどのセリフが蘇り、頭に血が上る。

この霧で後ろから激突されてはひとたまりもないが、あいにく山道で逃げる路肩がない。ギリギリまで端に寄り、先ほど付け替えたばかりの予備ライトを外すと車体を逆さに立てた。手がかじかんで、タイヤを外すのも一苦労だ。手元が暗い。いや、白い。ライトを口に咥《くわ》えて照らしてもうまく光が定まらず、苛々が加速していく。

――こんなことならヘッドライトも持ってくるんだった。

悔しさに歯噛みしながらなんとかチューブを取り出すと、どこに穴があるのか、異物が残っていないか指で丹念に触って調べる。とはいえ凍てついた指先は感覚が麻痺していて覚束ない。知らず知らず力みすぎて嚙み締めていたのか、ライトが口から滑り路面でカツーンと不穏な音を響かせた。ここでライトが故障したら一巻の終わり――心臓が止まりかけたが、光を失わずにすみ思わず涙ぐんでしまった。

パンク修理は慣れていれば十分で済むというが、進はもっと時間がかかる。深夜の悪天候でとなればなおさらのことだった。どうにか予備チューブに交換し出発したものの、身体は冷え切り、精神的な消耗が激しく、先ほどの落車以上に落ち込んでしまう。

――こりゃまたタイムアウトかな……こんな調子で時間内完走なんてできるわけ……

「ぼちぼちでっか？」

ペダルに力も入らず惰性で漕いでいると、亡霊のように音もなく年季の入ったアルプスに追いつかれた。進はまた幻覚でも見ているのかと疑ったが、それにしては悪ガキのようなニヤニヤした顔があまりにリアルだ。

「フレデリックさん……？」

「そろそろ会えるんちゃうかなぁ思ってたわ」

約半日ぶりの再会だったが、数週間は経っているようにも、つい先ほど会ったばかりのような気もした。あまりに濃密で過酷な体験は時間感覚が狂うのかもしれない。

「僕も会えたらいいなぁと思ってました」

実際、フレデリックは常に頭の片隅にいた。自分と同じ、回りくどいやり方で大切な人との再会を願っている老人……

進はルデアックでの吉田さん発見未遂と、ブレストに娘が来てくれていたことを語った。

「娘が言うには、妻も明日パリに着くそうで……」

「ほんま!?　ミラクルやない！」

フレデリックは色めき立ち、アニメにでも出てきそうなダッハッハという高笑いを発し、

「そらもう、なおさらカッコよくゴールせんといかんわな」

と、口の端を持ち上げた。

ＰＢＰの結果がどうあれ妻に会えるとしても、やはり自分自身で立てた「時間内完走」という誓いを守りたい——その心をわかってくれていることが嬉しい。

「なんでも妻の口から僕に『伝えたいことがある』とか」

「そんなん『ごめんなさい、やっぱりあなたが一番』に決まっとるやろ！」

「そうであったら、どれだけいいかと思いますが……ハッピーエンドとは限りません」

進は苦笑し、妻の話をした際の娘の様子などを客観的に伝えた。歩み寄りはあるかもしれないが、なにか事務的な必然性に迫られてやってくるのではないか——進の推測に、しかしフレデリックは納得できないと言わんばかりに口をへの字に曲げた。

「わざわざ飛行機乗ってフランスまで来るんやで？　愛の告白以外、ありえへんわ」

「まぁ過度な期待はしないで、なにを言われてもいいよう構えておきます……それより吉田さんのことなんですが、よければもう少し詳しく教えてもらえませんか？　会社名とか特徴とか癖とか、なんでもいいんです。ＰＢＰ中に手がかりが見つからなければ、日本でも探してみます。借りたままになっているものがあるとも言ってましたよね」

意外な形で自分だけＰＢＰの願掛けが叶ってしまうことが申し訳なく、進は話を転じた。

「おおきに。でもええよ、そんな探偵みたいなことせんで」

フレデリックは明るく言い切って、自転車を走らせながらフロントバッグに手を伸ばした。

「これやねん」

太い指先に小さな金具のようなものがつままれていた。濃霧のなか、進は目をこらす。ごく普通の六角レンチだった。組立て家具のキットに入っていそうな安っぽいものだ。

「これ、ですか……」

拍子抜けし、間抜けにも鸚鵡返《おうむがえ》しをしてしまう。

「ガッカリって顔やなぁ！　いやいや、気持ちはようわかる。やっぱ秘密にしといたほうがおもろかったな。ほんま、返せんかったところで、どうってことないもんや」

フレデリックは明るい声を出したが、空笑いであることはなんとなくわかった。そんな「どうってことない」ものを五十年ものあいだ大切にしていたのだ。その並々ならぬ想いの強さに突き当たり、進は改めて心を打たれる。

「ボクがフランスに帰るって決まってからな、『最後に遠乗りしよ』ってヨシダと奥さんと三人で自転車で出かけてん。でもボクはそんな長いこと走ったことなかったから、尻が痛うなって……そしたらヨシダが『サドルの向き、ちょっと変えてみ』って、これ貸してくれたんや。数ミリのことなのにホンマ楽になったわ。んで、餞別《せんべつ》に取っときぃ言うから『安くすますな。これはいつか絶対返すから、もうちょいマシなもん用意せ！』なんてな」

アホばっか言ってたわぁ……フレデリックの口元に、なんとも優しい笑い皺が浮かぶ。

進は純粋に羨ましかった。それほど愛おしく思い返せる友人のいるフレデリックが。それだけ特別な存在である、見も知らぬ吉田が。

「本当に吉田さんと仲が良かったんですね」

「ああ……せやのにボクは、正真正銘のド阿呆やった」

進がしんみりして頷きかけると、フレデリックは唐突に笑いを引っ込め表情を固くした。その豹変《ひょうへん》ぶりは恐ろしいほどだった。

吉田はフレデリックのことを兄のように慕い、なにかと引き立ててくれたという。

「超の付く真面目な男やった。性格は正反対やったけど、変なとこ頑固やったり妙に義理堅かったり、どっか近いとこもあってボクもヨシダが大好きやった。けど、いっこだけ好きになれんとこがあって……奥さんに対する態度や」

なにかにつけて吉田は妻を軽んじるような発言をし、会社では見せたことのない横柄な顔が覗いた。見かねたフレデリックは何度か注意し、怒ったことすらある。だが不思議なのは、何事にも耳を傾ける吉田が笑って流すばかりで、奥さんもまた吉田の言動をにこにこ受け取り、なんだかんだで二人は仲良しなのだ。

「奥さんのこと初めて紹介された日な、『うちのグサイ』言うから『グサイ』が名前かと思うやろ。したら『愚かな妻』て書くって聞いて仰天してん……日本に暮らすうちに、親しい人をけなすのもある種の文化やってわかってきた。それでもやっぱ嫌やねん、あんな優しい奥さんに威張るなんてな。めっちゃ気の利く人で頭が下がるばかりやったわ。なのに、そんなん当たり前みたいな顔で『おおきに』の一言もないんやで？　愛情は言わんでも伝わるもんやとか抜かすから、せめて感謝の気持ちだけは伝えなアカンってよく叱《しか》ったたった」

「……なるほど。でも吉田さんが手を上げるとか、理不尽に怒鳴りつけるようなことはなかったんですよね？」

「もちろん暴力振るうとか、相手を否定するほどの酷い言葉はないねん。ヨシダはほんまエエ奴で、皆から慕われてて——でも奥さんだけは二の次で、傷つけてもかまわんみたいなとこあって。ヨシダの所有物でもないのに、ムカッ腹立ってしゃあなかったわ。奥さんも言い返したればいいのに、控えめに笑うばっかでそれもまた悔しゅうて」

「よくわかります。僕もそういうの、理解できないほうです」

そう合わせつつ、進の心中は複雑だった。一九七〇年代の日本社会なんて、家父長制ど真ん中で「稼ぐ男が偉い」が一般常識。本心は別としても、身内を卑下する尊大で口下手な男が大半だったのではないか。おそらく吉田夫妻にとって、フレデリックが馴染めなかった「横柄な態度」はムキになるようなことではなかったのだ。

「ただ、あの時代は軽口悪口もひとつのコミュニケーションという感じで成り立っていたんじゃないかと思います。褒められたことじゃないですし、昨今ではモラハラとの境界線も厳しくなってきましたが……」

フレデリックの感性はもっともだと頷きながらも、吉田への微妙な誤解が解ければという思いで進は言葉を選んだ。

「それより僕は、吉田さんが奥さん同伴で三人一緒に仲良くされていた、ということに驚きました。今だに日本では珍しいことだと思います。男には男の世界がある、って考えの人が多いから。たぶんですけど、吉田さんは奥さんをすごく大事にされていて、フレデリックさんの前ではカッコつけというか、照れ隠しで強い態度を取っていただけだったんじゃないでしょうか」

疑うような鋭い視線が飛んできたが、進は怯《ひる》まずに頷いた。

「本当は、本当に、とても仲良しなご夫妻だったんじゃないかなって思います」

沈黙がおりた。呼吸さえ押し殺した長い沈黙だった。

わずかな思い出話を聞いただけで、わかったような口を利いてしまった自分に後悔しかけたとき、フレデリックの口から空気が抜けたような乾いた笑いが漏れた。

「……やっぱボクは空気読めんガイジン、なんかな」

孤独な外国生活を送るフレデリックにとって、吉田はかけがえのない愛すべき「弟」だった。が、二十代半ばの生身の男には「異性」もまた必要だった。会社の同僚たちから性的サービスの店やプロの女性を紹介されることもあったが、商売ではなく、心から愛してくれる異性が欲しかった。

「なんの不自由もない大阪生活やったけど、女性に……いや、愛に飢えとった。そんなとき、一緒にいると楽しくて、気遣ってくれて、しかも周りでたった一人フランス語が話せる人がおったら――わかるやろ?」

吉田の妻に想いが募っていくのは、フレデリックにとって不可避だった。紹介された当初は控えめで常に夫の後ろに隠れていたが、徐々に親しくなるにつれ、実はとても情熱的で聡明な女性だと気付いた。

「奥さん、ボクに刺激されてフランス熱が再発した言うて、仏語に凝り出してな。学生時代に熱心にやったのに忘れてしまってもったいない、ボクに習いたいって。ボクももっと日本語うまくならんといかん。そんなら一緒に勉強するかってことになったんよ。残業なんてアホくさくて逃げ回っとったけど、ヨシダは仕事の鬼でな。遅くなるときは『妻に先に寝てろと伝えてくれ』なんてメッセンジャー役にされたりして、ヨシダ公認でヨシダ不在の家に上がり込んでた。二人して恋の詩を訳して、どう思うか語り合ったりなんかしてな……あんな甘酸っぱいキラキラした時間ないわ」

甘美な酒に酔ったようなフレデリックの語りとは裏腹に、進の胸にはだんだん重苦しいものが渦巻いてきた。つまり、吉田を「裏切った」とは……

「でも長くは続かんかった。突然『勉強会はおしまい』って――ボクの想いに気付いたんやろな。ショックやった。一方的に宣言されたこともそやけど、奥さんはボクが怖なったんやろか？って。力ずくでどうこうするとか絶対あらへんのに。信用されてないんかって逆に意地になってしもて」

それからも吉田不在時にわざと家に押しかけたりした。弱り顔をしながらも家に上げてくれると勝った気になった。

「ほんまは奥さんもまんざらじゃない。ヨシダの手前、ボクを突き放しただけなんちゃうか……そんな妄想が膨らんでな」

実は相思相愛なのではという都合のいい考えに至る頃、フランスへの帰国が決まった。来日当初は二、三年の予定だったが、実に七年にわたった日本駐在に終止符を打つときがきたのだった。

「会社の送別会とは別に、帰国前夜にヨシダがお別れ会いうてタコ焼きパーティーしてくれたんや。ボクも粉もん焼いたるってクレープ積み上げてな。めっちゃ食って飲んで、べろべろに酔っ払って、とにかく笑ったわ。そう、ゲラゲラ笑っとったんやけど、なんやもう覚えとらんくらい小さいことで、ヨシダが奥さんのこと叱ってん。そんで珍しく奥さんが口答えして。言い返されるとは思ってもみなかったんやろ、ヨシダの奴、デメキンみたいに目ぇ丸くしたと思ったらサアッと顔色変えて『もっぺん言ってみ!』って突然喧嘩が始まりよった」

初めて吉田夫妻が本気で言い合うのを目の当たりにしたフレデリックは啞然としたが、とりあえず仲裁に入った。が、口角泡を飛ばす勢いの吉田は酔っていることもあって抑えが利かない。

「本人もどう事態を収拾してえんかわからんかったのかもしれんけど、でたらめに喚《わめ》いて食器だか家具だか叩いてな。酷い音立てて威嚇するもんやから、奥さん、ついに涙をこぼして部屋を飛び出してしまったんよ。ヨシダに『行ってあげな』言うても、真っ赤な顔で腕組んだまま動かん。せやからボクが、追いかけたんや……」

吉田の妻は、台所の片隅で前掛けをハンカチ代わりにして泣いていた。小刻みに肩を震わせている後ろ姿を認め、フレデリックもまた心の抑えが利かなくなった。気付けば小さな背中を包み込むようにして抱きしめていた。

「一緒にフランスに行こう。ボクはヨシダよりずっとずっと奥さんのこと大事にする。ヨシダは最低な男や——そう口走ってもうたんや」

次の瞬間、吉田の妻はフレデリックの腕を撥ね除けるように向き直った。

「アカンって固まってた……その顔見て、はっきり悟ったわ。まるで怪物に遭遇したみたいに強張ってて、喜びとかゼロやねん。ボクのこと、男として見てなかったんや。良い友達やったけど、あんなにも優しくしてくれてたんは、全部ヨシダのため。ボクがヨシダの会社の同僚で、外国からのお客様で、ヨシダが兄貴みたいに大事にしてくれてたから……なのにボクひとりで、盛り上がって突っ走ってもうた」

「――じゃあフレデリックさんと奥さんとの間には、なにも?」

「なんも！　あの夜勢いで抱きしめたこと除けば、手ぇ繋いだこともないわ。でもボクの告白をヨシダに聞かれてもうて……あいつ酔いが一気に引いたみたいに真っ青になっとった。無言で奥さんのことボクから離すと、奥さんもなんも言わんまま引っ込んでしまってな。人生であれほど気まずいことなかったわ。ヨシダと目を合わせることもできんで、じっと台所のビニールタイル睨んでた。クリーム色に薄茶色のダイヤみたいな無難な柄やったな……そんなどうでもいいことだけ妙に覚えてる」

フレデリックはつまらなそうにフンと鼻で笑った。

「どのくらい下向いとったかわからん。ヨシダが押し殺した声で『お開きにするか』言うて、ボクは『せやな』って答えて。それきりや。なんも言わず、フランスに逃げ帰った」

フレデリックが口をつぐむと、深夜の静寂のなかタイヤの走行音だけがやけにうるさく聞こえた。進の耳には常に爽やかに響いていたはずが、いつまでも自分から離れず追い立ててくる不快音として身体にこだまする。

なにか言ってあげなくては……口を開こうとしても、進の喉の奥からはヒュウと苦しい呼吸が漏れるばかりだった。胸がむかつく。

「あの後、二人がどうなったか……」

沈黙を破ったのはフレデリック自身だった。

「ギクシャクしてもうたんやないかって、怖かった。帰ってずいぶん経って、やっと勇気出して連絡したけど返事はなかった。それでもっと怖なってな。一年以上過ぎて、思い切って大阪の別の同僚にヨシダのこと聞いてみたんよ。そしたら、ちょっと前に会社辞めて引越したって……遅すぎたんや。真正面から謝ることも、嫌われることもできへんかった」

苦悩に満ちた調子のフレデリックが、進の目に白々しく映った。酸っぱいものが込み上げる。

「もしヨシダと奥さんが仲悪うなってたら……」

「あなたのせいだ。もし二人が別れでもしていたら、それは全部フレデリックさん、あなたのせいだ――ッ」

我知らず冷酷な言葉が飛び出していた。第三者のように自分の声を聞き、更に怒りが増幅する。

「フレデリックさんには、吉田夫妻が完璧には見えなかったかもしれない。でも二人には二人のバランスがあったはずだ。ずっと仲良くやってきたのに、なんでそうやって外野がちょっかい出せる？」

濃霧で濡れたハンドルを、進はありったけの力を込めて握りなおした。

「……そっとしておいてくれ」

寒さからか怒りからか、腕が震えていた。指先の感覚がない。ただ目の前を塞ぐ白い霧が、風に煽《あお》られた炎のように大きく揺らいだ。

「大切な家族を壊さないでくれッ！」

その濃霧の奥に、どうしても忘れることのできない忌まわしい笑みが浮かび上がって見えた。

「たまには羽伸ばしてきたら？　温泉でゆっくりするとかさ」

高校生になった歩美にそう勧められ、「おうちが一番」の進はどうしたものかと首を捻った。

光子が静岡《しずおか》へ単身赴任となって半年ほど経った秋、連休前のことだ。

歩美が生まれて以来、実質的な育児は進が担ってきたが、習い事や受験といった子どもの教育方針を固めてきたのは常に光子のほうだった。

幼い頃は「家にいないママ」を恨んでいた歩美も、年齢が上がるにつれ「ママは世界一かっこいい」とキャリアウーマンに憧れるようになっていった。キャリアアップで転職した会社から、数年間の地方出向を打診され悩んでいた母の背中を押したのも歩美に他ならなかった。

もちろん進も「がんばっておいで」と光子を快く送り出し、家のことは娘と二人三脚でうまくやれていると自負していた。が……

——そりゃ年頃の娘が、ずっとオヤジと家で二人きりっていうのも息が詰まるよな。

歩美の優しい言葉の裏に「心配性の父が面倒臭い」という本音を嗅ぎ取っていた。少し家を空けて一人にしてやったほうが良いだろう。羽を伸ばしたいのは歩美のほうなのだ……少し寂しくなりながら、進は数日一人旅の計画を立てることにした。

早速いつもの図書館に出かけ、近場で手頃にすごせる観光スポットや宿などはないかと調べてみたが、どこもピンとこない。温泉は茹だるばかりで手持ち無沙汰だ。イベントやアクティビティにも興味はない。

なかなか出かけられないでいる父に痺れを切らしたのか、歩美が「ちょっといい宿でのんびり休むだけでリフレッシュできるよ」と景色や食事が自慢の宿を次々と紹介してくれたが、一人では贅沢をする気になれない。家族が喜んでくれるなら嬉しいが、自分のための散財には興味が持てなかった。

「おばあちゃんとこ行ってくれれば？　おじいちゃん亡くなって寂しいんじゃない」

ついに田舎に帰れとまで言われてしまい、進は苦笑した。確かに父亡き後も母は古い一軒家に独り住み続けていたが、近所に住む兄嫁たちが代わる代わる様子を見に行ってくれ、元気にやっているようだ。進が顔を出せば母は喜ぶかもしれないが、兄たちが良い顔をするとも思えない。結婚して国副姓に変えたとき「家を捨てたのか」と父に激怒されたが、現実として実家との縁は薄れていき、そのことにホッとしている自分がいた。

「でも、そうだな……行ってこようかな」

煮え切らない父がついに頷くと、歩美はニコニコして「私のことは心配しないで、一週間でも二週間でも」と手放しで喜んだ。

進は本屋に行き、地図を買い、入念に道を調べた。実家ではなく、娘の歩美にも秘密で自転車旅行をしようと閃いたのだった。自転車に乗らない歩美が、わざわざマンションの駐輪場を調べるなんてことはないはずだ。

田舎の話が出たことで、かつて「知らない世界を見たい」と、ただ遠くへ遠くへと自転車を漕いでいた日々が煌めきをもって蘇り、忘れていた冒険心がむくむく動き出した。その旅のゴールといえば、浮かぶのは妻・光子の顔しかなかった。

長年愛用している大きく頑丈な籠のついたママチャリに乗り、リュックを背負って進は出発した。走り出す前から「本当に静岡まで辿り着けるだろうか」と危惧してはいたが、大学時代に朝晩の新聞配達をこなしていたことを思えば、ノルマも責任もなく気楽なものだ。

とはいえこの数十年、進は長くてもせいぜい一日一時間しか漕いだことがなかった。半日漕ぐと股ズレが起きて尻が痛くなること、荷物も身体もどんどん重く感じるようになること、意外とタイヤの空気が抜けること、など細々したアクシデントを体感しながら休み休み進んだ。ただ、一日50㎞を目安に余裕を持って計画を立てたのが良かったらしい。初めて訪れた町の散歩や地元の食堂を楽しみ、泊まり先のビジネスホテルで空気入れを借り、疲れていても翌朝には復活して出発できた。

大人になって初めての「冒険」は期待以上に充実していた。四泊五日目、光子の赴任先の街に無事到着したときは、もう少し遠くまで行きたかったと旅の終わりをもったいなく思うほどだった。

夕方には光子のアパートに着いてしまい、さすがに疲れも溜まっていた進は近くの喫茶店で妻の帰りを待つことにした。いつも遅くまで働いているらしいとは知っていたが、連絡して帰宅を急かすのは嫌だった。それに、あくまでサプライズで驚かせたい。

窓辺の席に腰を落ち着けると、駅からアパートに続く道が見通せた。十八時をまわり帰路につく勤め人の姿が増えだすと、いつ光子が通るかとそわそわし、トイレに立つのも駆け足になった。

仕事で疲れて足取り重く帰宅する妻の肩を叩いて振り向かせる。きっと息を呑み、目を丸くするだろう。いや驚きのあまり飛び上がって叫ぶかも……再会の瞬間を思い描くと、口元がゆるんだ。暗くなってきた窓に締まりのない自分の顔が映っていることに気付き、いかんいかんと頬に手を当てたそのときだった。

光子が帰ってきた。

ステップを踏むような軽い足取りで。押し出しのいい男にしなだれかかるようにして。

パリッとした濃紺のスーツが似合うその男は、光子より年上に見えた。だが今まさに脂が乗っている時期という印象を受ける、ギラついた光があった。光子の肩から荷物を取りあげると軽々と片手に提げ、二人はお互いの顔を覗き込むように笑いながら歩いていた。

進は反射的に首をすくめ、窓から顔を背けた。水を飲もうと手を伸ばし、既に空になっていたコップを呷る。最低限の荷物に抑えるため、コインランドリーで洗濯しながら着まわしていた服は、薄汚れ汗をかいていた。思わず胸元に鼻を寄せる。臭っているかもしれない。

おしぼりで痛くなるほど顔を拭くと、勘定をして喫茶店を出た。光子たちが行くのとは反対方向に自転車を走らせる。頭がくらくらした。目がちかちかした。乱れている呼吸を感じながら、ひたすらペダルを回した。

いかにも仕事のできそうな、頼り甲斐のありそうな、自信に満ちた男の笑顔――かつて光子が不倫をしていた元上司にどことなく似ていた。やがて二人の男のイメージは混ざり合い、ひとつの男の嘲笑となった。尻尾を巻いて逃げ出す進を指さして嘲っていた。

追い打ちをかけるようにこだまするのは、進を愚弄する光子の高笑いだった。

ぼすん。間の抜けた音がし、自転車がパンクした。進は転げ落ちるように自転車を降り、ガードレールにもたれかかった。目を固く閉じても、頭を振っても、男の勝ち誇った笑みが消えない。光子のけたたましい笑い声がうるさい。

よろめきながら歩き出した。地底を這いずるような低い呻き声を漏らし、先ほどの光景から遠ざかろうと闇雲に歩き続けた。酒の自動販売機にぶつかり、ありったけの小銭をつぎ込んだ。酒は飲めないが良かった。腹に染みて痛かったが、その痛みが良かった。前後不覚になるまで酔いたかった。

「なんでだ！　なんでそんなことができる！」

叫んだ。わめいた。怒鳴った。

「僕は尽くしてる、よくやってる！　なのになんで！」

電信柱に、アスファルトに、自らの膝に拳を打ちつけた。

「畜生！　馬鹿野郎！　せいぜい僕を笑いものにすりゃあいい！」

通行人に避けられた。罵倒された。

「裏切るくらいなら、なんで僕を選んだ……どうすりゃよかったんだ……」

わんわんと泣いた。吐いた。

意識が戻ったとき、進はビジネスホテルのベッドの足元に転がっていた。片方の靴がなかった。割れそうな頭でヤニ染みのある天井を眺め、たったひとつわかったのは、光子を問い詰めることも歩美に相談することもできないだろうということだった。この苦しみは独りで抱えていくべきものだった。

自転車をどこに置いてきたか思い出せず、進は電車を乗り継いで帰宅した。歩美への土産にうなぎパイを選びかけ、そっと売り場に戻した。

「いや、ここには来なかったんだ……」

東京駅で全国土産の揃うショップに立ち寄ると、実家のある地方で売られているおもしろみのない菓子を買い、進の冒険は幕を閉じた。

生活も、それぞれの役割も、なにひとつ変わらなかった。

歩美は放っておいても自らの夢に向かって努力できる自慢の娘であり、光子は多忙だが家族への連絡や感謝を忘れぬ母であり、進は主夫という天職をこなす地味で倹約家の父だった。

だが進の心には恐怖が植え付けられた。力を持つ男たちの、傲慢で尊大な笑み……「好きな人ができた」と去っていった光子の後ろ姿に、進はあの嘲笑を見た。

日常が、家族が、奪われる——現実には一度たりとも聞いたことのない、光子の壊れたような馬鹿笑いが響きわたった。


「あんたらには自分の欲望しかない」

当時の「冒険」ごと記憶を封印していた進は、内臓を絞られるような思いで吐き出した。進を苛む男たちとフレデリックは全く別のタイプであるとしても、吹き出した憎悪と嫉妬をぶちまけねば気が済まない。

「自分の行いがどれだけ人を傷つけるか、他人の苦しみを想像することができないんだッ」

「進さんの言うとおりや。ヨシダと奥さんの間になにかあったら、全部ボクのせいや」

筋違いとも言えるほどの進の激昂《げきこう》ぶりを、しかしフレデリックは粛々と受け止めた。どれだけ詰められても免れ得ない、過ちを自覚した者特有の深い憂いがあった。

「だから怖くて、二人のこと忘れようともした。けどやっぱ、心残りやねん。もいちどヨシダに会いたい。奥さんに、二人に謝りたい」

「吉田さんは、もうあなたの顔なんて二度と見たくないですよ」

フレデリックの顔が歪んだ。

先、行きます……そのあまりにも悲痛な表情を直視できず、進は捨て台詞を残すと一気に加速した。出し得る限りの全速力で進む。無茶苦茶な走りに自転車が左右にぶれる。

——他人の苦しみを想像することができないのは、僕のほうだ。

ワッと大声をあげて泣き出したかった。このまま力尽きて倒れてしまいたい。

わかっている。フレデリックは悪くない。孤独と若さゆえに起きた心の動きであり、真に過ちを犯したわけではない。奥さんに優しくできなかった吉田も、フレデリックを勘違いさせてしまった奥さんも、きっと誰も悪くないのだ。

わかっている。吉田夫妻と自分たち夫婦を重ねてしまうのは馬鹿げていると。

わかっている。光子は年上の仕事のできる男が好きで、自分は年下の優しさと従順さだけが取り柄の能無しだ。社会の第一線で働いていれば、同じ戦場で闘う同志に心が傾くのも当たり前。光子の心をつなぎ止められなかったのは、ただ単に進の力が及ばなかっただけだ。

わかっている。悪いのは女性に理解あるふりをして、愛する妻から本当に愛されようと努力もしてこなかった自分自身……

——それでも、この怒りをどうしたらいい？　やり場のないこの悲しみは、悔しさは？

爆走する進が前を行く自転車を追い抜くごとに、参加者の不審げな視線が頰をかすめた。

「なんでだ！」

心臓が割れそうなほど激しく打っていた。酸欠になりそうだ。それでも進は殺気立ったまま参加者をどんどん引きちぎっていった。

「どうしてこうなる！」

あと数分もすれば脚が使い物にならなくなり、再び冷たい地面に横たわることになるかもしれない。愚の骨頂だ。だが幻の嘲笑が進を追い立てる。

「僕だけが悪かったのか？　違うだろ！」

自らを叩きのめすようにギアを重くし、更にケイデンスを上げた。

「君は本当に、どこまでも身勝手だ……」

冷たい空気に肺を痛めながら、頭からつま先までオーバーヒートでケディヤックに雪崩れ込む。パンクのタイヤ交換で大幅に時間をロスしたにもかかわらず、目標にしていたより早い七時前だった。自転車を降りた途端、脚がガクンと折れて地面に手をついていた。駐輪整理をしていたボランティアスタッフがすっ飛んできて、肩を貸してくれる。

「シークレット・コントロール！」

近くでは別のボランティアスタッフが声を張り上げていた。噂通り、このＷＰが復路のシークレットポイントに選ばれているらしい。脚が震えて力が入らなかったが、マッサージとストレッチをすると少しはマシになり、脚を引きずりながらコントロールの列に並ぶ。

「少し休んでいけば？　あっちに救護室が……」

スタンプをくれたスタッフに眉をひそめられ、進は自分が尋常ではない状態にあるらしいと悟った。答えようとしても口が痺れ、うまくまわらない。寒さのせいか胃もシクシク痛んできた。

——ちょっと休むか？　でもフレデリックに追いつかれたら、合わせる顔が……

ソーセージガレットを熱いコーヒーで流し込み、当面の補充を済ませるとすぐに出発した。一度立ち止まったら、やるせなさに身動きが取れなくなってしまいそうだった。

6. Lutte《勝負》 842km / Quédillac《ケディヤック》

自転車に乗ったほうが楽だ——

ふらつく二本足で身体を支えて歩くより、手足の痺れや尻の痛みがあっても、ハンドル・ペダル・サドルの三点で荷重を変えながら走っていくほうが少しは辛さが紛れるのだろうか。前進するぶん「まだイケる」と自分を励ますのも容易《たやす》い。

進はしゃにむに漕ぎながら、うっすら明るんできた空を見上げた。三度目の日の出だ。

次のPCであるタンテニアックまで、わずか25㎞。この勢いで走り抜いてしまいたかった。ブルべは淡々と同じリズムで漕ぐのが一番だが、そんな正論はどうだっていい。

「いいじゃないか、僕の好きに走れば……！」

ここまできてセオリーなど存在しなかった。脚がある限りペダルを回す。心筋梗塞でも脳卒中でも来てみやがれと自暴自棄の暴挙だったが、今まで感じたことのない妙な興奮が迫り上がってきた。顎を突き出し無様に喘ぎながら、身体に反して気持ちは上向いている。

この区間でも数名の参加者を追い抜かし、また別の痩せた背中を捉えた。首か肩が痛むのか、左上半身をかばうようなぎこちないフォームで苦しげに走っている。

「あれは——？」

手負の獣を追いつめるような罪悪感を抱きながら、進は少しずつ距離を詰めた。心臓がどくんと鳴る。無駄のない引き締まった身体、長い膝下、荷の少ないロードバイク——やはり爽だった。

自転車を並べてはみたものの、かける言葉が見つからない。朝日を受けて照らし出された爽の横顔は、胸を突かれるほどやつれ苦痛が刻まれていた。三日前のスタートで見送った際の、凛とした刃物のような強い光はどこにもなかった。

「あの……」

ついに覚悟を決めて口を開いたものの、か細くて自分でも聞こえないくらいだった。

爽もまた隣の男の無粋な視線に気付いていないわけはないのに、無視を決め込んでいた。目に入らなければ存在しない、と態度で示している。

「あの、大丈夫ですか?」

それでも進は、爽に届くよう意識してゆっくりと話しかけた。が、青年は前を見据えたままだ。

「怪我してますよね?」

「だから?」

苛立ちも露わに吐き捨てられた。威嚇。警告。これ以上、近づくな——爽の怒りのトーンに思わず首をすくめる。しかし横にいる傷だらけの獣は、百獣の王ライオンでも世界最速のチーターでもない。むしろ繊細なシャム猫のように弱く脆く見えた。全身の毛を逆立てて牙を剝いてはいるが、放っておけない。

「余計なお世話とはわかっていますが、無理することないんじゃないでしょうか……その、四年後だってあるし、君はまだ若いんだし――」

「すぐそれだよッ」

爽は弾かれたように首を捻り、ギラリと眼を剝いた。グレーのサングラスに覆われていてもそれとわかるほど、射るように強く進を睨みつける。

「君は若い、君には未来がある……そうやって親切ぶったしたり顔で、オッサン共は俺を潰そうとする。うるせえんだよ」

凄まじい剣幕で嚙み付かれ、進はうろたえた。爽の瞳に再び灯った光は憤怒に燃えている。

「四年後？　あんたにとってはただ老いぼれていくだけの四年だろうが、俺の四年は俺にも予測不可能なくらい、いろんなことが詰まってんだよ。大学を卒業するだろうし、働き出すだろうよ。そこにどんな価値があるかは別として、四年後にまたここで走れる保証はない。今しかないんだ」

唾を飛ばす勢いだったが、爽の怒りは徐々に悲愴な色を帯びていった。

「こんなところで負けられない……放っといてくれ」

静かに、しかし決然と言い切られ、進は絶句した。再び沈黙し真一文字に口を引き結んだ爽の頰は強張り青ざめていた。

――自分でここまで言ってるんだ。僕がこれ以上何を言ったところで……

二人の間に流れる空気が急激に張り詰め、痛いようだった。かける言葉もなくいたたまれなくなった進は、しばらく逡巡したのちに「無理しすぎないように」と囁くとペダルに体重を乗せた。突き放すようにスピードを上げると、針金のような頼りない姿はやがて後方に消えた。

——勝つことが当たり前のプライドの高い若者は大変だな。頑固で融通が利かない。〈クールなプリンス〉に突如感情を剝き出しにされ、当初は動揺し哀れにも感じたが、冷静になってみると「親切に声をかけてやったのに、なぜ罵倒されねばならないのか」とだんだん腹が立ってきた。

——一度コテンパンにやられて、敗者の気持ちを味わうといい……

そう悪態を吐きつつ、一方では激情に任せた啖呵を真に受け、助けが必要だった若者を見捨ててきてしまった罪悪感に胸が重くなる。心の奥深くで、自分とは真逆の完全無欠に見える若者が苦しむ様を小気味よく思っていなかったと言い切れるだろうか。

太陽が上り陽光が燦々《さんさん》とふりそそぐにつれ、後ろめたさが黒い影を濃くしていく。自分の度量の狭さに辟易していたそのとき、トウモロコシ畑の脇に座り込んでいる参加者の姿を見つけた。自転車の後輪のタイヤが外されチューブを手にしていたが、修理をするでもなくその状態を眺めて呆然としている。スピードを緩めて近づくと、まだ若い日本人男性のようだ。

「どうしました、パンクですか？」

進がわざわざ脚を止め声をかけたのは、爽に手を差し伸べられなかった負い目からだった。同じ日本人という仲間意識や、今まで多くの人に助けてもらってきたからという高尚な気持ちではなく、咄嗟に罪滅ぼしの機会と捉えていた。

「Yes, punk. This is the third time」

男性はサングラスの奥の目をくりくりさせ、穴の空いているらしいチューブを持ち上げた。老人がよろめきつつ日本語で話しかけてきたことが意外だったらしい。

まさかの三度目のパンクという不運に同情しつつ、進も英語の返答に泡を食った。自転車を窺うと、プレートには台湾国旗が付いている。そしてタイヤには〈700×25C〉の刻印。直径と幅のサイズだ。

——僕のタイヤと同じサイズ。

バルブも仏式で同じ。進はギクリとした。替えのチューブはもう一本持っている。しかし進と て、またパンクをしないとも限らない。

「これ、使ってください」

だが迷うことはなかった。今、目の前に脚を折られ立ち上がれない者がいたとして、杖を持っているのに渡さない理由があるだろうか？

男性は黒目がちな眼を輝かせ、「Unbelievable」と進のチューブを受け取った。

「Thank you so much. You are my hero!」

「とんでもない！　ドラマの世界なら単なる通行人です」

大それた形容に面くらい、進は即座に日本語で打ち消した。ヒーローなんて柄でもない。先ほどの爽との残痕がなければ「かわいそうに」と横目で眺めるだけで通り過ぎていたに違いないのだ。

「困ったときはお互いさまですよ」

むしろ自己弁護のようにそう言い添えた瞬間、あ、と思う。「お互いさま」——フレデリックの好きな日本語。

両手を合わせ深い感謝を示す男性に手を振り、進は再び走り出した。ペダルが今までの何倍にも重く感じられ、体力の限界にきているのだと痛感させられる。ギアを落としてケイデンスを上げるが、宙を蹴るような心許ない感覚だった。

思うようにスピードを出せず焦っていると、後ろからゆらゆらと追い上げてくる自転車があった。それに気付いた進は、迎え入れるように脚をゆるめる。

「善人ぶるのが好きなんだな」

ゆっくりと肩を並べ、爽は冷笑を浮かべた。男性とのやり取りが見えていたのだろうか。それなりに距離を離したつもりでいたが、危なっかしい走りながら着実に漕ぎ進めていたらしい。

進はまじろぎもせず端整な横顔を見つめた。爽もまたギリギリなのだろう、蒼白な顔は険しく歪みながらも、人を惹きつけずにおかない美があった。強さといってもいい。

スーパーパワーを持ち、逆境にめげず立ち向かう。たとえ捻くれた部分があるにしろ、ヒーローという称号は爽のような若者にこそふさわしいだろう。大人気なく若い才能に嫉妬し、その苦境に舌を出していた自分を改めて卑しく思った。

無視されようが嫌われようが、今度こそお節介を通したい。いや本当は、彼に振り向いてほしいだけなのかもしれない。

「……君は何に、負けられないんですか」

たった一度助けられ、噂の断片を耳に挟んだだけにもかかわらず、不可解なほどこの若者に魅せられていた。

「僕もブレストで娘から『無理することない、よくがんばった』と言われました。『もう諦めろ』と……でも、僕も君と同じ返事をした」

絶対に負けられない勝負をしてる――きっぱりと宣言した、あのとき。負け続けの人生でかまわないと嘯いていたが、自分自身にだけは負けられない時があると知った。

人生で初めてそう思えた今、もう途中で逃げ出したくない。最後の最後まで、やり抜きたい。

「僕と勝負しませんか？」

爽が初めて無防備な顔を見せた。半開きの口で耳を疑うように眉間を寄せ、進の顔を見返す。

言ってしまった進自身が驚愕していたのだが、徐々に名案という気もしてきた。

「タンテニアックまで、残り10㎞程度。どちらが先にゴールできるか勝負です」

「……見ての通り、俺は怪我してる」

爽は小馬鹿にするようにふンと鼻を鳴らし、しかし尖った声を幾分柔らかくして答えた。

「勝負するメリットはゼロだ。爺さんは先行きゃいいだろ」

「僕だってボロボロです。それに君の言う通り爺さんだ。もしこんな僕にすら負けるようなら、この先どうあがいても無理がきますよ。君は君が嫌う、未来ある若者でしょう？　次のＰＣで自転車から降りたほうがいい」

「俺にリタイアさせたいのか」

わずかに気を許す気配を見せたシャム猫が、再び毛を逆立てる。

「中高と将来を嘱望されたクライマーだったそうですね。常に勝つことが求められる世界の重責も、夢半ばで道を絶たれる苦悩も僕は知りません。その道の有名人として、いつまでもかつての栄光が付いてまわる煩わしさも全然わからない」

「無関係のジジィから偉そうに説教されるのが、どんだけムカつくかもな」

爽は憎々しげに吐き捨てたが、進を振り切るために脚を速めることも遅らせることもなかった。

「そりゃもう腹立たしいと思います、申し訳ない。でもひとつだけ言わせてください。さっき四年後の話をしましたが、その四年という歳月は、誰にとっても四年です。時間は誰に対しても平等に与えられている。その密度にムラはあったとしても」

進はボトルの水で口を湿らせた。既に息が上がりすぎ、いちどきにこれだけ話すだけで喉が渇く。ちらと隣を窺うと、つまらなそうに口をへの字にしながらも、ちゃんと聞いているらしい横顔があった。

「例えば僕の六十数年は、ゆるやかな小川のようにすぎました。でもこの二年は滝の如く荒々しかった。爺さんになったっていうのに、本当にたくさんのことがあった。ありすぎた……その詰まり方といったら、きっと若い君の二年にも負けないと思います」

「……俺のこの二年はクソだよ」

その沈痛な響きに、再びボトルに手を伸ばしかけた進は動きを止めた。無言が続いた。二台並んだ自転車だけが、微妙に質の異なる走行音を見事に調和させて進んでいた。

「いや二年以上、俺は空っぽだった。ただの負け犬。高校で怪我してロードレースやめて、俺には何もなかった」

水に潜り続けた限界がきたように、爽は天を仰ぎ息を吸い込んだ。

「でも、ブルベに出会った？」

意外そうな瞳が進を見つめ返した。言い当てられたことが悔しいのか、恥ずかしいのか、はたまた嬉しいのか、仏頂面になってほんの少し顎を引く。いかにも幼い動作だった。

「君と僕とは何もかも違いますが、ひとつだけ共通点があったってわけですね」

くすぐったい気持ちで進がほほ笑みかけると、爽はわざと不機嫌そうに口を尖らせた。

「無駄口叩く余裕あんのか？　勝負すんだろ」

「それが力一杯走りすぎて、もう脚が……タンテニアック直前で抜かせてもらいます」

「おい!?　勝負とかなんとか言って、怪我人を風避けにする気かよこのクソジジィ！」

「大丈夫、二分したら交代しますから。がんばれ〜アレアレ〜！」

軽口を装ってはいたが、実際のところ進の脚はもう回りそうになかった。そそくさと後ろに下がり、少しでも回復に努める。爽は散々なじりながらも、なんだかんだと老体を労り進を引いてくれた。自然と短いインターバルでポジションを変え、協力して走るスタイルになる。

爽の間近で走っていると、細く見える手足や背中にしなやかな筋肉が備わっているのが見てとれた。一切の無駄なく設計され、研ぎ澄まされた肉体。ロードバイクと同じだ。

進は芸術的なマシーンを前にしたように、惚れ惚れと眺めた。この身体を手にし維持するために、筋トレや走り込みといった地道な努力に加え、食事にも気を配っているに違いなかった。

——天賦の才だけじゃない。彼は、本物のアスリートなんだ。

身体ひとつで語れる若者に、思わず胸が熱くなる。

対して自分の腹の肉の醜さときたら……なんの才能もないと諦め、他人を羨むことにさえ疲れ、ほどほどの現状維持を良しとして努力も放棄してきた。

——日本に帰ったら、僕も少しずつ筋トレをしてみよう。

相変わらず苦しげに、頭から湯気の立つような必死さで漕ぎ続ける爽の後ろで、進は段になっている汗だくの腹をさすった。

「Hello, are you all right?」

気の良さそうなヒゲモジャの大男に追いつかれ、元気よく声をかけられた。

「Bonjour, ça va merci. Et vous?」

相手がフランスジャージを着ていたからか、爽はすぐさまフランス語で返答した。二人のあいだでやり取りが始まり、大男は進にも振り返るとニカッと笑って親指を立てた。よくわからないながら、進も親指を立てて愛想よく頷く。

「俺たち二人とも危なっかしいから、後ろに付けってさ」

爽が通訳してくれ、頭にはてなマークを浮かべていた進もようやく事情が飲み込めた。なんとありがたい話かと大きな背中を拝みながら、側から見るとそれほどに酷い状態らしい自分たちに失笑してしまう。

世話役を買って出てくれた男性と、爽は別人のごとく楽しげに談笑していた。こんなに柔和な笑顔もできるのかと、進は密かに舌を巻く。好青年にしか見えない。

すっかり明るくなった道路の脇に、時折屍《しかばね》のごとく転がっている参加者の姿があった。力尽きて仮眠を取っているだけだとわかっていても、やはり痛ましい。自分も一人で走っていたら、遠からずこうなっていただろう。いや、これからだって路上の屍になる可能性はある。

小さな町に入り、丘の上にある教会を越えるまでエネルギッシュに先導してくれた男性は「この先はそれほどアップダウンがないはずだ」と進にも英語でエールを送り、下りでスピードに乗り去っていった。一様に比べることはできないかもしれないが、西洋人との歴然とした体格差、ひいてはスタミナの差を目の当たりにし、進はやはり「せめて筋トレを」と誓う。

「フランス語、上手なんですね。先日、携帯の件でお世話になったときも思いましたが……」

再び爽と二人きりになり、進は賞賛のまなざしを向けた。そういえば爽は、進が同じ安宿に寝泊まりしている男であることに気付いているのだろうかと今更疑問に思う。

「高校時代から独学でやってるからな」

爽は言いにくそうに一拍間を置いて続けた。

「ツールが、俺の夢だったから……」

進は目を見開いた。ツール・ド・フランス――渡井が熱く語るところの〈世界のプロ選手のなかでも頂点に立つ超人級しか走ることのできない偉大なレース〉。

「自転車から離れてたときも、フランス語だけはネットラジオ聴いたり、映画見たり、趣味みたいになってた。もうロードレースはやめたってのに引きずってたんだ。このＰＢＰの前、本物のツールを見たよ。この目で。自転車に命かけてるトップ選手たちの走り……涙が出た」

淡々とした声からは攻撃的な色合いが失せ、潤みすら帯びていた。爽はためらいがちに、ぽつぽつと過去を語りだした。

「俺はレースで走るのが好きだったけど、チームで走るのは苦手だった。団体競技に個人プレーが好まれないのは知ってる。でも俺はプロからも声をかけられてたし、速くて強い選手は何やってもいいと自惚《うぬぼ》れてた。でも落車して手術を受けた途端、周りから誰もいなくなった」

レース中、峠の急カーブでタイヤをすくわれた。鋪装状態が悪かったにもかかわらず、攻めすぎた走りをしていたのは過信に他ならない。左膝と大腿骨《だいたいこつ》の骨折。加えて肉が削れるほどの激しい擦過傷は何週間も癒えず、半身を横たえられぬまま膿《うみ》にまみれて過ごした。歯を食いしばってリハビリを続けたが、なかなか身体は言うことを聞かない。以前と同じパフォーマンスで走れるようになるのだろうか……不安に焦り狂う爽を支えてくれる仲間はいなかった。

君は若い。君には未来がある。いつかまた走れるようになるさ——大人たちからは腫れ物に触るように扱われ、優しく見限られた。

自転車競技は厳しく冷酷であること。そして死と隣り合わせの世界でもあるということを、爽は身をもって学んだ。恐怖とともに心身に刻み込まれ、そのトラウマは簡単には癒えなかった。ロードレースの強豪大学や実業団のスカウトからも見放された爽は、ひっそりと自転車を降りた。

——自転車なんてやめたって、楽しく暮らせるさ……

スポーツ推薦がなくても、受験でそれなりの大学に入れるだけの頭脳は持ち合わせていた。街では芸能事務所から名刺を渡されるほどの容姿。モテないわけもない。その気になれば薔薇《ばら》色の日々をすごせるはずだった。が、いつまでもその気になれない。

大学生にはなったものの喪失感を拭えず、勉強にも遊びにも身が入らない。人生の中心にあった自転車という核がすっぽり抜け落ち、それを満たすものに出会えぬまま空洞が爽を蝕《むしば》んだ。

——もう一度、乗ってみようか……

一年以上のブランクを経て、ロードバイクに呼び戻された。纏足《てんそく》のようにビンディングシューズで足を締め付けると、心までキリキリと絞られるようだった。ペダルがカチリと小気味良い音を立て、自転車と繋がったその瞬間、欠けていた歯車がはまった。爽のなかで再びなにかが動き出した。

夢中で走った。身体で風を切る喜びを、その風の心地よさを、初めて味わったような気がした。

「一度は捨てた自転車に乗って、やっとわかった。自転車は替えの利かない、俺の半身だったんだって。好きとかそういうレベルじゃない。俺は自転車に乗ってなくちゃダメなんだ」

レースでも勝ち負けでもなく、純粋に走るためだけに、爽は自転車で旅に出た。大学は休学した。今自分がいるべき場所は、自転車の上だと悟ったからだった。

「膝はまだ痛んだ。でも無理しなきゃ問題ない。金が続けば全国縦断したっていいし、気が済むまで走ってやろうと決めた。その旅の途中で、子供の遠足かよってトロい自転車乗りたちに遭遇して……」

十九歳の秋。爽とブルベとの出会いだった。

「もちろんブルベって存在は知ってたよ。でもなんつーか、眼中になかった。ただ愚直に長距離を漕ぐだけの汗臭いイベントって感じで、なんも惹かれなかった。オッサンばっかでダサいイメージもあった。でも実際に走ってる奴らを見たら、楽しそうなんだ。疲れ切ってて見るも無惨なのに、ものすごく楽しそうだったんだ」

フッとため息を漏らすように、爽が笑った。

進も笑った。自転車に乗っていた理由は違えど、進もまた偶然ブルベに出会い、爽と同じように抵抗できない力で惹き込まれていったのだ。

「ずっと〈速さこそ強さ〉って信じてた。でも順位のない自転車の世界に、初めて興味を覚えた。それを楽しめるらしいってことも新鮮だった」

ロードレースの選手としては無理でも、ブルベなら走れる。あくまで個人で走るというのも爽の気質に合っていた。ブルベに参加できる二十歳になると同時に申し込み、自分のペースでコースを攻略する醍醐味《だいごみ》に魅せられていった。長距離を走るなかで痛む脚と付き合う方法もわかってきて、徐々に速さも取り戻した。

「だからって、もうプロになりたいとは思ってない。ツールは夢見るために見に行ったわけじゃない。本物の凄まじい走りを、レベルの違いを肌で感じてみたかったからだ。捨て身のアタックを目の当たりにして、震えたよ。血が沸くって本当なんだな。自分になにができるのか、できないのか……まだわからないけど、どんな形でもいい。自転車に関わって生きていきたいって、強く思った。俺は俺のやり方で、ずっと走っていたい」

遠くからパプパプパプーッとおもちゃのラッパのような音が聞こえてきて、爽は首を伸ばした。

爽の思いの丈が中断されてしまったようで進は残念に思ったが、ちらりとこちらを振り向いた一瞬の視線があたたかなもので驚く。

「昔はクライマーとして周囲から認められたら、それで良かった。山岳賞獲れたら完走できなくても良かった。チームの奴らなんてどうでも……俺は傲慢だった。でも結局、クライマーとしても走り切れなかったんだ」

坂を下り切り、家が少なくなってきた町外れの通りで、楽器やペットボトルを手にした子供たちが参加者を待ち構えていた。地元のチームなのかお揃いのサイクルジャージを着ている。十歳前後だろうか、次々と小さな手が伸びてきてタッチを交わす。

「Water!」

差し出してくれた水のボトルをしっかりキャッチし、進は「メルシー！」と振り返りながら叫んだ。男の子はガタボコの歯の矯正器具を輝かせ、笑いかけてくれた。

「こういうの、たまんないよな」

爽は受け取ったボトルに視線を落とし、独り言のように呟いた。先ほど見せたあたたかな眼差しは、自転車を愛する子供たちの姿を見ていたゆえかもしれないと気付く。

——自転車に関わって生きていきたい、か……

お互い黙々と水分補給をしながら、進は前を走る爽の背中がまばゆくて、こそばゆい。絶対にしかめ面をされるだろうが、心からエールを送りたかった。

君は若い。君には未来がある。君はどんなふうにだって、生きていける……

「代わりましょう」

青年の薄い肩を叩きたくなる衝動をこらえ、進が前に出た。ゆっくりと後退する爽は、重荷を下ろしたように穏やかな表情をしていた。

「ＰＢＰは、今までとこれからを分かつケジメなんだ」

気負いのない、しかし芯の通った凛とした声。

「辛いし眠いし痛ぇし……でもやっぱ心が震えてんだよ。俺、また走ってる。それもツールのあるフランスで、たくさんの声援を受けて。今度こそ走り切りたい。そしたらやっと、前に進める気がする」

「あぁ、君も――」

言いかけて、進は唇を噛んだ。痛いほどわかるぶん、軽々しく口にできない。

――君もまた、自分自身と「負けられない」勝負をしているのか……過去の自分と決別するために。

爽の口が滑らかになる一方で、脚がだんだん硬くなっているのに気付いていた。協調して走ることで進は少し回復できたが、爽は極限に迫りつつある。

本当はリタイアしてほしい。振り返って「止まれ」と言うべきかもしれない。だが、爽が自分自身でそれを選ばなければ、きっと「前に進め」ない……

「僕らほど正反対の二人もいないだろうけど、たぶん、同じようにＰＢＰに希望を託してる。奇跡を夢見てると言ってもいい。この１２００㎞を走り切ることができたら、なにか変わるんじゃないか。だから絶対に、負けられないって――」

鼓動が速くなる。口に出したら、自分を保てなくなりそうで怖い。

喘ぐように大きく深呼吸した。落ち着け。認めなくちゃいけない。ここまで来られたんだ。ここまで来られた僕なら、もう大丈夫だ。

「だけど君のおかげでわかりました。走り切ることで、変わるんじゃないんだって。走り切れなくても、いいんだって……君だってもう、本当はわかってるはずだ」

手元のサイコンで時速を確認する。遅い。進は胸が潰れそうになりながら、あえて爽を振り返ることなくスピードを上げた。

「もうすぐタンテニアックだ。僕に勝てそうですか？」

「老いぼれ相手に本気出すほど落ちぶれてねぇよ」

相変わらず勝ち気だが、声に余裕がない。苦しげな息遣いさえ聞こえてきそうだ。

――付いて来るのがやっとというところか……

進は最後の力を振り絞ることに決めた。上りに入ってもペダルをゆるめることなく回し続ける。辛かった。身体以上に心が痛む。

「やっぱり上りに強いんだな」

爽を突き放すつもりで前だけを見つめ必死に漕いでいた進は、真後ろで声がしたことに驚いて首を回した。

「さっき俺のこと『有名人』って言ったが、あんた俺のこと知ってたか？」

「……いえ。すみ、ません」

息が弾んでまともに返事ができない進より、爽のほうがよほどしっかりしていた。

「謝んなよ。日本じゃ自転車競技自体、知られてない。でも俺は、あんたを知ってる」

進は耳を疑った。爽が、自分を知っている？

「高校一年のとき、七月末だったかな。チームの夏合宿で田舎の山道もずいぶん走らされた」

爽は進の実家近くにある峠の名を口にした。

「想像以上にキツくて応えたよ。峠の頂上には申し訳程度の駐車スペースと展望台があって、そこに着いた者から休憩を取れた。朝からだいぶ走り込んでたから、やっと自転車を降りられてホッとしたのを覚えてる」

もちろんチームの仲間内で最初に頂上に辿り着いたのは爽だった。ボトルの水を飲み切ってしまい、チームカーはまだ来ないのかと展望台の味気ない石のベンチに座ってぼんやりしていた時だ。

少し離れた場所に、特におもしろくもない山の風景を熱心に眺めている中年がいた。わざわざ携帯まで取り出して写真を撮っている。襟のよれた色褪せたポロシャツがしっくりくる、無個性で人畜無害といったオッサン。六頭身で腹だけこんもり出ていた。爽がこうはなりたくないと思うタイプだ。

中年は爽の不躾な視線に気付くと、あからさまにきょどきょどし始めた。困ったように会釈をしてきたかと思うと、そそくさと展望台を後にする。

爽はプイと顔を背けて無視したが、まるで自分が追い出したような居心地の悪さを覚えた。あそこからは特別な景色でも見えるのだろうかと、半信半疑で中年のいた場所に再び視線を走らせたとき、なにかが地面に落ちていることに気付いた。舌打ちして立ち上がり、それを拾い上げて中年を追いかける。

「あの」

爽に声をかけられ、中年はギョッとした顔で振り返った。

「これ、落ちてましたけど」

ぶっきらぼうに携帯を突き出すと、中年は「え？」だの「あ！」だの言いながら、ぺこぺこ頭を下げて堅苦しいほどの礼を言った。

「自転車の特訓ですか？　ご苦労さまです」

そのまま立ち去るのが気まずかったのか、中年は肩から下げた小ぶりなバッグの中をまさぐりながら、恥ずかしげなほほ笑みを爽に向けてきた。

「よろしければ。お礼にもなりませんが」

バッグから取り出されたのは昔ながらのキャラメルだった。困惑した爽が中年を見やると、妙に誇らしげに頷かれ、根負けする形で手のひらを差し出した。コロコロと三つも茶色い四角形が落ちてきた。

「無理せずがんばってくださいね」

中年は一仕事終えたかのようにフゥと満足そうなため息をつき、駐車場へと足を向けた。

爽は心を乱されながら一気にキャラメルを口に放りこんだ。べたりと甘い唾液が口いっぱいに広がった。おいしかった。

古ぼけたバンが停めてあり、鈍臭い中年はそれに乗り込むのだろうと眺めていたが、バンの陰に姿を消した。怪訝に思っていると、中年はひどく年代物の重そうなママチャリで軽快に走り出てきた。

「びっくりした。信じられなかったよ。あんな激坂、ママチャリで上ってきたなんて……」

爽と目が合った中年の進は、照れたように顎を引いた。爽が脂汗を流し上ってきた峠を、鼻歌を歌いながら下っていった。

「妙に腰が低くて丁寧なしゃべり。こっちまで恥ずかしくなる照れ笑い……思い出したんだ、あの時のオッサンだって。ほとんど変わってないな。腹は少し引っ込んだか？」

進は言葉を失った。帰郷は基本的に正月のみだったが、夏にもお盆のピークを避けて進一人で帰ることがあった。近所でサイクリングもしたものだ。その峠にも何度か上ったことがある。

既に疲弊しきって白濁している脳みそを揺さぶり、朧げな記憶をたぐっていく。キャラメルというキーワードに、まず懐かしい味が蘇った。

次いで蒸し暑くても山道の空気は澄んでいて、ことのほか景色が美しく見えた夏を思い出す。感動していたとき、つまらなそうに膨れツラをした、サイクルジャージに身を包んだ線の細い青年がいたのではなかったか……

「あッ⁉」

濁った脳内に閃光が走る。ランブイエのスタートゲートで爽を見送った際、一瞬感じた既視感……あれは思い違いではなかった。

ブルベに出会うよりずっと前に、二人は出会っていた。そして進は二度も携帯のことで爽に助けられていたのだ。

茫然自失の進の横に、いつのまにか爽が並んでいた。あんぐりと口を開けたまま、整いすぎている若者の横顔を見つめる。作り物めいたその造形が、ふとやわらいだ。爽の口角が、これ以上ないほど絶妙な鋭角に持ち上がる。

そのほほ笑みのまま、爽は信じられない滑らかさで進の前に躍り出た。

「！」

千切られそうになってようやく我を取り戻した進は、がむしゃらに脚をまわした。必死に喰らいつき、毛穴という毛穴から汗が吹き出す。フラフラだった身体のどこにそのパワーが隠されていたのか、爽は力強くしなやかなペダリングを見せつけ一向にスピードが落ちなかった。その勢いのままタンテニアックの街に突入する。

まだ朝の八時半だというのに、そこかしこに参加者へ声援を送るためだけに立っている人々がいた。だが笑顔で手を振りかえす余裕もなく、進は心を無にして鋼のような背中を追いかけることだけに集中した。完全に爽に引っ張られる形になっている。

ついにPCのゲートが見えてきた。このままでは爽に先にゴールされてしまう。しゃかりきになって漕ぎまくり、やっと爽の自転車の後輪に並ぶまで上ってきた。もう少し。もう少しがんばれば……

顔を真っ赤にして無様に喘ぐ進を、爽は涼しげに一瞥した。

「アタックか。やるじゃん」

進は目を見張る。爽が浮いた。重力から解き放たれ宙を浮遊するがごとく、事もなげにもう一段スピードを上げた。

圧倒的な強さを前にすると、笑ってしまうのはどうしてだろう。進を振り向いた爽もまた、大胆不敵で小憎らしい笑みを浮かべていた。驚きとも感動ともつかない、ただ熱い感情が込み上げ、進の顔はくしゃくしゃだった。

「油断したな、爺さん」

「……はい、僕の、負けでス……」

神々しい生物に遭遇した幻惑的な心地で、いつのまにかゲートをくぐっていた。心臓まで高負荷を忘れて魅せられていたのか、今更になって口から飛び出る勢いで高鳴って吐きそうになる。進の完敗だった。

自転車から降りた刹那、しかし倒れそうになったのは爽のほうだった。進もふらついてはいたが、咄嗟に腕を伸ばして支える。くずおれた身体がギョッとするほど軽い。

「チェックしてもらおうぜ、早く」

地面に右手を突いたもののすぐに体勢を立て直し、爽は進の腕を押し返すようにして歩き出した。進もハラハラしながらその後に続くが、華奢な身体は時に柳のように揺れ、その度に手を差し伸べる。支えようとしても、するりとかわされてしまうのだった。

――どうすればリタイアしてもらえるだろう……

爽が今し方見せた走りは、苦しさも痛みも忘れるほど鮮やかで優雅だった。本来の彼の走りに違いない。だが今にも壊れてしまいそうなおぼつかない姿を鑑みるに、あれはおそらく全てを振り絞った瞬間だった。

――どうすれば、彼自身が納得できるだろう……

進だって酷い有様だが、目の前の青年はかろうじて立ってはいる、という体《てい》だ。これ以上無理をすれば、後々まで身体に響くかもしれない。老い先短い自分とは違う。これから何十年も続く未来を棒に振るような真似をさせてはいけない。

持ちかけた「勝負」に負けたことが心底情けなくなる。あまりに不甲斐ない。本当に自分はダメな奴だ……

深い後悔に包まれ、それでも「どうすれば」と悶々と悩んでいると、爽がコントロールの前で振り向いて顎をしゃくった。進が先にチェックを受けろということらしい。

「Bonjour」

進のブルベカードにタイム記入とスタンプが済んだことを見届けると、爽も自分のカードを渡しながらスタッフにフランス語で話しかけた。素人の耳にはネイティブ同士の会話のように淀みがなく、改めて感心してしまう。

もしやスタッフが爽にリタイアを説得してくれるのでは、と他力本願なことを考えたが、話を終えた爽とスタッフはにこやかに握手を交わしただけだった。

「なんのお話ですか？」

「あぁ、俺は医務室に行く」

「それなら僕も――」

「爺さんは今すぐ寝ろ。俺が勝ったんだから、俺の言うこと聞け」

言下に撥ねのけられ、進はヘマをした犬のように下を向く。しかし噛みついてでも、彼を止めなくては……

「俺は自転車を降りる」

ハッと顔を上げると、爽の澄んだ瞳があった。進に注がれた静かなまなざしは、既になにかを吹っ切ったことを告げていた。

「この感じ、たぶん鎖骨にヒビ入《い》ってる」

「え⁉」

「明け方ふらついて、縁石に乗り上げて落車したんだ。そんな世界の終わりみたいな顔すんな、霧も濃かったのに不注意だった俺が悪い。それに鎖骨は折れやすいようにできてんだよ。衝撃を吸収するクッションの働きもあるから」

そっと左の鎖骨に手を添え、爽は今日の天気を伝えるかのように淡々と説いた。

「あんたに会う前からDNFを覚悟してた。ペダルの調子もおかしくなってたしな」

「骨折に、メカトラまで？」

それでも走り続けていた執念。その上での芸術的な加速……やはり同じ人間とは思えない。進は驚嘆を通り越し、ただ頭を振った。

「走りきれなくてもいい、なんて、今のあんたが言うな。だからずっと負け犬なんだよ」

爽の手が鎖骨から進の心臓に向けて伸ばされた。トン、と軽く拳で叩かれる。

「時間外でもいいから、あんたは走り切ってみせろ。元気そうじゃねぇか。口も達者だし、しっかり寝たらまだ走れるだろ。甘えんじゃねぇよ。あんたが言い出した勝負に、俺が勝った。俺があんたに望むのは、自分に恥ずかしくない勝負をしろってことだ」

「……君が正しい。僕はまた、逃げようとしてた」

叩かれた心臓が羞恥に燃えるようだった。割れるほど奥歯を嚙み締める。爽の極限を迎えた肉体と比べ、進が垂れた講釈は紙切れほどに軽い。

「僕はまだ走り続ける。まだ負けない」

「わかったらサッサと寝ろ」

爽の拳が開かれ、今度は励ますように肩を叩いた。その手がどきりとするほど弱々しい。

「でもその、僕もお腹が痛いので、胃薬をもらおうかと……」

なにがなんでも医務室までは送り届けようと、進は言い訳がましく爽に寄り添った。一秒が惜しい参加者がせかせかと行き交う廊下の端を、並んでゆっくりと進む。

タイヤの空気圧が低そうだから調整してから行けよ……伏し目がちにぽつぽつとアドバイスを

囁く青年の黒々としたまつ毛を見つめながら、進は胸がいっぱいになる。

「あんたの勝負の結果はあとで聞く。どうせ宿で顔合わせるだろ」

「……それもわかっていたんですね」

医務室に着くと、初老のボランティアスタッフがにこやかに出迎えてくれた。が、爽を一目見るなり顔色を変え、ちょっと待っていてと個室ブースの確認に飛んでいった。

「君と、爽くんと、一緒に走れて光栄でした」

戦線から離脱する者に、かける言葉を選ぶのは難しい。それが不本意な形ならなおさらだ。だが進からどうしても伝えておかねばならないことは一つだけだった。

「こんな僕と、本気の勝負をしてくれてありがとう」

爽は答えることなく、俯いたまま進から離れた。スタッフが手を貸すのも断り、細い身体を傾《かし》げながら一歩ずつ遠ざかる。その揺れる背中が淡く滲み、進は鼻をこすった。

「――あんたは自分が思ってるより、すごい奴だ」

爽のかすれ声が耳に届いたときは、単なる音だった。その意味を理解すると、聞き間違いではないかと思った。爽は進を振り返ることなく、しかし進がいることを確信して片手を上げた。

「たぶんな」

カーテンの引かれた個室に爽が姿を消してからも、進は金縛りにあったように立ち尽くしていた。

「あなたもどこか悪い？」

やがて医者に引き継いだのか、先ほどのスタッフが進の元まで戻ってきて心配そうに尋ねてくれた。ちゃっかり整腸剤をもらい、進はやっと動き出した。

「僕はまだ走り続ける……まだ負けない……」

仮眠所で初めて「ワン・アワー」と申し込む。暖かい部屋にマットトレス。天国はあるのだと知った。身体を横たえて至福のため息をついたときにはもう意識が薄らぎ、一時間後にスタッフに揺さぶられて目覚めてもまだ夢現《ゆめうつつ》だった。頭では起きねばとわかっていても、身体が二度寝の誘惑に抗えない。理性を総動員してどうにか立ち上がると、睡眠の質が良かったのか今までになく気分も体調も良かった。大丈夫、これなら走れる。

座って食事をする時間はなくなったが、やはり爽の言うとおり、何をおいても寝たのは正解だった……軽食を口に詰め込み出発の準備を整えると、再び医務室へ向かう。

「あの若い日本人はどうしてます?」

先ほど対応してくれたスタッフを見つけて声をかけた。

「応急処置と痛み止めを打って、ひとまず寝かせたよ。落ち着いたら病院に行ってもらう」

気の良さそうなスタッフは、爽が入って行った奥の個室まで進を案内しながら「I'm sorry」と心から同情するように首を振った。

「彼はプロのアスリートでしょう。身体を見ただけでわかった。だからこそ、ここまで来てリタイアなんて本当に悔しいだろうね」

爽が眠っているのならば、邪魔しないほうがいいか……進が逡巡していると、カーテンの向こう側から微かに音がした。息を潜めて耳をすませる。押し殺した嗚咽《おえつ》だった。

進は口元を押さえた。爽は「DNFを覚悟してた」と言ったが、走っていたときの「こんなところで負けられない」——あの悲痛な叫びもまごうことなき本心だった。お節介な老人がけしかけるまでもなかったのだ。

——彼は最後の最後まで「自分に恥ずかしくない勝負」をしていたんだ……

漏れ聞こえてくる咽び泣きに背を向け、進は出発した。

「時間外でもいいから、あんたは走り切ってみせろ。俺があんたに望むのは、自分に恥ずかしくない勝負をしろってことだ」

溢れてきそうな熱いものをしっかりと胸に抱き、再び自転車にまたがる。十時少し前。早朝の冷え込みから既に二十度は上がっている。これから更に日差しが強まるだろう。

「あんたは自分が思ってるより、すごい奴だ」

爽に叩かれた心臓に手を当ててみる。昂ぶっても沈んでもいない。六十五年間休むことなく健康に働いている、ごく平凡な人間の心臓だ。それが誇らしい。

「——ありがとう、爽くん。行ってくるよ」

今までの帰路と比べればゆるやかな道が続いた。深く眠ったことで心身共に持ち直し、怪しかったお腹の調子も薬が効いたのか問題なさそうだ。暴走したせいで受けた筋肉ダメージはサプリの助けを信じることにし、改めてブルベの基本に立ち返り一定ペースで漕ぎ続ける。

気持ちの良いペースを取り戻せたことに安堵しつつ、もう少しスピードを上げたいと欲も生まれる。次のＰＣまで61㎞を三時間強で走るのが理想だが、一人で時速20㎞を出せるほどの余力はない。

心持ちケイデンスを上げてみても変わらないスピードメーターの数字を恨めしく睨んでいると、後ろから二十人近い巨大トレインが迫ってきた。速い……仰天しているうちに飲み込まれていた。周囲を見渡せば、進と同じＭ組や十五分後ろのＮ組ばかり。皆、タイムアウト瀬戸際を走っている仲間だ。

もう後がない、という焦りが独特のムードを作るのか、迷わず加わったトレインは奇妙に明るくパワフルだった。かつて経験したことのないほど多国籍の参加者が混じり合い、お祭パレードのようだ。一気に時速が跳ね上がったことも手伝い、進も自然とわくわくしてくる。

「Hi! I'm glad to see you again」

すぐ後ろから声をかけてきたのは、路上でパンクに見舞われたあの台湾ライダーだった。トレインに連なる参加者の実質的なレベルはまちまちのようだが、男性はかなり余裕のある走りに見える。やはりパンクごときで脚を止めるべき人ではなかったのだ。

「ミートゥー！」

ひょんな形で再会できて嬉しい。男性は進に合わせ平易な英語を用い、海外ブルベは二度目で初めての遠征は観光旅行を兼ねた日本だったと教えてくれる。

「わからないものですね。日本は気楽に参加したけどアクシデントもなく満足な走りができた。ＰＢＰはずいぶん研究して挑んだのに計画通りには進まない。だからこそ、ヒーローと出会うなんてドラマもあるわけだけど」

茶目っ気を感じる目配せに、進はどぎまぎして「アイム・ノット・ヒーロー」とかぶりを振った。

「でも誰もが自分自身のドラマを持っているでしょう？　私が主役のＰＢＰドラマなら、あなたはヒーローみたいに大切な役。エンドロールにも大きく名前が載りますよ」

にこっと笑いかけられ、進は目をぱちくりする。たまたまが重なり替えチューブを渡しただけなのに……困惑しつつ、たとえ偽善からの行動であったとしても、自分が彼の立場なら感謝しただろうとようやく素直に受け止めることができた。

「無事にゴールできるだろうか」

「もう無理かも」

「がんばろう！」

時間内完走できるか否か。ギリギリにいる参加者たちが、お互いを鼓舞しながらスピードをあげていく。

それぞれの国から集い、それぞれの目標を掲げ、それぞれの人生を生きる七千人以上の人々が、ＰＢＰという舞台で自身が主役のドラマを交錯させ、お互いの背中を前に押している――進の肌が興奮で粟立った。

世間一般的に見て、進が「脇役キャラ」であることは疑いの余地がない。「主役」なんて滅相もない。でも今だけは、この九十時間だけは「主役」を引き受けてもいいかもしれない――

〈FOUGÈRES/FELGER/FOUJËR〉

フランス語、ブルトン語、そしてガロ語と三種類の表記で示された町標識の横を通過する。あっというまに中世の要塞があるＰＣ・フジェールに着いてしまったことに驚く。いかにもヨーロッパらしい堅牢な古城に感動したのは、何日前のことだったか。

記入されたタイムは〈13H08〉。癖の強いフランス語の手書き数字にもようやく慣れてきた。共に走ったM組のクローズタイムは十三時二十五分、N組は十三時十分。まさに直前で滑り込み、歓喜の声を上げてハイタッチを交わした。そして皆、あっさりと散り散りになる。

「あなたが主役のドラマにも、僕を交ぜてくれるなら嬉しいです。二度目の海外ブルベは台湾にどうぞ」

人懐っこい男性もまた速やかに歩き去った。出会い別れるとは、なんと清々しいのだろう。進は天井いっぱいに揺れる世界各国の国旗を仰ぎ見た。進の中にあった世界地図はこの数日で別物になっている。遠かった国が近づき、知らなかった国が浮上した。

――僕のドラマのエンドロールも、ずいぶん国際的になりそうだな。

真面目にそう考えるとおかしかった。だが大きな字で示される登場人物はそう多くない。

磨き抜かれた肢体が、澄んだ瞳が、押し殺した嗚咽が胸を貫くように蘇った。見ず知らずの者からも結果を注目される「主役キャラ」であっても、運に見放されることもある。

「でも君なら、きっと最高のハッピーエンドのドラマでカムバックできるはずだ……」

誰にともなく呟くと、同意するかのように腹がぎゅるると鳴った。

7. Prière《祈り》 928km / Fougères《フジェール》

「進さんッ！」

今度こそ食堂でしっかり食べようとコントロールの建物を出たところで、呼び止められた。

「渡井さん⁉」

ブレストに向かう途中、ロッコ・トゥルヴゼルの峠ですれ違って以来だ。最後にまともに話をしたのはスタートからわずか１２０km地点のＷＰで、最初のＰＣに到着する前から脱落してしまった。

「まさか、またお会いできるなんて思いもしませんでした」

感極まってハグでもしたいところだったが、日本人らしく無言の笑みで多くを込めて頷きあい、お互いの健闘を讃えた。渡井も憔悴《しょうすい》してはいるが、それでも進に比べてずいぶん生き生きとして元気そうだ。

「ちょっと観光してきたんですよ。フジェール城、ずっと気になってて。でものんびりしすぎました。急いでサインもらってきます」

渡井はシシシといたずら坊主のように白い歯を見せた。

「僕はこれから食事なんですが、渡井さんもまだならご一緒にどうです？」

「是非！　どうせなら町のレストランに入りませんか。この先、休憩がてら適当なところを見つけて」

進は回れ右して渡井と共に再び建物に入った。すぐに出発するなら、コントロールの横のカフェテリアでなにか軽く腹に入れておく必要がある。

「前回参加したときは余裕がなさすぎて命からがらでしたが、今回はそのリベンジでしっかり楽しんでやろうって決めてたんです。こんなイベントでもなきゃ、外国の田舎町を訪れることなんてできませんしね」

渡井は常にクローズタイムに怯えている進とは違い、日本のブルベと同じスタイル、つまり観光やグルメも満喫し、適度に睡眠も取りながら走れているらしい。なんと健全なのかと、進は我知らず羨望のため息をついていた。

「素晴らしいですね……次回は僕もそうしたいなぁ」

「おや、次回も出る気なんですか？」

「いやいや！　こんな苦しい思い、一生に一度で十分ですよ」

渡井に含み笑いで突かれ、進は真っ赤になって否定した。この数日は控えめに言って地獄だ。冷静に考えれば九十時間で１２００㎞も自転車を漕ごうなんて馬鹿げている。人間に課すべき挑戦ではない。

——でも、もしかしたら……

パン・オ・ショコラをパクつきながら、なぜか進の頬には自虐的な笑みが浮かぶのだった。

「ずいぶんお疲れのようですが、このペースでいけますか？」

「問題ないです。タンテニアックで横になってから、不思議なほど好調で」

二人で走り出すと、いつものように渡井が気遣い、進は頷く。このやり取りが懐かしい。目に映る景色は違えど、ホームに帰ってきたような安心感がある。共にランブイエをスタートしてから二日半、９００km以上走ってきた今になって再び自転車を並べているなんて現実とは思えない。

疲れているのに脚がよく回った。手の痺れや腕の痛みはもはや当たり前で、尻の摩擦痛は抗炎症成分の入ったシャモアクリームをＰＣ毎に塗り直すことでやりすごしていた。常に寝袋を着ているように身体がもたつき、いつでも眠れるほど眠くはあるが、快活な渡井とのおしゃべりは気怠さを吹き飛ばしてくれる。

午後の日差しがジリジリと強まり、暑さもピークの十五時すぎ。坂の多い小さな町で、昔ながらの食堂といった雰囲気のレストランを見つけた。一時間半ほど走ったところで、休憩にもちょうどいい。

「ＰＢＰで町のレストランに入るのは初めてです」

堂々と入店する渡井の後に続き足を踏み入れ、進はぐるりと店内を見まわした。バーカウンターでは地元民らしい男たちが立ったままエスプレッソをすすり、タバコをくゆらせ、難しい顔をして新聞を睨んでいる。

愛想のない女性店員に通された席は、小さな四角い机に赤いギンガムチェックのテーブルクロス。壁際の奥の席に座るためには机を動かし、身体を横にしなければ通れないほど狭い間隔で並んでいる。しかし古ぼけた籐椅子に腰を下ろすと圧迫感なくしっくりきた。

薄暗く涼しい店内には、進たち以外にも多くの参加者がいた。突っ伏して寝ている者までいる。店側も対応に慣れているのか自転車は店内に置かせてくれ、料理も頼めばすぐに出てきた。ボリュームもたっぷりで、パンは食べ切るとすぐに籠ごと替えてくれる。

「ブーダン・ノワール、食べてみたかったんです。癖はあるもののおいしいですね。添えられてる林檎の甘煮もアクセントになってて」

内臓系の煮込みが好物の進は、フランスの伝統的な料理のひとつである真っ黒な豚の血と脂の腸詰の存在を知り、試すべき「ご当地グルメ」リストに密かに加えていたのだった。

「この鴨のコンフィもうまいですよ！　華はないけど、良い店に当たりましたねぇ」

湯気を立てるおいしい料理に、キリリと喉を潤す冷たい飲み物。進はようやくＰＢＰの正しい味わい方を知った気がした。更に気の置けない仲間がいれば文句のつけようがない。

「町のパン屋で菓子パンやケーキなんか試すのも楽しいですよ。カフェも飲めるし」

渡井は今回のＰＢＰで訪れた店や観光地などをおもしろおかしく聞かせてくれた。

「今回は予想外の酷暑でしょう。私は暑さが苦手なので二日目からは『いつリタイアしよう』って常に思ってました。でも『あそこまで行ったら、あれを見てから』ってもったいない根性で走り続けて。ここまで来ちゃったら、やっぱり時間内完走したいんだから困ったもんです」

話し上手で明るい渡井にかかると、ＰＢＰの苦難に満ちた道のりも刺激的で魅力いっぱいの旅に思えてくる。今度は進も口を滑らせなかったが、やはり羨ましかった。

――もし次回があれば、僕もこうやってフランスを満喫しながら走りたいなぁ。

わずか三十分ほどの滞在だったが、腹も心もすっかり満たされた。勘定をしてくれた店主らしき男性に礼を伝えると、にこりともせず手を差し出され気恥ずかしくその分厚い手を握る。店主はかすかに口角をゆるめ「Bonne route（気をつけて）」としわがれ声で送り出してくれた。

「レストランで途中休憩するって、体調を整える意味でもいいですね。さっきより少しはマシになりましたが、この暑さじゃ熱中症になる人も出そうだ」

照りつける太陽の下に戻ると、進は容赦ない直射日光に打たれて早速へばりそうになる。もし渡井に声をかけられず途中休憩もしていなかったら、身体がもたなかったかもしれない。

次のＰＣ・ヴィレンヌまで約90㎞のうち、もう三分の一は走っている。クローズタイムから逆算すれば、残り60㎞を四時間四十分で走ればいいので余裕があるが、

「今晩どこかで寝るために、できるだけ貯金を作っておきたいですよね」

渡井は睡眠時間も考慮し、ペースを調整してくれていた。行き当たりばったりの進にとって、これほど頼りになる仲間はいない。

――何度も諦めかけたけど、ようやく時間内完走の光が見えてきた！

更に一時間ほど走り、私設エイドに足を止める。ジュースと共に勧められた手作りケーキには、ミラベルという果物が使われているらしい。黄色い小ぶりのスモモで、フランスでは夏の終わりの味として愛されていると説明があった。そんな背景を知ると更にケーキがおいしい。

「私設エイドには感謝しかないですね。そういえば往路でおにぎりを出してくれたところがありました。確かもう少し先。また寄って挨拶したいな」

町の人たちが惜しげなく示すＰＢＰ参加者への敬意に心打たれながら、進は夢見心地で言った。

「本当に。私も何度助けられたかわかりません。真夜中に凍えながら朦朧と走っていて、エイドの灯りが見えたときは涙が出そうでした」

しみじみと頷く渡井に、意識して忘れようとしていた男の顔が蘇る。好意だけで私設エイドを開き、身を粉にして参加者を支えてくれる人たちを「天使や」と形容した、青い目の同志――

――フレデリックは今、どのあたりだろう。吉田さんに繋がる手がかりはあったかな……

一度顔が浮かんでしまうと次から次に気になることが出てくる。もやもやした苛立ち、当たり散らしてしまった後ろめたさ……嫌でも負の感情が伴うことにげんなりする。

「雨だ！」

再び走り出した二人の頬に雫が落ち、同時に顔を上げて叫んでいた。夜の凍える雨は悪魔の仕業に違いないが、日中この暑さでの雨は天からの恵みだった。燃えさかる身体を湿らせ、すぐに蒸発していく。

「ツイてる！　お祈りが効いたかな。実はけっこう教会にも立ち寄ってるんですよ」

「渡井さん、クリスチャンでしたっけ？」

「もちろん無宗教。ああでも、アルプスさんの言葉を借りるなら『自転車教』かな」

「アルプスさんて、あの〈大阪のヨシダ〉を探している――？」

もう一度頭から追い出そうとしたそばから、フレデリックの話が出てたじろいだ。前を走る渡井は、後ろで進が顔を曇らせたことに気付く由もなく、ＷＰ・ケディヤックを出て少し先にあるメドレアックという町の教会について語った。

「まだ早朝で開いてないと思ったんです。ただ立派で綺麗な教会だし写真を撮ろうと思ったら、ロードバイクが止まっているのに気付いて。それがあのアルプスだったんです。もしやと思って入ってみたら、誰もいない冷え切った教会の後ろの席に座ってました。私が足音を立てないようゆっくり教会内を一周したあとも、ずいぶん真剣に長いこと祈ってたみたいです。寝ちゃったのかと心配になった頃、パッと顔をあげて『おお』って友達みたいに声をかけてくれて。おもしろい人でしたよ。癌を克服してPBPに参加するようになったそうで『友達は神さんに祈って癌を克服したんやけど、僕の宗教は自転車や』って笑ってました」

覚えず進の口元も綻んでいた。いかにもフレデリックらしい台詞だ。しかしそれほど強い自転車への想いは、吉田に再会したいという願いが支えていることも知っている。

「……そんな『自転車教』のお二人が、教会でなにを祈ったんです？」

「私は『楽しく無事に完走できますよう。雨風の意地悪はやめてください』って。アルプスさんはどうかなぁ」

渡井は首を捻ったが、フレデリックがこのPBP中に祈ることなど、ただひとつに違いなかった。

察するに進が爽との勝負に敗れてタンテニアックで仮眠中、フレデリックに追いつかれ、追い抜かれた可能性が高い。ということは、自分より少し前を走っているのだろうか。

——万が一追いつけたら、八つ当たりを謝ろう。

どんな顔をすればいいのかはわからないが、覚悟を決めると少しだけ心が軽くなった。

「オカエリナサイ！」

二日前に立ち寄った進を、私設エイドのマダムは覚えてくれていた。雨は既に止み、パラソルから滴った雫がささやかな水たまりを作っている。

「お昼頃、レストランの仲間とオニギリも作ったんだけど、すぐなくなっちゃったの。用意して待ってるって言ったのにごめんなさいね」

「人気はよくわかります。とってもおいしかったですから」

あの不格好なツナマヨたっぷりオニギリが食べられないのは内心残念だったが、それ以上にマダムの優しさが嬉しかった。

「代わりにお米のプディング『リ・オ・レ』があるわよ。食べてみる？」

進は喜んで頷いたが、渡井はにこやかに辞退してクッキーを選んだ。

「進さん、リ・オ・レ初めてですか？　おはぎも甘い米だと思えば、まぁ確かに有りですが……私はちょっと苦手で」

進がバニラの香りがするどろっとした粥《かゆ》のようなものを口に含むと、渡井は声をひそめて尋ねてきた。

「んー、米の甘煮と言うと微妙かもしれませんが、ミルクプリンと考えれば素朴な味でおいしいデザートじゃないでしょうか」

率直な感想だったが、米を主食とする日本人にはあまり好まれないだろうという気はした。

「そういえば平日なのに、レストランの仕事は大丈夫なんですか？」

「まだヴァカンス期間よ。一ヵ月休みなの」

「一ヵ月休暇！　いいなぁ、さすがフランス」

「しっかり休まなきゃ、しっかり働けないもの。うちの店は大人気で忙しいんだから、もっと休みがあったっていいくらい」

「日本食はそんなに人気があるんですか？」

渡井とマダムのテンポ良い会話に相槌を打ちながら、進はトイレを借りたときに見た写真を思い出した。

「日本の方も働いているんですよね？」

「そうよ。うちの店は流行《はや》りにのって看板だけ変えた、中華系なんちゃって日本レストランとは違うの！　シェフはフランス人だけど、日本で修業してきた本物の料理人。奥さんは日本人だからサービスも日本の丁寧さに負けないわ」

マダムは鼈甲のメガネをかけ直し、胸を張って答えた。よほど職場が好きで、自信を持って働いているのだろう。進たちまで誇らしい気持ちになり「素晴らしい」と口を揃える。

「お店の名前はなんていうんですか？」

「YOSHIDA」

「……ヨシダ？」

「そう、奥さんの日本の苗字だそうよ」

あの「ヨシダ」？　いま聞いたことを確かめるように渡井を見ると、巨体に乗った丸顔のなかで目だけ白黒させている。半信半疑といった表情だ。

「もしかして、その奥さんは大阪という街の出身でしょうか？」

「奥さんの父上は自転車が好きだった？」

二人で矢継ぎ早に質問を投げかけると、マダムは驚いたように顎に手をやり「そんなこと言ってたかも」と考え込んだ。

——もしかして日本食レストラン〈YOSHIDA〉と〈大阪のヨシダ〉には関係が!?

甘すぎる期待だと進が自らを戒めても、血圧が急上昇する実感があった。頭がくらくらする。更に細々とした質問を重ねると、マダムはじっくり考えたうえで首を縦に振った。

「確かに『昔から実家はフランス贔屓《びいき》だった』って聞いたわ。奥さんの母親はフランス語ができて、父親もフランス人の同僚がいたとか。それで彼女も自然とフランスに興味を持っていたし、今の旦那さんと出会ってフランスに移り住むのに迷いはなかったって」

「奥さんの写真を見せてもらうことは可能でしょうか?」

マダムはコートからスマホを取り出し「去年のだけど」と写真を探し出してくれた。固唾を飲んで渡井と共に覗き込む。示された女性は笑顔がチャーミングな四十歳前後の女性だった。センター分けが似合う知的な雰囲気をまとっている。

——僕には全然似てないな……けど母親似ということもあるし……

もとより「進が吉田に似ている」というのもフレデリックの主観でしかない。顔も知らない人物の娘を写真で確かめようなど、土台無理な話だ。

「実は今回のPBPに参加しているフランス人が〈ムッシュ・ヨシダ〉を探しているんです。この奥さんの父上かもしれない」

確証はないが、万が一の可能性がある。奥さんと話をさせてもらえないだろうか……マダムは進の懇願に迷った素振りを見せたが、あまりの懸命さに動かされたのか電話をかけてくれた。

「……繋がらないわ、ごめんなさい。今日はお昼頃、彼女もここに来てたのよ。オニギリも一緒に握ったの」

マダムに申し訳なさそうに首を振られ、手に汗握っていた進はがっくりと肩を落とした。しかし必死で食い下がる。

「奥さんの番号を教えてもらうわけにはいきませんか？」

「個人情報だし……お店の番号ならいいけど」

「でもヴァカンスで休みなんですよね？　じゃあ私の番号を伝えてください。経緯を説明してもらって、納得したら折り返すようお願いしてもらえませんか」

渡井が助け舟を出してくれるが、どうにもまどろっこしい。

「そのフランス人はフレデリックというんですが、彼はここに立ち寄ったでしょうか。僕より少し背が高くて、身体付きはずっと立派な白人男性です。青い目で鼻が高くて、七十代後半だけど若く見える。日本語が上手で大阪弁を話せるんですが」

それこそ写真があればと歯噛みしながら、進はフレデリックの特徴や情報をできるだけ伝えたが、マダムは覚えはないという。

「その人なら、もう通り過ぎたかもしれん」

すぐ背後から声がして、進は飛び上がった。いつから聞き耳を立てていたのか、恰幅の良いマダムとは対照的にひょろりと頬のこけた旦那が窪んだ目を光らせていた。

「月曜の早朝、オニギリに感激してるフランス人がいた。昔大阪に住んでいて、そこの方言を話せるって言うから教えてもらったんだが、なんだったかな……『ボツボツ』？」

「『ぼちぼちでっか』……？・」

「それだ！　その人、さっき前を通ったんだよ。今回は立ち寄らなかったが、目が合って手を挙げて挨拶してくれたんだ」

ぽんと手を叩いた旦那に、進はにじり寄った。痩せた身体を揺さぶりたい衝動はなんとか抑えたが、声が上ずるのはどうしようもなかった。

「さっきっていつですか!?」

「十五分、いや二十分前くらいかな」

二十分……フレデリックのペースはわからないが、まだ絶望的に離れてはいないはずだ。

「そうだ渡井さん！　実は僕、彼と連絡先を交換していて――」

フレデリックにもらったメモを思い出し、フロントバッグのポケットをまさぐる。が、ファスナーの隙間から浸水したのか、雨に濡れて判読不能になっていた。目の前が真っ暗になる。

「ああもう！　こうなったら、急いで追いかければ……」

進がほとんど錯乱状態で自転車に跨ろうとすると、渡井の太い腕に引き止められた。

「追いかけてどうするんです。〈YOSHIDA〉というレストランで働く日本人女性がいるって報告するんですか？　そんなあやふやな話を伝えて混乱させるより、ＰＢＰが終わってからちゃんと確認して――」

「ダメです！　吉田さんとの再会は、このＰＢＰのなか、自転車で走りながらじゃなきゃ！」

言下に進は叫んだ。渡井の言うことは理にかなっている。だが理屈ではないのだ。

このＰＢＰという特殊なイベントだから、起こせる奇跡がある。

その奇跡を信じて四年に一度、小さな六角レンチを携えて１２００㎞を走り続けたフレデリックの想いがある。

進は目を閉じ、すぅうと細く長く息を吸い込んだ。心を落ち着ければ、自ずとすべきことがわかる。

「僕がフレデリック――アルプスさんを連れて戻ってきます」

ごく冷静に真顔で宣言すると、渡井は絶句した。

「戻ってくる？　パリを目前に逆走する気!?」

「コースアウト以外で自ら逆走するやつ、初めて聞いたぞ」

英語で同じことを伝えると、マダムは卒倒しそうな悲鳴をあげ、旦那はぺたんこの腹を抱えて大笑いした。

「本気ですか!?」

渡井の裏返った声が響いた。穏やかな丸顔が引きつり、色を失っている。

「本気です。吉田さん探しを手伝うと約束したんです」

「だからって、進さんまで逆走しなくても」

「いえ、したいんです。僕が」

「……わかってますか。せっかくここまでがんばったのに、時間内完走できなくなるかもしれないんですよ」

渡井は考え直せというように進の目を覗き込んだ。

「いや、今の進さんの状態で逆走なんてしたら、完走も危うくなるかもしれない」

言いながら、渡井の瞳にうっすらと膜がかかった。進の肩を摑む手にじんわりと圧がかかる。その厚ぼったい手のひらから、進を心配する強い想いが流れ込んでくる。

「わかってます。それでも、いいんです」

だが進は不思議にも全く揺れなかった。

――僕は「自分に恥ずかしくない勝負」をするだけだ。

ＰＢＰの時間内完走。それが本当に「勝ち」なのか？　フレデリックの祈りを知りながら、真実を摑めるかもしれない出会いがありながら、自分は関係ないと見て見ぬ振りでゴールして本当に満足なのか？

何度も窮地の進を助けてくれ共に走ったフレデリック同様、吉田と吉田の奥さんもまた、進にとって他人ではなくなっていた。彼らが過去をどう乗り越え、そして今、どう生きているのか……それを知ることは、進にとって走り切る以上に大きな意味がある。

――逆走だってなんだってしてやる。フレデリックと吉田さんを引き合わせられるか否か。それが今の僕が全力で挑むべき「勝負」だ。

四角い顔をますます角ばらせる一本気な進に、ついに渡井が折れた。つい数秒前は潤んでいた瞳に火がつく。

「そうとなれば、次のＰＣ・ヴィレンヌでアルプスさんを捕まえなきゃ。行きますよっ！」

切り替えが早くフットワークも軽い渡井は、進が慌てるほど速やかに準備を整え地を蹴った。

「またあとで！」

エイドのマダムたちにまともに挨拶する間もなく出発する。渡井は力を温存していたのか、ぐいぐいと加速し進を感嘆させる。なんとか後に付いていけるものの、かなりキツい。しかし啖呵を切った手前、泣き言は言えなかった。

「ヴィレンヌまで約15㎞……逆走のお供はできませんが、絶対に彼を見つけましょう」

トレードマークの太陽のような笑みを浮かべる渡井が頼もしい。フレデリックがまだＰＣに留まっているかもわからないが、渡井の走りと笑顔が進を奮い立たせる。

「……新鮮だな」

厳しい表情で黙りこくって漕いでいると、渡井が含みのある声で振り返った。小さな目が柔らかい弧を描いている。

「進さんをブルべに勧誘したのは私ですが、予想以上にハマってくれてしめしめって感じでした。とても真面目に熱心に自転車に乗っているのが嬉しかった。でも常に控えめで慎重で……こんなにアツい人だなんて知りませんでした」

息が上がっていて咄嗟に返事ができず、進は面映く瞬きを繰り返すばかりだった。

「どうしてそこまでアルプスさんに入れ込むのか、理由を聞いても?」

「……僕たちは、似ているんです」

ようやく言葉を振り絞ったが、そこから先は喉がつかえて出てこない。なにをどう説明して良いのか。進は事務的に割り切れる事案以外、大切なエッセンスをこぼさず凝縮させる話術を持ちあわせていない。語るそばから通俗な安っぽい物語に貶めてしまう気がした。

渡井はじっと続きを待っていたが、やがて全てを包み込むように「わかりました」とほほ笑んだ。その優しさが胸に刺さる。

「僕は、弱い自分を変えたい」

なにか言わねば、という律儀さから進の口をついて出たのは全く違う方向の話だった。

「え？　ごめんなさい、今なんて？」

恥ずかしい。渡井にとっても不意打ちだったのか、きょとんとしている。顔から火が出る思いだが、ずっと以前から心を開き並走してくれている渡井には打ち明けるべきだと腹をくくった。

「弱い、いいとこなしの自分を変えたい……ブルベに出会ってから、だんだんそう思うようになりました。ＰＢＰに参加を決めた本当の理由は、自信を持ちたかったからなんです。伝説のイベントで１２００㎞も走ることができたら、こんな僕でも変われるんじゃないかって――」

ぷッという破裂音がして、堪えきれない様子で渡井が肩を震わせた。至極真剣に語っていた進は毒気を抜かれる。

「ごめんなさい！　いやでも……だって『弱い自分を変えたい』なんて、少年マンガのヒーローみたいじゃないですか！　あははは！」

ごめんなさいごめんなさい、と謝りながら、しかし渡井はツボに入ってしまったのかなかなか笑い止まずに苦しんでいる。

「いやぁ進さんの意外な面をいろいろ知れて楽しいなぁ。でもやっぱり根っこが真面目なんだから！」

進は穴があったら自転車を飛び降りてでも入りたかった。しかしサングラスをずり上げてまなじりを拭う渡井の顔がほころんでいるのを見て、これほどまでに笑い飛ばされるなんて名誉ではないか、といっそ清々した心持ちになってきた。

——今の告白が爽くんだったら決まってただろうに。やっぱり世の中不公平だ。

あえてそう不貞腐れてみて、進もクックッと笑ってしまう。

「ねぇ進さん。真夜中にたった独りで走ってるときって、いろんなことが苦しくないですか？　ゴールも夜明けも遠い、身体は痛いし死ぬほど眠い……些細なことでも深刻になってしまう」

二人でひとしきり笑い終えると、渡井はのどかに言った。

「でも明るい太陽の下、仲間とくっちゃべりながら走って、爽やかな風や綺麗な風景を満喫しながらうまいもの食べたりなんかして、そういうときって辛い状況でもなんとかなるって思えませんか？」

噛んで含めるような渡井の言葉は、長距離ブルベを経験した者なら誰でも納得するものだった。

「進さんは、きっと独りでたくさんのことを抱え込みすぎて問題を複雑にしてるんじゃないでしょうか。そもそも『弱い自分』って？　進さんのどこが『弱い』んです？」

渡井がにぱッと振り返った。真っ黒に焼けた顔に並びの悪い白い歯が光る。

進は鼻の奥がツンとした。自分がうまく心を開けなくても、渡井はいつも急かさず両手を広げて待っていてくれる。懐の深さは知り合うほどに感じていたが、あまりに人望が厚いことで信じきれない天邪鬼になっていた。

が、渡井とブルべに出会ったあの日、なぜママチャリであんな辺鄙な場所まで漕いでいたのか……進は妻に出ていかれ、茫然自失していた日々について簡潔に述べた。

「ずっと黙っていて申し訳ありません。でも渡井さんは優しいから、きっと心配して気を揉まれるだろうし、還暦も過ぎて惚れた腫れたで捨てられるなんて恥ずかしかった……本当に意気地がない、弱い男です僕は」

そんな修羅場があったとは……渡井はしばし絶句したが、むしろ感心したように大きく頷いた。

「でもそれを全く匂わせないんだから恐れ入ります。普通この年で突然女房がいなくなったら、一気に老け込むものですよ。身綺麗にできてたらそれだけで上出来。食事は作れない、洗濯物は山積み、家は散らかり放題……あぁ我が身を考えると恐ろしい。主夫として長年家を支えてこられた進さんだから、乗り切れてるんでしょうね」

渡井の反応は、進の思いもかけないものだった。

「今までも時々奥さんの人柄については伺ってきましたが、パワフルでこうと決めたら一直線という方なんですよね？　男女雇用機会均等法が制定される前からバリバリ仕事もされてたって。七十歳で恋をして家を飛び出しちゃうのもさすがというか……なんて、ごめんなさい！　無責任にもほどがありますよね」

「いいえ、僕もそう思います。実に彼女らしいと……そんなところに惹かれたわけですから」

失言に狼狽する渡井に、進はさらりと返す。卑屈な気持ちは微塵もない本音だった。

光子に対する怒りが完璧に霧散したわけではない。むしろ定まらなかった感情の輪郭は濃くなっている。だが歩美も言っていたではないか。屈辱だし、許し難い。それでも話を聞いてみないことには。前に進むために――

渡井は口をつぐんだまま熟考していたが「私が思うに、ですけど」と遠慮がちに沈黙を破った。

「たとえフラッと気持ちがなびくことがあっても、奥さんも進さんと同じ気持ちなんじゃないでしょうか」

「同じ？」

「奥さんにとっても、厳しい男性社会の第一線で働かれるなか、ニュートラルな進さんはどんな仕事のできる男より魅力的だった。他人の上に立って強いフリをするのは簡単だけど、他人に寄り添い影に徹して支えることはとても難しい。離れてみて、進さんほど得難い方はいないと再認識したのかも」

「妻が僕をどう思ってきたのか、今どう思っているのか、もうよくわからないんです。追及する必要もないのかもしれない」

「わざわざフランスまで会いに来てくれるんですよね？　進さんが赦せるのなら『おかえり』の一言でいいような気もします。ある意味、帰りを待つのは慣れっこでしょう？」

「……確かに。二年間、単身赴任でもしていたと思えば」

進は目を細めた。渡井が言うほど単純かは別として、こうして共に汗を流し、脚を動かしながら語らっていると、物事はずいぶんシンプルに見えてくる。

進の心に巣くう自信満々な男たちの意地の悪い笑みは、自分で練り上げ憎悪で補強した嫉妬と憂苦でしかないのかもしれない。光子が意地悪く笑うのは、他でもない自信のなさの表れだ。

実態のわからぬ幻に怯え、己のなかに閉じこもっていた暗い日々は一体なんだったのだろう。

「ただ自分自身を振り返ると、やっぱり情けなくて――」

「進さんの言う『弱い』は、軟弱さみたいなことですか？　それは他人を傷つけまいとする慎み深さだったり、自分以上に他人のことを優先してしまう優しさとも言えるんじゃないでしょうか」

進は目を見張る。いちいち思いも及ばない返答以上に、渡井が自分のためにこれほどの熱弁を振るう理由がわからなかった。

「このＰＢＰだって、皆死ぬ気で走ってる。進さんだって『変わりたい』って強い想いで挑んだわけですよね。それを捨ててでもアルプスさんのために逆走しようっていうんでしょう？　私には絶対そんなことできません。土下座されても嫌です。少なくとも私は、進さんはとても強い人だと思います」

渡井自身も鼻息が荒くなっていると気付いたのか「おまえが俺の何を知ってるんだって話ですけども」と、はにかんで頬を掻いた。

「それでもこの二年、私は進さんと走ってきて感銘を受けた。丁寧に堅実に、人も自転車も大切に走っていた。走り方は生き方です。変わる必要なんてあるんでしょうか？」

進は二年前のあの日の突風を感じ、激しく目をしばたたいた。顔が火照るのに、冷や汗が滲む。ともすれば涙まで滲みそうで、珍しくがんばって冗談めかした。

「今の渡井さんのセリフも、少年マンガみたいでしたよ」

ブラヴォオオ‼

ヴィレンヌ＝ラ＝ジュエルの街に入ると、熱狂的な喚声に包まれた。参加者をどんどん追い抜いていく二人の猛攻に、道に鈴なりになった観客が大喜びで手を振り回す。養護ホームらしき施設の前にはテントが設営され、ずらりと並んだ車椅子の老人たちから熱のこもったまなざしを受け取った。

「噂には聞いてましたが、すごいお祭り騒ぎですね！」

想像以上の盛り上がりに当てられ、進はのぼせたようになる。フレデリックはＰＢＰ最初の夜に到着したとき「日本の夏祭り」と評していたが、マルシェが並び教会前の特設舞台でコンサートまで行われているのを見ると、ＰＢＰが街中で待ち望まれていた「祭り」であると実感できた。

「街ぐるみでの歓待、ここがＰＢＰの晴れ舞台ですよ。ゴールかと錯覚しちゃいますが、実際もう１０１７km地点。パリはすぐそこです。逆走さえしなければね！」

怒濤の勢いでＰＣのゲートをくぐると、大音量でマイクパフォーマンスによる祝福を受けて度肝を抜かれる。自転車レースを制した選手のような扱いが、照れ臭くも誇らしい。

しかしニヤついている暇などない。駆け足で野外のコントロールテントでタイム記入をしてもらうと十九時十分。クローズタイムまで一時間以上も余裕があることに感動してしまう。この調子なら時間内完走も可能だが――

「ここでフレデリックさんが見つからなければ、絶望的だ！」

駐輪場になっている道路を挟み、ＰＣの敷地内には南側と北側にそれぞれ建物があった。二人で手分けして探し、中央の駐輪場で落ち合うことにした。

進は転がるように階段を駆け下り、南側の食堂へ走った。参加者だけでなく一般客にも開放されているためごった返している。普段は体育館なのか、細いスロープを下って入場するのも一苦労だ。人の流れが速く、見逃しがないようにと細心の注意を払いながら長テーブルの端から順に参加者の顔を確認していく。

——いてくれ。ここに、いてくれ……！

テーブルチェックも三分の二を過ぎた頃、おもむろに立ち上がる男性を視界の隅で捉えた。その背中に既視感があり、進は人にぶつかりながら突進した。食事を終えたフレデリックがトレーを片付けようとするところだった。

「吉田さんのお嬢さんかもしれない人がいます！」

肩を捕まえ開口一番に叫んだ。謝ろうと決めていたことも忘れ、私設エイドや日本食レストラン「YOSHIDA」についてまくしたてる。

目を血走らせた進の登場に後退りしたフレデリックも、曖昧な説明が終わるころには顔色を変えていた。

「フレデリックさんの探す吉田さんである確証はありませんが、どうしますか？」

「もちろん行くわ、確かめんとな」

フレデリックは薄い唇を引き結び、握りしめていたトレーを乱暴に下げた。まっすぐで広い断崖のごとき額には、険しい筋が何本も浮いている。進の妄想めいた推論をどこまで信じているかはわからない。

「そう言うと思ってました……僕も行きます」

「なんやて？　そのエイドならボクもわかる。道案内はいらん。進さんはまっすぐゴールを目指しや」

「僕も確かめたいんです」

「進さんは関係ないやろ」

迷惑そうにギロリと睨まれ、進も負けじと眉根に力を込める。

「ありますッ！　嫌と言われても付いていきます！」

お互いの真意を図りかねる睨み合いの後、ぷいとフレデリックが歩き出した。進も慌てて後を追う。ここで別れるなど論外だった。

「いま着いたとこやろ。ボクはもう出発するとこや」

「僕もすぐに出発できます」

人混みをかきわけて外に出ても、進は横にぴたりと付いて離れなかった。足早に駐輪場に向かっていたが、フレデリックは決死の形相の進を無視しきれず、

「……最低限の準備だけはしてな。途中で倒れられたらかなわん」

ついに立ち止まると、両手のひらを空に向けて首を振った。あきれたように口を曲げてはいたが、青い眼だけはおもしろがるように光っていた。

「吉田さんが見つかることを、心から祈ってます」

先に駐輪場に戻ってきていた渡井と握手をして別れる。やや緊迫した空気が漂ったが、再びブレスト方面へと漕ぎ出す進とフレデリックの背中を、大きな手で文字通りぐいと押し出してくれた。

「パリで待ってますからーっ！」

スピーカーから大音量で流れているMCを掻き消すほどの声援に、進は拳を突き上げてグッと親指を立てた。もちろん少年マンガを意識してのアクションだった。

「どうしたんだ!?」

「パリはそっちじゃないぞ！」

逆走する二人とすれ違う参加者や、路上で拍手喝采を送る街の人々が、皆一様に驚愕の表情を浮かべている。心配して呼びかけてくれる人も多かった。

「ＯＫ！」

「ノープロブレム！」

申し訳なくて生真面目に答え続けるうち、進はおかしさがこみ上げてきた。先ほど通りすぎた養護ホームの前にいた老人の一人と目が合う。信じがたいと言わんばかりに首を伸ばして眼鏡をずりあげると、ハッとするほど愉快そうに笑った。

進もたまらなくなって笑い返した。過労と痛みで身体は麻痺したように辛いのに、ここ数時間で壊れたように笑ってばかりいる気がした。

「ほんまケッタイな人やな」

周囲の目を気にすることなく、前へ前へと矢の如く疾走していたフレデリックが苦笑して振り返った。

「大昔の他人のごたごたのために往復30㎞も余計に走るなんて。時間内完走の夢まで捨てなあかんかもしれんのに」

「いいんです。１２００㎞じゃ短すぎますから」

「よう言うわ！　そんなふらふらのボロンボロンで」

いかめしさを装っていたフレデリックも、降参したように破顔した。

波乱に満ちた人生を陽気に航海するフランス人と、また一緒に笑いあえたことに進は胸がいっぱいになる。数奇な巡り合わせに感謝した。

「ごめんなさい、フレデリックさん。あなたに八つ当たりしました。妻に出て行かれてから今までずっと吐き出せなかった苛立ちや虚しさを、あなたの過去にぶつけたんです」

「なんも謝ることない。進さんはホンマのこと言ったまでや」

「いえ、吉田さんと自分を勝手に重ねてしまったんだ……全く違う話なのに」

「まぁ進さんとヨシダは、見た目もちょい似とるし？」

フレデリックが軽く混ぜっ返し、この話はおしまいというように視線を前方に据えた。話を深刻にしないようにという配慮が伝わったが、進としては筋を通しておかねばならない。

「そう、吉田さんはもう他人とは思えないんです。僕も彼と奥さんのその後を知りたい。首を突っ込まれたくないとはわかっています。でも……」

一緒に戻らせてくれて、ありがとうございます――実のところ無理やり付いてきた手前、ばつが悪く小声で礼を述べる。

「なんやて？『ありがとう』？　後で取り消したくならんならええけど」

ふンと鼻息が聞こえ、背中越しでもフレデリックが恥ずかしそうに鼻をこするのがわかった。

日が傾いたころ、大汗をかきながら私設エイドまで戻ってきた。フレデリックは渡井に負けず劣らず気迫の走りをみせ、進も全力で追走した。自転車を降りると脚に力が入らず劣化タイヤを引きずるような感覚があったが、フレデリックを連れて帰れて本望だった。

「おかえりなさい」

なめらかな日本語に迎えられた。マダムの隣に親しみ深いほほ笑みを浮かべた日本人女性が佇んでいた。写真よりもずっとかわいらしく、潑剌《はつらつ》とした聡明さを感じる。

この人があの吉田の娘、なのだろうか……賭けにすぎなかったが、この逆走を無駄骨に終わらせたくない。進はにわかに息詰まるような責任を感じ、懸念が急激に膨れ上がった。

「吉田明子《あきこ》です。電話を受けて飛んできました」

細い指を重ねて丁寧に腰を折られ、探るような目つきになっていた進も慌てて深く頭を下げる。

「すみません、突然呼びつけてしまって」

「いえ、もともと夜のおにぎり作りも手伝いに来たいと思っていたので。こちらこそゴール目前に、わざわざ戻らせてしまって申し訳ないです」

明子は「よろしければ」とお盆いっぱいのおにぎりを差し出してくれた。

進は整列している美しい三角形のひとつにありがたく手を伸ばしたが、フレデリックは進の後ろで仁王立ちしたまま、迫力ある目をさらにギョロつかせて明子を見つめていた。

「……明子さん、お母さん似、ちゃいますか」

やっと押し出されたしわがれた声には、どこか確信めいたものがあった。

「よく言われます。自分ではそうも思わないんですけど」

「いや、そっくりや。すぐわかったわ……ほんま、お母さんそっくりや……」

はんなりと首を傾げた明子に、フレデリックの口元がもぞもぞ動いた。笑おうとして怒ったような顔になっている。しぱしぱと瞬きが増え、泣き出す手前のようにも見えた。

進は無言でおにぎりの美味さに感動しつつ、否が応でも高鳴る鼓動を鎮めて明子とフレデリックの様子をひたと見守る。

「フレデリックさんは、写真より本物のほうがずっと素敵ですね」

気さくに呼びかけられて驚くフレデリックに、明子はガーベラのような鮮やかな笑みを向けた。

「両親からよく話を聞いていました。やっとお目にかかれましたね」

「……二人が、ボクのこと、話してた？」

フレデリックがぴくりと肩をこわばらせた。突き出た喉仏が大きく上下する。

「よく三人で自転車に乗って出かけたそうですね。日本語、それも大阪弁がとても上手だったと聞いてましたが、想像以上で驚いてます。イントネーションも完璧ですね」

明子の頬はふうわりと上気し、心底喜んでいるようだった。わだかまりや不快な感情がないのは明白で、吉田夫妻が娘の前でフレデリックを誹《そし》るようなことはなかったのだろうと察せられた。

フレデリックの肩から力が抜けていく。

良かった――咀嚼も忘れて注視していた進は、明子の隣に控えているマダムもまた目を潤ませて運命的な出会いを見守っていることに気付き、胸が熱くなった。

「これヨシダに……お父さんに借りてな。いつかフランスで一緒に自転車乗ろう、そんとき返すって話してたんや」

いつのまに用意していたのか、フレデリックはサイクルジャージの背中から六角レンチを取り出した。手の中に転がしたそれに視線を落としたまま、苦しげに続ける。

「日本からフランス戻って、しばらくしてから手紙を送ってんけど返事がなくてな……七〇年代後半にメールなんてないし、国際電話も夢みたいなもんで、気になりながらもそのまま遠ざかってしもた。二人には世話になったのに、恩知らずな話や」

うなだれるフレデリックに、明子は懐疑的な顔をした。記憶をたぐるように人差し指をくるくる回す。

「変ですねぇ、もしお手紙もらってたら絶対お返事してると思うんですが……フレデリックさんの連絡先をなくしてしまったって残念そうに話してた覚えがあるので」

「ほんま？　ヨシダがそう言ってたんか？」

「ええ、母も言ってました。単に当時の国際郵便事情が悪くて届かなかったのかもしれません。あと可能性としては、父の転職が決まってバタバタしてた時期だと思うので、なにかに紛れてしまったとか。私が物心ついたときには父は商社に勤めてたんですが、フレデリックさんが一緒に働いてたのって日系メーカーですよね？　そこで異動を命じられて納得いかなかったとき、ちょうど商社の仕事が見つかって急遽《きゅうきょ》引越しまでしたから大変だったって母がこぼしてました」

「せやったんか……」

フレデリックは惚けたように立ち尽くしていたが、嫌われて返事がないものだと信じ込んでいたのだろう、徐々に顔が晴れていく。

「それで、ヨシダは元気か？　奥さん……いや、お母さんは？」

明子はほほ笑みを絶やさぬまま、フレデリックの手からレンチを取り上げた。貴重なオブジェを扱うように、L字形の先端を大事そうにつまんで眺める。やがて手の中に握りしめると静かに言った。

「父は去年亡くなりました。心臓の病気で」

「——亡くなった？」

「母はずいぶん気落ちしてましたが、やっと落ち着いて前を向き始めたところです」

淡々と語られる吉田の死に、フレデリックは腕をだらりと垂らした。理解できないように、したくないように、緩慢に頭を振る。

進もまた心臓を射抜かれた気分だった。

「そんな……謝らんといかんことがあったんや……なのにあいつ、死んでもうたんか？」

唇が震えていた。そのままフラリと失神してしまいそうなほど、フレデリックは青ざめていた。

「謝る？　なにがあったか知りませんが、父は気にしていなかったと思いますよ」

しかし明子はあくまでも朗らかだった。柔らかな物腰を崩さず、にっこりと頷く。

「だってフレデリックさんを見つけたとき、大喜びしてましたもん」

「ヨシダが、ボクを見つけた⁉」

脳天から飛び出したような鋭い絶叫が響き渡った。エイドで一休みしていた参加者が一様に振た。

り向いたが、フレデリックはおかまいなしで「いつ？　どこでッ!?」と畳みかけた。

「あれは八年前ですか……順を追ってお話ししますね」

目を剝いて詰め寄られ、さすがの明子も気圧されたようだったが、懐かしそうに説明してくれた。

明子は十年前、日本に修業に来ていたフランス人の料理人と共通の友人を介して知り合い、結婚。夫となった彼の帰国に伴い渡仏し、当初は夫婦別々にパリの日本料理店で働いていた。

「三年前にこの町でレストランを開いて越してきましたが、それまではパリにいたんです。何度か両親も遊びに来たんですが、あるとき父が『パリ・ブレスト・パリを見たい』って言い出して。四年に一度しかない機会だっていうし、パリを出発する参加者を応援しに行くことにしました。前々回、八年前のＰＢＰです」

──吉田さんが、ＰＢＰに……

進は打ち震えていた。吉田もまたフレデリックを、フレデリックとの約束を、生涯胸に刻んで決して忘れることはなかったのだ。

「応援って言っても何千人もいるライダーを見送るだけで、私はすぐ飽きちゃって近くをぶらついていたんですが、父と母はずっと見ていたらしく『フレデリックがいた。相変わらずアルプス乗ってた』って自分のことみたいに自慢されました」

「奥さんも一緒に？　二人でボクを応援してくれてたんか!?」

「そんなに仲が良かったんなら伝言でも残せばって言ったんですけど『僕はもう自転車に乗れんから』って頑なで……よくわかりませんが、父は当時もうずいぶん痩せてていて体調も優れませんでした。若々しく現役で走っているフレデリックさんに、そんな姿を見せたくなかったのかも。でもその後も『１２００kmなんてアホか』って、事あるごとに話題にしては嬉しそうでした。母も『さすがフレデリックさんだわ』って」

「せやったんか……」

力尽きたようにふぅとフレデリックの膝が折れた。進が咄嗟によろめいた身体に腕を回し、心配して顔を覗き込むと、水色の瞳は透明度を増し銀色に光っていた。

「いっこだけ質問してええ？　ヨシダは、ご両親は、幸せやったろうか――？」

膝に手を突いてゆっくりと顔を上げると、フレデリックは明子をまっすぐに見つめた。

あまりに大きな問い。しかし明子は迷うことなく「そう思います」と力強く頷いた。

「父は口下手でしたが、いつも母に感謝の言葉をかけることだけは忘れなくて。子供心にお互いを思いやっているのがわかって、うちの両親は仲良しだなって密かに自慢でした」

明子が語る「吉田」は、フレデリックの語っていた「亭主関白のヨシダ」とは異なるようだ。

「愛情は言わんでも伝わるもんやとか抜かすから、せめて感謝の気持ちだけは伝えなアカンってよく叱ったった」――悔しげだったフレデリックの言葉が蘇り、進の胸はざわめく。

「あの頭でっかちのヨシダが……あいつもちっとは、成長したっちゅうことやな」

そっと横顔を盗み見ると、フレデリックは目頭を押さえていた。

フレデリックが吉田夫妻の間に起こしたさざなみは、二人を気まずくも険悪にもしたかもしれない。だが最終的に、二人をより深く優しく結びつけることになったのではないか……

吉田が亡くなった今、真相は藪の中だ。しかし二人が幸せだったらしいことに、娘が誇りに思うほど愛情深い夫婦だったことに、進は泣きたくなるほどの安堵を覚えた。

「私も旦那とぶつかることはあるけど『ありがとう』の言葉は忘れないようにしてます」

「明子さんがフランス人と結婚されることに、ご両親の反対はなかったんですか?」

しゅんしゅんと照れ隠しで鼻をすするフレデリックに代わり、進からも質問してみる。

「全くありませんでした。むしろ母は『フランス人に求婚されるとは、さすが私の娘ね』なんて珍しく冗談ぽいことを言って、父も妙にニヤニヤしちゃって……ねぇフレデリックさん! 実はうちの両親と三角関係だったんですか!?」

「いや、三角もなにも……ボクの一方通行や」

あけっぴろげで好奇心まるだしの明子に、フレデリックはたじたじだった。

「嘘ぉ! いや、決して母がモテるとは思ってないですよ? けど、あの堅物の父とラテン系フランス人が、地味な母を取り合うとかおもしろすぎるって期待してたのに!」

明子がキャッキャと笑い、フレデリックもたまらずに笑い出した。固唾を飲んで見守っていた進も、つい頬がゆるむ。

そして優しい静寂が訪れた。明子は握りしめていた手をそっと開いた。

「このレンチは今度帰国するとき、私から母に渡してもいいですか?」

「もちろん」

「母になにか伝えることはありますか?」

せやな……かすれ声の後、逡巡するような咳払いが続いた。

「おおきにって、伝えてもらえるかな。ヨシダと二人でフランスに来てくれて、PBPに応援に来てくれて。ボクを忘れんでくれて——『おおきに』って」

「必ず伝えます」

明子はレンチを持ち替えて右手を差し出した。が、フレデリックは明子の左手にも手を伸ばした。

フレデリックの頑強な両手が、明子の若々しい両手をしっかりと包み込む。唇を引き結び、目を閉じて首《こうべ》を垂れるさまは、祈りそのものだった。その一瞬、二人だけが世界からも時間からも切り離され、祭壇画のように浮きあがって見えた。

——フレデリックの祈りが、やっと通じたんだ。

進も厳かな感動に打たれ、どこかにいるに違いない自転車の神様に感謝を捧げた。

「ほな行くで」

明子の手を離した途端、フレデリックはいつもの軽い調子で進の肩を叩いた。

「え、と……もう出発ですか？　もう少しお話しすることとか……」

「そんなん山ほどありすぎて、逆にないわ。それより急がんと、もうすぐ二十一時やで」

当惑する進だったが、その言葉に頬を張られた。

——時間内完走を諦めてない……？

フレデリックが一応の決着をつけたことで、進は自分の勝負をも終わらせた気になっていた。現実的に精も根も尽き果て、再び走り出す気力を失っていたのだった。

「もう日も落ちてもうた。服も調整せなあかんな」

しかしフレデリックは有無を言わせず、すっかり腑抜けになっている進を急き立てた。

性急な再出発に明子やマダムたちも名残惜しそうではあったが「がんばって」と笑顔で仕度を手伝ってくれる。

「四年後も待ってますね。今度は母も一緒に」

「今度って、ボク八十やで。待たれても困るわ！」

明子と歯切れよく挨拶を交わすフレデリックは、もう何の悔いもないようにさっぱりした顔をしていた。

対して進はまだ心も身体も状況に付いていけぬまま、とりあえずお手製おにぎりをおかわりして自転車にまたがった。

「離れてても、お母さんのこと大事になー！」

フレデリックは一度大きく手を振ると、もう二度とエイドを振り返らなかった。


「次のＰＣまで１００km、これから最後の夜も越えなあかん。気張りや！」

まぶたまでとろんとしてきた締まりのない進に活を入れ、フレデリックが率先して前を引く。

暗くなってきた、と感じたときには既に夜の帷《とばり》に包まれていた。ライトをつけて走っていても前後の距離感覚が掴みにくくなる。判断力も鈍る。ずんずん走るフレデリックから離れないようにと気をつけていても、ともすれば背中が遠ざかり慌ててペダルを踏み込む。

いくつものことを同時進行する余裕がなくなった進は、ひとまず走行ペースを掴むことに集中した。フレデリックの背から今までとはまた違う凄みを感じ取りつつ、「一、二、一、二」とリズムを取りながら脚を回す。カウントすることで、少しずつバラバラになっていた思考と動作が重なってきた。

独りではどう気張ってもこのリズムで脚を回すことはできないな……そう考えたとき、おしゃべりなフレデリックが無言を貫いていることに思い当たった。

「明子さん、とても良い人でしたね」

「吉田さんは残念でしたが、彼もずっとフレデリックさんを想ってたんですね」

「奥さんも一緒にＰＢＰにいらしてたなんて感動しました」

「一緒に戻らせてくれて、ありがとうございました」

不安を感じ、できるだけ明るく様々に声をかけてみるが反応がない。

やはり吉田が亡くなっていたことがショックなのだろうか。それとも夫妻が幸せだったらしいことがわかり放心しているのだろうか……進が気を揉んでいると、やっとフレデリックが振り向いた。

「進さんも、おおきに。ボクはやりきった。満足や……正直もうＰＢＰなんてどうでもええわ。アホみたいに長い変わり映えのない田舎道、この十二年で四度も往復して飽き飽きや。今すぐ酒飲んで寝たい」

眉間に皺をよせて吐き捨てるフレデリックに、進は「ですよね」と心から同意した。もし自分が彼の立場だったら、疲弊し切った身体に鞭打って走り続ける意義を見出せない。

「当然ですよ。フレデリックさんのなかでＰＢＰは終わったんですから。ＤＮＦしても――」

「だからな進さん、決めたで」

フレデリックは進の言葉を遮ると、眼球がこぼれ落ちそうなほどカッと目を見開いた。

「これからはあんたの番や。進さんのためにボクは走る」

「……僕のために？」

「そうでもなきゃツマラん。ボクがペース作って引いたる。進さんは黒船に乗った気で付いてき」

自身の胸をドンと叩いてみせるフレデリックのきっぷの良さには感銘を受けたが、さすがに

「それじゃ」とおんぶに抱っこは頂けない。

「嬉しいです、そこまで言ってもらえて。でも一緒に走ってもらえるだけで充分です。先頭は交代しますよ。じゃなきゃフレデリックさんが途中で――」

Non non non non!! 即座に否定され、進は閉口してしまう。

「進さんかて言ったやろ。ボクのＰＢＰはもう終わったんや。途中でバテようがなにしようが、かまへん」

フレデリックは怖いもの知らずの満面の笑みを浮かべた。今までの人生を振り返っても、こんなに純粋で楽しそうな、思いやりに満ちたまなざしと向き合ったことはなかった。

「お節介にお節介返したろって余興に、付き合ってくれるか？」

「……すみません」

「なんで謝んねん！」

「……ありがとうございます」

「なんでそんな暗いん!?」

ともすれば涙声になってしまいそうで、進はこぼれ落とすような返事しかできない。

「こういうときはな、Avec plaisir……『喜んで』っちゅうフランス語があるんやで」

「あべっく、ぷれじー」

カラカラと満足そうなフレデリックの笑声が響いた。それでよしとばかりに頷くと、パリに向かって一心不乱に漕ぎ続ける。

フレデリックは捨て身で、自分を時間内にゴールへ運ぼうとしてくれている……あまりにありがたくて申し訳なかった。

——時間内完走……本当にできるだろうか？

カッコつけて「先頭交代」なんて言ってはみたものの、進の身体は悲鳴をあげている。このペースに付いていけているのが奇跡で、前を引くことなど無理だ。

今までも何度も土壇場まで追い詰められてきた。だがすんでのところで踏み止まり、希望を繋げたのは「絶対に負けられない」と渇望してきたからだ。だがその勝負を「時間内完走」から「フレデリックと吉田を引き合わせる」という目標に切り替え、達成したことで燃え尽きてしまった。ぎりぎりで保っていた緊張の糸が切れ、心身ともにふわふわしている。

仕切り直して再び勝負を挑むには、これまで以上に強い熱意が、熱望が必要だった。だがその燃料が見当たらない。

光子も歩美も、時間外完走だろうがＤＮＦだろうが「がんばったね」と言ってくれるだろう。そして間違いなく、進は六十五年の人生のなかで最もがんばっている。たとえここでＰＢＰが終わっても、自分に恥ずかしくはないと断言できる。

——これ以上無理しなくてもいい。フレデリックさんを無理させなくてもいい……

「やっぱりもう、止めましょう」

そう呟いて顔を上げると、目の前に全身全霊で自分を導く七十六歳の背中があった。真っ暗な夜道でライトを受け、反射ベストを眩しいほどに光らせ煌々と輝いている。

「最後まで糸を切らすな」……そういえば誰かがそんなことを言っていた。あのときも大きな背中が光っていた。あれはいつだっただろう。霞がかった頭のなかで、ひとつのイメージが浮かぶ。千切れてしまった細い糸を必死に手繰り寄せている手……これは自分の手だろうか？　絹糸ほどに繊細なたった一本の糸は闇に紛れては消えかかり、しかし時折キラリと輝きそこにあることを伝える。

「アレアレアレ！」

路上の声にハッとした。いつのまにか熱狂の街、ヴィレンヌに再び差しかかろうとしていた。だれていた姿勢を正し、ハンドルを握り直す。

——つべこべ考えるな。とにかく走るんだ。目の前にある背中だけを信じろ……！

夜が深まった街は闇を撥ね返すほどに明るく賑わい、更に祝祭感を増していた。狂騒の光のなかで、進はもう一度か細い糸を摑んだ。

8. Allez allez《アレアレ》 1017km / Villaines-la-Juhel《ヴィレンヌ＝ラ＝ジュエル》

既にサインをもらった十一番目のPC・ヴィレンヌを素通りし、慌てふためくスタッフや観客をすり抜けて突っ走る。脚の合う集団を捕まえて共に走ったり、私設エイドで温かい飲み物をもらって小休憩しながら、進は自分のために走ってくれるフレデリックのために心を無にしてペダルを踏んでいた。

「――進さん、進さんッ！」

零時を回ったころから、たとえ会話の途中でも意識が飛ぶことが増えてきた。進の全細胞が眠いと呻いている。

「このままやったらあかん。ちと寝よ」

「僕のことは置いて、先に……」

「なに馬鹿言うてんねん！　意地でも離れんわ。ここで倒れられても後味悪すぎるしな」

呂律も回らなくなってきた進は、冷たいアスファルトでもいいから今すぐ横になりたかった。フレデリックが見放してくれたらいいのにと、もはや忌々しい。

ふらふらの進が畑でも路肩でも民家の前でもかまわず寝ようとするのを鼓舞し、フレデリックはコースを外れて教会前のベンチまで誘導してくれた。お互いエマージェンシーシートにくるまって寝転がる。硬く古びたベンチは夜露を拭ってもなおじっとりと冷たかったが、それでも進は手足を投げ出せて恍惚のため息を漏らしてしまうほど幸せだった。満天の星をバックに、十字架のシルエットが黒々と威厳を放っている。

――ここで目を閉じたら、神に召されて一生開けられなそうだな……

「三十分経った。行くで」

目を閉じたらすぐに揺り起こされ、進は愕然とした。時間泥棒にあったとしか思えない。だがわずかながら眠さは飛んだようだ。

フレデリックに尻を叩かれ不承不承再出発すると、経験したことのない電撃的な痛みが腰を刺した。息が止まりそうになったが、すぐさま痛みは引き不快な違和感だけが残った。寝方が悪かったのか、寒さで強張ってしまったのか……でもなんてことない、そのうち身体もほぐれるさと、進は頭をもたげた不安を打ち消しフレデリックの背中に食らいつくことに専念した。

木々が覆いかぶさってくるような暗い山道を上り、最後にダメ押しするような激坂……そういえばこんな恐ろしいコースを通ったなと模糊《もこ》とした記憶が蘇る。

――あのときも深夜で、フレデリックさんと一緒に走ってたんだ……

往路ではサービスのみ受けられるWPだったモルターニュ＝オー＝ペルシュが、復路ではPCになっていた。往路では閉鎖されていた建物でコントロールのスタンプをもらうと、フレデリックに追い立てられるようにして仮眠所へ向かう。

「食うのはいつでもええ。ここでしっかり寝るんや。ちまちま寝ても体力も眠気も回復せん。思い切って二時間半やる。生まれ変わるつもりで寝たれ」

「わかりました、いっぺん死んできます……」

床に直置きされた薄いマットが並ぶだけの質素な部屋ではあったが、進はフレデリックと隣り合って寝転んだと同時に眠りの世界に旅立っていた。係の人に起こされたのは、体感的に眠ってから三分後。なぜもう起きねばならぬのかと怒りが湧いたが、教会の前で寝たときとは雲泥の差で「休んだ」感覚があった。

寝ぼけ眼のフレデリックとよたよた身支度を整えていると、自分たちの年齢を思わずにはいられない。だがPBPでは、老いも若きも性別も重量も関係ない。考えてみれば、そんなスポーツはなかなか珍しいかもしれない。

——誰にもハンデなしの公平な挑戦だからこそ、おもしろいんだよな。

半ば自嘲しながら軽食でカロリーを流し込むと、最後の夜道に突入した。

「今だいたい五時半。次のPCまで約80km弱だから……ま、十時に着けたら上出来や」

「そうですね。でもM組のクローズタイムは九時三十二分なんですが……」

「気にせんでええ。終わりよければなんとやら、最後のゴールで帳尻合わせよ。どうや調子は？」

「いい感じです。まともな睡眠のおかげで生まれ変われ……てはいませんが、いろいろと治ったような」

進は先ほど痛みを覚えた腰をさすりながら、自らに言い聞かせるように頷いた。相変わらず身体のあちこちにガタがきており、味覚さえ変わったのには驚かされたが、泣いても笑っても今日が最後の一日だと考えると急にドキドキしてきた。

——順調にいけば、もう半日もせずこの長い旅が終わる……

ほど良い緊迫感が、進の眠りかけた細胞を呼び覚ましていく。鈍っていた感覚が冴えてきた。

「よっしゃ！　ほなもうちょい上げてくで。ボクの本気を見せたる」

フレデリックがスピードを上げるが、意外にもなめらかにその後ろに付いていける。二人のシンクロ率が上がってきたのだろうか。

振り返れば出会ったり別れたりを繰り返しながら、何十キロ、何百キロと共に走ってきた。時間にすればトータルでたった一日にも満たないが、助け合いぶつかり過去を共有し、既にこの青眼の老人は旧知の親友であり生涯の同志だった。

深夜には眩しいほどだった星のまたたきが薄らいでいく。夜明けが近い。それがこのＰＢＰの終わりを端的に告げているようで、進はそこはかとなく寂しくなる。

「パリみたいな都会じゃ、これだけの星は見えないでしょうね」

「パリはエッフェル塔からなにから光っとるからな」

「そうだ、フレデリックさんは都会の夜景と田舎の星空、どっちが好きですか？」

気まぐれに、かつて光子に聞かれた質問を投げかけてみる。フレデリックは「せやなぁ」と時間をかけて答えた。

「ボクはもともと夜景が好きやねん。大阪の夜景も大好きやった。特に通天閣のあたりな。エッフェル塔を真似て造られたらしいけど、派手なライトアップも周りのネオンのゴミゴミした感じも、シャンゼリゼよりずっとおもろかった。でもこの年になると、田舎の星空に軍配が上がるかもしれん。昨日は雨降ったろ？　真っ暗でずぶ濡れで、ほんま応えた……星が見えたらどんだけ励まされるかと思ったわ」

「キツかったですよね……でも僕がいた場所は雨雲もそう大きくなくて、走ってるうちに抜け出せたんですよ。星空の下に出た時はすごく嬉しくて、思わずはしゃいじゃったなぁ」

「――そうかッ！」

大発見をしたかのように興奮の叫びをあげ、フレデリックがくるんと振り向いた。

「いつだって星はボクらの頭の上にあんねんな。昼間だってちゃんと光っとる。太陽や雲やイルミネーションに隠れてても、星がなくなることはない。宇宙が終わらん限り、ボクらが星を見れんでも、星はボクらを見てるんや」

無邪気に目を輝かせて一気に言い切ると、鼻息も荒く天を仰いだ。

進もつられて視線を上げる。遥か地平線まで続く畑。そして空。混じり合わない地と天は徐々に明るみ始め、暗がりからそれぞれの色彩を取り戻していくところだった。

「いつでも絶対に見守っててくれる存在があると思うと、なんや心強いわ」

空から星が完全に姿を消した。だが見えないだけで、今も変わらず存在している。

――そうか。僕は光子さんにとって、そんな存在でありたかったんだ……

光子は輝く夜景。進は見守る星空。

圧倒的な強い光を前に、星はかき消され太刀打ちできない。けれど、別の矜持《きょうじ》がある。

「夜景も星も、なんて欲張りな話かしら」

光子は刺激と平穏と、激しさと静けさと、両方とも欲しがった。古希を迎えてなお自分の欲望に素直に生きている彼女は、素直に眩しい。

――僕は光子さんに、なにを求めているんだろう？

私が悪かった、と謝罪してほしいのか……さめざめと泣く妻を前に、鬼の首を取ったがごとくふんぞり返って責め立てる自分を想像する。その瞬間は気が晴れるだろう。が、チラとでもそう考えた悪趣味な自分にがっかりする。

しおらしく言うことを聞くようになってほしいのか……いや、それは違う。とても悔しいけれど、腹立たしいけれど、自由で貪欲なままでいてほしい。

光子には変わってほしくない。

――でも、僕は……？

「フレデリックさん、いつか言いましたね。自分自身で変わりたいって強く望まなきゃ、人は変われないって。それを教えてくれたのは吉田さんだったって」

進が唐突に話題を転じたが、フレデリックは質問の微妙な翳《かげ》りを察したのか、チラと目線だけ送ると「あぁ」と淡白に返した。

「大阪は楽しかった言うたやろ。でも始めはな、外国人ちゅうだけで物珍しがられて、そんだけならまだええけど嫌われたり壁作られたり、文化も違うわ空気読めないわ、そりゃもう辛かったわ。早くフランスに帰りたいと思ったし、うまくいかないイライラを『ボクはアンタらとちゃう』って割り切ることでやりすごしてた。でもな、ヨシダがそんな偏屈なボクにも誠心誠意向き合うてくれて『僕は君の生活が楽になるように、助けることはできる。けど君自身を変えることはできん。自分で望んで変わらん限り、根本的にはなにも変わらん。ここで楽しく暮らせるかどうかは、全部君次第なんや』って」

これが別の誰かの忠告だったなら、フレデリックはきっと耳を貸さなかった。鼻で嗤っていただろう。だが吉田の言葉だったからこそ響き、自分を見つめ直した。

「はるばる外国から来たんや。優しくしてもらって当然っちゅう驕《おご》りがあったんやな。それに、西欧のほうがアジアより進んでるっちゅう偏見もあった……そんな上から目線で暮らしとったら、周囲に馴染めるわけないねんな。いま振り返っても死ぬほど恥ずかしいわ。À Rome, fais comme les Romains……〈ローマではローマ人のように振る舞え〉って諺《ことわざ》があんねん。ボクも大阪人になったろって決めた」

変わるべきは自分なのだ……積極的に日本の習慣を取り入れ、同僚や街の人々を観察しては真似し、日本語の勉強も大阪弁に切り替えて実践で鍛えた。まさに自分で望み、生まれ変わっていった。

「あのときヨシダに気付かせてもらわんかったら、変わろうと努力もできんかった。ほんまヨシダには、天国で会っても頭が上がらんわ」

ヘルメットのうえからぽりぽりと頭を掻く仕草がとぼけていた。フレデリックは簡単に言ってのけたが、どれだけ大変な「努力」であったかは進にも想像できた。

「僕はこのＰＢＰを時間内完走して、自信をもって光子さんの前に立ちたい。弱い自分を変えるんだって思い続けて、この四日間自転車に乗ってきました。でも今になって、よくわからなくなってきたんです」

あんたは自分が思ってるより、すごい奴だ。

少なくとも私は、進さんはとても強い人だと思います――

そんなことを言われる日がやってくるとは、夢にも思わなかった。

「君は変わる必要ない」

大きく燃える目が、判決をくだすように進を見据えて言い放ったのは、確か四十年近くも前だ。

「僕のためにも、僕は変わりたい……でも結局のところ、変わるってなんなんでしょうね」

「変わるとか変わらんとか、それは言葉の綾や。自分が納得するためのもんや。そもそもなにをもって変わるかっちゅうと、ボクが思うに決意と行動や。こうしたろって決める。動く。そこに結果が伴わないと、周囲の人間は嗤うかもしれへん。『アイツなんも変わっとらんやん』てな。でも自分で決めて、動いて、納得できたら、それでええんちゃう?」

「それが一番難しそうですけど……僕はわかりやすい結果を求めていただけなのかな」

時間内完走=弱い自分を変える。立派なキャッチコピーをものにして理路整然と安心したかった。それこそ少年マンガのハッピーエンドのように。

「PBPに出たろ思って、死ぬほど走って、なんで走ってるのかもようわからんようなって、それでもゴールしたろってがんばって……今はそれだけで充分やないの」

フレデリックが得意のニヤリで振り返った。

「朝日や」

果てることのない真っ直ぐな道に光が差した。地平線の向こうから、ついに太陽が顔を出す。

真正面で出迎えてくれた巨大な太陽に突き進んでいると、イカロスの羽のように溶けてしまいそうだが、なぜイカロスが羽ばたくことを止めなかったかわかる気がした。刻々と強まる日の光を受け、熱いもので満たされていく。

明けない夜はない——なんて薄ら寒い励ましの慣用句みたいなものだが、こうして夜が明けたときの泣きたくなるほどの喜びは一体なんだろう？　湧き上がる力の正体は？

路肩にバイクを止め、ＰＢＰ最後の朝日と記念撮影をしている参加者たちがいた。肌の色も髪の色も体格も異なり、ただ自転車という一点のみで繋がった者たち。

「グッド・ラン！」

「You too!!」

通り過ぎざまに挨拶を交わす。がっちりと肩を組む彼らの気持ちが痛いほどわかった。

「前、交代しますよ」

もう一時間以上、フレデリックの後ろで温存させてもらった。朝日の効果も相まって、今なら引けると意気込んだ進だったが、

「進さん前に出したら、ペース落ちてまうやろ」

「絶対すぐへばるくせに」

何度申し出てもフレデリックは頑固に聞き入れず、脚をゆるめなかった。

進も急加速して無理やり前に出るほどの体力はなく、少しでもペースを落とせば敏感に感知されて「もう疲れたんか」、「まだ走れるやろ」とハッパをかけられる始末だった。永遠に続きそうなゆるい上り下りを、精密機器のごとく正確なペースで走るフレデリックの安定感に改めて脱帽するほかない。そしてそのペース配分が絶妙なのだった。壊れかけの進が調子良く走れる範囲から最高速度を引き出してくれている。

身体中の苦痛はもちろん感じていた。だが辛くはない。限界を超えてハイになると「こんなも

ん」と流せてしまうらしい。

　１０００㎞を超えて走り続けた最後の朝に、どんな形容も飲み込んでしまう豪奢な太陽に向け、フレデリックと自転車を漕げていることが幸せだった。


　ゴール直前、最後のＰＣ・ドリューに到着したのは「上出来」の十時少しすぎだった。進のクローズタイムには間に合わなかったが、遅れた理由も聞かれずブルベカードにタイムを記入されてホッとする。

「ここからパリ・ランブイエまでは42㎞しかない。しかも最後は平坦続きや。進さん、十三時までに着けばええんやろ？」

「ええ、あと三時間弱ありますね！」

　そう考えれば、確かに時間内で辿り着けそうな気がしてくる。進が寝不足でしぱしぱする目を輝かすと、フレデリックは勝ち誇ったように指先で額を叩いた。

「ＰＢＰは若さや速さより、経験と戦略やねん。そんな達人のボクの狙いでは、ここに――」

　パーテーションで区切られたコントロールのすぐ後ろがカフェテリア兼食堂になっており、フレデリックはチルド棚に直行した。タルトやプリンといったデザートが並ぶなか、ひとつだけ残っていたリング状のシュークリームをトレイに載せる。

「ほれ、パリ・ブレスト。進さん、もう食うたか？」

「いえ……〈パリ・ブレスト〉ってＰＢＰに関係あるお菓子なんですか？」

「その通り！　ＰＢＰを記念して作られた伝統あるケーキで、フランスでは定番菓子のひとつやな。絶対食べとかなあかんやつやけど、置いてるPCは少ない。残っててよかった」

最後のひとつをもらってしまい申し訳ないが、フレデリックは「前回食うたから」と嬉しそうに進に押し付けた。

まずデザートから選んでしまったが、追い込みに向けしっかり食事をとっていくことにした。ラザニアを口に運び、思わず頰が緩む。食事が温かいというだけで感激してしまうのに、なかなか本格的な味でデザートへの期待値も上がる。

「シューが輪っかの形しとるんは、自転車のタイヤへのオマージュらしいで。よく味わって食うたれ」

パリ・ブレスト……実際に往復して帰り着こうとしている今、この菓子に出会えたのは格別の喜びがあった。潰れ気味のシュークリームを崩さないよう、そろりと両手で持ち上げる。粉砂糖がかかっているだけの素朴な見た目だったが、たっぷり詰められたクリームはプラリネとカスタードの二層になっていた。濃厚で複雑な「パティスリー」の味わいに甘美な気分に浸る。

「そういえば、フレデリックさんと向かい合って食事したのは初めてですね」

「ほんまや！　ボクら散々しゃべってきたのに、ほとんど自転車の上やったもんな。もう行かなあかんし」

フレデリックは苦笑して立ち上がったが、進はこのPBPで最も贅沢な時間をすごせた気がした。こんなにも満足を覚えてPCを出るのは初めてだった。

「ごめんなさい、ちょっとサドル調整していいですか？」

進は一度腰かけたものの、自転車を降りた。ゴールまで残り少ないとはいえ、準備は万端に整えておかねばならない。サプリの摂取に膝のテーピング、手の痺れ対策にグローブは二重に。なにかの拍子に例の腰の激痛が走ったが、今は慢性的な尻の痛みのほうが気になっていた。サドルの角度を変えることで軽減できるかもしれない。

「これ使い」

サドルバッグに手を伸ばした進に、フレデリックはすかさず六角レンチを差し出した。明子に返した吉田のレンチと同様、シンプルで安っぽいものだった。

二人の視線が交差した。その一瞬に駆け巡った想いは、どれだけ時間をかけても語りきれないものに違いなかった。

「ありがたくお借りします」

「やるわ、こんなん。がんばった進さんに特別賞や」

進はフレデリックの手から小さなレンチを受け取った。とても軽い。だがフレデリックの手の熱で、じんわりとぬくくんでいた。

「――じゃあ四年後のＰＢＰで、十倍返しってことでいいですかね?」

進は屈み込み、サドルを調整しながら言った。気恥ずかしくてフレデリックを見ることはできなかったが、忍び笑いが進の背中をくすぐった。

「さぁ、泣いても笑ってもこれが最後の一踏ん張りや!」

今までにも増して頼もしいフレデリックの掛け声で、いよいよパリはランブイエに旅立つ。十時四十分。Ｍ組として渡井たちと出発した際、坂を上り切ったところにある本当のスタートゲートを越えたのは、十分以上遅れて十九時十数分だったはずだ。つまり進個人の正式なタイムリミットは十三時十分と考えて良い。

――二時間半で42㎞、時速17㎞強で間に合う。一人では難しくても、二人でこのペースでいけば……！

ドリューの街を出てからもフレデリックは絶好調で、進に先頭を譲ろうとしなかった。

「ボクもまだまだ捨てたもんやないな」

鼻歌を歌うほど上機嫌で、その明朗さが伝播した進も脚がよく回る。フランスの田舎町や広大な農地もこれで見納めかと思うと、すっかり見慣れた景色も輝いてくるのだった。

ゴールまで最後の区間、もう体力温存の必要もないと言わんばかりにスピードを上げる自転車乗りは少なからずいた。猛スピードのご機嫌なトレインに追い抜かれ、口元がむずむずすることもあった。誰もが形容しがたい興奮に包まれていた。

「こっから先はしばらく平坦が続く。ボクの仕事は終わりや」

坂道を上り切ったところで、急にフレデリックが下がってきた。

「それじゃここから先は僕が……」

「いや、一人で行ってくれ」

勢い込んでペダルを踏みしめた進を、フレデリックは力なく笑って制した。ぎこちなく右のふくらはぎをさする。

「疲れがたまると時々あんねん、肉離れ。調子のりすぎたわ、しばらく休まんと動けん」

みるみるスピードを落とすフレデリックに合わせて進が脚をゆるめた途端、激しく叱咤された。

「あかん！　早よ行きッ！　今までのボクのがんばり、無駄にする気か!?」

「でも……！」

「心配すな。ここまで一緒に来れたことが、むしろできすぎや」

動揺する進と自転車で横並びになると、フレデリックはすっと腕を伸ばした。進の背に手を回して肩を抱く。誘われたように進の腕も持ち上がり、フレデリックの肩に手を回していた。

ほんの数秒、二人は肩を組んで走った。事前に打ち合わせていたような自然さで照れはなかった。ただ進の痺れた頭のどこかが、このひとときを「永遠のような一瞬」として振り返ることになるだろう、と予言していた。

「進さん、あんたと走れてよかった。でも何度も礼はいらんな。『お互いさま』や！」

明るい笑みを浮かべたままフレデリックは下がった。進の肩から滑り落ちたその手で、進の背中を押し出す。目を見開くほど強い力に、フレデリックが最後の一滴まで力を振り絞っているのが伝わった。

「行け！　かっこいいとこ見せたれ!!」

「……はいッ！」

フレデリックの骨張った手の感触をくっきりと背中に感じながら、進はペダルに体重をかけた。加速しながら振り返れば、フレデリックはハンドルに上半身を預けぐったりしていた。出し切ったのだろう、手を挙げるのも億劫そうにわずかに首を傾け、ニヤリと口の端を持ち上げたのがわかった。その姿がどんどん小さくなっていく。進は熱いものが込み上げてくるのを堪えて前を向き、下り坂の流れに身を任せて漕ぎ出した。

一人になると急に風が強くなる。ペダルも重い。今までフレデリックがいかに自分を守ってくれていたか、感謝と申し訳なさがキリキリと胸に迫ってくる。

別れはあまりに突然であっけなかった。気付けば礼すら口にできていない。

だが先ほどレンチを手渡してくれたとき、フレデリックはもう限界が近いとわかっていたのかもしれない。それなのに進は鈍感で、フレデリックの空元気を信じて、自分なんかのために使い捨てるような走りをさせてしまった。

――でももう、後ろめたさに落ち込んだりしない。悩んだり、後悔したりしない。

吉田に繋がるかもしれない手がかりを摑んだとき、確証もないのにフレデリックと逆走したのは、進自身がそうしたかったからだ。フレデリックも同じだ。

――見返りを求めていたわけじゃない。ただ前へ前へ。「お互いさま」だ。
一、二、一、二……顔を上げ、ただ前へ前へ。淡々と漕ぎ続ける。
先ほど抜かれた高速トレインにいた参加者の一人が、息を荒らげながら走っているのを追い抜いた。日焼けから肌を真っ赤にした白人男性で、過去のＰＢＰ公式ジャージを着ていた。二度目、三度目の挑戦なのかもしれないが、残されたスタミナを読み誤り、早くから飛ばしすぎてエネルギー切れしたのだろう。

集団でいようが誰といようが、自転車に乗るうえで頼れるのは自分だけだ。やがて別々になり、一人で走るときがやってくる。だがたとえ孤独で苦しくても、また新たな仲間と出会い、助け合って進めるときがくるかもしれない。

ドリューの街に近づいた頃から、商業施設や巨大なスーパーが目立ってきた。ほとんどなかった信号も若干増え、素朴な田舎町から都心に近づいてきたことを実感する。交差点に差し掛かり、進はいつものように周囲を確認するために首を回した。瞬間、息が止まりそうになり急停車する。

進は腰に手を回した。深傷の止血をするようにキツく押さえる。鏡を見なくても血の気が引いて蒼白になっているのがわかった。ハッハッハッと忙しなく怯えた呼吸になってしまう。脂汗を流しながら再び痛みが引くのを待っていたが、暴力的な一撃が去っても鈍痛が居座っている。痛みと恐怖でめまいに襲われた進は、自転車を押して歩道に乗り上げしゃがみ込んだ。水を飲もうとして咳込み、右腕が濡れた。その腕は今や芸術的なまでに青あざに覆われ、腫れぼったく熱を帯びている。しかし転倒という原因がわかっているので不安はない。

理由がわからない、というのが進は一番怖かった。なぜこんなに局所的に激痛が走るのか。ぎっくり腰とも内臓系の痛みとも違う気がするが、唯一わかっているのは「このままではとても走り出せない」ということだった。

相変わらずハッハと短い呼吸を繰り返していると、顎を上げて懸命に走るエネルギー切れの参加者に再び追い抜かれた。側から冷静に観察すると、肩に無駄な力が入り、脚はスカスカしていていかにも苦しそうだ。

彼こそ脚を止めて休むべきではないか……手に余る痛みに腹を立て、進は悔しまぎれに男性の自転車を睨んだ。「M」――プレートに刻まれた文字に凍りつく。同じM組。時間内完走できるか否かの土俵際に立たされ、血が滲むような走りをしているのだ。

進はお守りに飛びついた。いま痛み止めを使わなければ、なんのために持ってきたのかわからない。効果が切れたあとの痛みは、そのときまた考えればいい。

錠剤がほんのり薄ピンク色をしているのを初めて知った。一秒が惜しくなり、もたつく手に苛立ちながら二粒押し出して飲み下す。目をつぶり、はやる心を落ち着けようとした。食道を通って胃に落ち、しゅわしゅわと身体中を巡っていく様をイメージする。痛みが消えていく様をイメージする。

——いま僕は一人だけど、一人じゃない。

進の脳裏に、たくさんの顔が浮かんでは消えた。

ブルベの世界に導き、ＰＢＰに誘ってくれた大先輩の渡井。

底抜けの明るさと大胆さで元気をくれたYouTuber の真帆。

ＤＮＦを決めて自身の補給食を譲り、ハンガーノックを救ってくれた悟。

情報共有しては励ましてくれた同い年の稲毛。

幻覚を見るほど消耗して落車した進を、それでも諦めるなと引っ張ってくれたミスター・フクロウ。

障害があっても夫婦二人なら乗り越えられるとタンデムで教えてくれたナオミとユリス。

しゃべりながら走る楽しさを思い出させてくれたオタクのアルチュール。

大雨の深夜に共に大声で歌い、寄り添って眠ったマティルデ。

誰もが自分の物語を生きている「主役」だと気付かせてくれた台湾の青年。

痛みが少しやわらいだ気がして、進は目を開けた。壊れかけた筏《いかだ》で荒波の海に漕ぎ出すように、自転車を車道に押し出して飛び乗る。

——もう「僕なんか」で逃げない。どんなにパッとしない平凡なものであっても、僕の人生は僕が責任を負う。僕が主役なんだから。

痛みがだんだん引いていく。健康体で我慢強くもある進は常日頃ほとんど薬を服用しないせいか、痛み止めは薄ら寒くなるほど効果抜群だった。深い眠りから覚醒したように集中力が上がり、身体まで軽くなる。

自分に恥ずかしくない勝負をしろと叱咤してくれた爽。

長年の祈りを叶えてヨシダに辿り着き、本人と対面はできずとも半世紀前の約束を果たしたことで、自分への決着をつけたフレデリック……

彼らを想うと、進の心はいつになく透明で強くなった。

「おにぃいいいのパンツはいいパンツぅ、つよいぞぉ！　つよいぞぉ！」

目から溢れそうになった熱いものを阻むため、腹の底から声を出して熱唱した。通行人がおもしろがって拍手をしてくれ、進は更に声を張り上げて応える。

口から唾を飛ばし歌っていると、酸欠になったのか頭がぼんやりしてきた。共にＰＢＰを走ってきた仲間たちが虎柄のパンツを穿いて応援してくれている姿が浮かぶ。その馬鹿馬鹿しいイメージの中にブレストまで遥々かけつけてくれた歩美もいる。とびきりの笑顔の光子も。

——そうだ。僕が光子さんに求めているのは——

懐かしい笑顔ひとつで幸せな気持ちに包まれている自分は、つくづくおめでたいと思う。

「……あれは？」

鬼のパンツを穿いて大騒ぎをする仲間や家族の後ろに隠れ、誰かがこちらをそっと窺っている気配を感じた。進が心の目をこらしてよくよく見つめれば、それは過去の進自身であった。

幼い進はオンボロ自転車に、大学生の進は新聞配達の自転車に、主夫として奔走していた進はママチャリにそれぞれまたがり、六十五歳で満身創痍になりながらロードバイクを走らせる自分を、息も忘れて見つめている。その瞳には詠嘆と悲願の色があった。

――過去の自分のためにも、自分に恥じない走りをするんだ……

進は自信を持てずに生きてきた今までの自分たちに頷きかけた。

――僕は僕のために、走る。

ゴールのランブイエが近付いていた。追い抜かれたM組の男性の背中にもじわじわ迫る。ふらついているが絶対に諦めないという信念が沸《たぎ》る背中だった。

いつのまにか路上に人が増え、応援の喚声も大きくなってくる。反比例して進のスピードは落ち、視界がかすんできた。みっともない走りを晒しているに違いなかったが、底をついたはずの力が一滴残ったままいつまでも枯渇しないだけで奇跡だった。

「アレアレ！」

ランブイエを出発したときのことを思い出そうとしても、うまく頭が巡らない。遠い遠い昔のように漠としている。１２００㎞、なんて長かったのだろう。

だがこの五日間で想像を絶する体験をしてきたことを、身体は記憶していた。疲労と眠気。痛みと苦しみ。空腹と渇き。寒さと暑さ。その全ての苦難を差し引いても余りある、打ち震えるような喜びと興奮。

そして自分が意外なほどに図太く、浅ましくなれることを知った。下手な英語でもわかった気で話し、隙あらば人目のある廊下でも眠り、草むらで用を足す。常識をとっぱらった老年の醜さと清々しさときたらどうだ。

かすむ目で雲ひとつない青空を仰げば、その遥か高みには目に染みるほどの星がきらめき、自分を見守っていることもわかっている。

「アレアレアレアレ‼」

耳のなかで息をし、頭のなかで心臓が鳴っている。脚も腕も腰も、身体のありとあらゆる部位がバラバラに砕ける寸前でありながら、魂ひとつで軽々と走っている気もした。一秒でも早くゴールに飛び込んで横になりたいのに、あと一秒でも長く自転車に乗っていたい。

進は胸を上下させ、激しく喘いだ。汗なのか涙なのか、時計を確認してもぼやけて見えない。だがもう見えなくてもかまわなかった。どんなタイムであっても悔いはない。吐きそうなのに笑みがこぼれるなんてどうかしている。

人生のなかでたった五日間の１２００㎞は、なんて短かったのだろう。

懐かしい国立公園の門をくぐった。砂利道に突入し最後の上り坂となる。もはや座っていては前に進めず、上体を起こし腰を上げ、左右に自転車を振るダンシングに切り替えた。かかとを地面に打ち下ろすようにペダルに体重をかけると、足元でぱりぱりと小石が鳴った。

上り切った先に、白と黄緑のバルーンゲートが悠々とそびえていた。「あれですね、本当のスタートは」――渡井の声が蘇り、地面のセンサーを越えた瞬間が思い起こされた。

進の目の前で、咆哮《ほうこう》が起こった。すぐ後ろにまで追いついたM組の男性が両手を天に突き上げ、何語かで絶叫している。歓喜のそれであった。

その爆発的な喜びに見惚れているうちに、進はゲートを抜けていた。

——今ゴールした、のか？

Félicitations（おめでとう）!!

両脇の芝生に立つ観客たちから惜しみない賛辞を送られながら、今度はゆるやかに下っていく。同じM組の男性に追いつくと、汗でびしょびしょの濃いまつげをしばたたいて拳を差し出してきた。彼の泣き出しそうな笑顔を見て、まだ実感の湧かない進もかろうじてほほ笑む。こつんと拳をぶつけ合った。

砂利道を下った先にあるもうひとつの門をくぐると、走り出したとき同様ピンクのゲートが鎮座していた。たくさんの観客たちも瞳を輝かせ、ゲートの向こうで待ち構えている。親族や友人と思しき人たちはゴールした参加者を抱きしめ、キスをし、寿《ことほ》いでいた。

なんの面識もない外国人である進もまた拍手の嵐で出迎えられ、気恥ずかしさと誇らしさに俯いて自転車を降りた。ペダルから切り離された途端に脚がぐらつき、自転車にすがりながらコントロールテントの隣にある駐輪場へ向かう。

晴れやかな顔で互いの健闘を讃え合い、記念写真を撮ったり連絡先を交換している参加者たちを横目に、進は最後の気力を振り絞ってテントに入った。ほぼ同時にゴールしたM組の男性がスタンプをもらっている横で、進もブルベカードを差し出す。

心からの労《ねぎら》いの笑みを浮かべた受付スタッフは、サラサラとペンを走らせたあとスタンプを押すと、シークレットを含め全てのコントロールの捺印を確認して四角いメダルを授与してくれた。

「Bravo!」

エッフェル塔を背に灯台のある港へ走っていくライダーのデザインが施された、かなり大きなものだった。ずしりと重い。右下に横長の細いスペースが空いており、制限時間内に完走した参加者は公式記録を印字したシールを貼ることができる。

進はブルベカードに記されたタイムに目を落とす。〈13h17〉……だがこれは現時点の時間だ。坂の上にあったバルーンゲートを通過したときが公式記録になるはずだ。

——間に合った、のか？

同意を求めるようにスタッフの顔を見つめると、優しい笑顔が陰っている。

「Noooon」

隣にいた男性がテーブルに覆い被さるように泣き崩れた。進はその悲劇を他人事のように呆然と見下ろしていた。

「あなたの公式完走タイムは、九十時間二分になります」

I'm so sorry, but you are amazing…… 心底申し訳なさそうなスタッフの声は続いていたが、進はタイムが空欄のメダルを握りしめてテントの外に出ていた。

視野を遮るもののない広大な敷地では緑の濃い木々が爽やかな風にざわめき、ひっきりなしに歓声と祝福の声が響き渡っていた。進を取り巻く世界は美しく平和だった。

——そっか、間に合わなかったんだ……

なにも考えられないまま、人の流れに誘われるように食事会場へ歩きだす。ぼんやりしていた進は誰かにぶつかり、それだけでふらついて膝をついた。芝生がしっとりと冷たくて気持ちいい。初めて地面を触ったように、その感触を反芻しながら自問する。

——終わった、のか？

ゴールした。自転車を降りた。だがまだ、終わっていない。

——だって僕は、まだ……

「進くん」

ハッと顔を上げると、太陽を背負い逆光になった細いシルエットが進を見つめていた。その後ろにいたもう一人が手を差し伸べ、力尽きた進を立たせてくれた。

「光子さん、歩美……」

白昼夢に迷い込んでしまった錯覚に陥り、進は何度もまばたきする。

二年ぶりに対面した光子は少し痩せたようだが、ほとんど変わらなかった。てろんとした生成りのワンピースに黒のUVロングカーディガン、進が「女優帽」と呼んでいたつばが波打つ麦わら帽子というコーディネートも、ここ十年違わぬ夏の定番だ。

進に向けられる懐かしい笑顔まで、あまりに妻そのものなことに混乱する。

「ゴールおめでとう。お疲れさま」

高く透き通る声が空洞になった進の身体のなかをこだまし、徐々に現実に引き戻された。

「お父さん、本当に走り切るなんてすごいよッ！　おめでとう！」

歩美が両手を握り合わせ、今にも飛び跳ねそうに喜んだ。

その無邪気で幸せそうな娘の様子に、進は真綿で首を絞められるような心地がした。

「……すごくないよ。だめだった、間に合わなかったんだ――」

言いながら、視界がぼやけた。我知らず熱いものが頬を伝った。

――泣いてる、のか？

なんてかっこ悪い。やっと、ようやく、光子さんに会えたっていうのに……顔を合わせたら始めになにまずなんと言うべきか、ずっと考えあぐねていた。

「今更なんの用だ」と怒りをぶつけ問い詰めるのか？

「来てくれてありがとう」と感謝するのか？

それとも「おかえり」と黙って迎え入れるのか……

しかし全て吹っ飛んだ。自らを叱咤しても、弱音がぽろぽろとこぼれ出て収拾がつかない。

「二分。たった二分、遅かった。今度こそはって思ったのに。でも結局こうなんだ」

気取るには、格好をつけるには、疲れすぎていた。感情をコントロールできない。悔しさを胸に押し留めることができない。たまらなかった。

「僕は、僕はやっぱり――ッ」

幼い子供が嫌々をするように身を捻り、進は腕で目元をおおった。歯を食いしばっても突き上げてくる悔しさに、胸が波打ち、ひぐひぐと情けない嗚咽が漏れた。

ゴール直前、限界のなかで悟りを開いたようなあの瞬間、どんなタイムでも悔いはないと思った。あのときの気持ちに嘘はない。どんな結果であれ受け入れられると信じていた。

自分に恥ずかしくない勝負ができた。

それなのに、結果を受け入れられない。納得できない。

どうしようもなく悔しくて悔しくて、自分が許せない。こんな気持ちになるとは想像もしていなかった。喉を掻きむしるほどの激情に駆られ、どうすればいいかわからない。

「すごいよ。進くんは、すごい。心から尊敬する」

のたうち苦しむ進を、ひいやりとした細い腕が包んだ。

「たった二分……すっごく悔しいと思う。でも、私は嬉しいよ」

光子のきっぱりと芯のある声が、混沌で詰まった進の胸にそっと風を送った。

「泣いてるとこ、初めて見せてくれた」

進がぐちゃぐちゃの顔をあげズーンと盛大に鼻をすすると、光子は小鳥のように首を傾げてほほ笑んだ。

「お義父さんが亡くなったときでさえ、涙を見せなかったでしょう。進くんはいつも私を支えてくれたけど、私に支えさせてくれなかった。なにがあっても絶対に弱いところを見せないから、本当はちょっと……けっこう寂しかった」

進は涙と鼻水で汚い顔を拭うことも忘れ、口をぱくぱくさせた。弱いところを見せなかった？こんなに弱っちい自分なのに？　それに——

「——寂しかった？　僕のせいで？」

ほとんど放心状態で絞り出すと、光子はすねたように口を尖らせ、小さく肩をすくめてみせた。だが目は笑っている。会社では肩で風を切っていても、家だとひどく幼い仕草をしてみせるのも昔からだった。

——ほんと、ずるいよなァ……

進はしみじみと思った。しゃくりあがってしまう喉を抑えようと首元に手を置くと、光子は赤ん坊をあやすように頷きながら、背中をトントンと叩いてくれた。

——この人には、やっぱり一生勝てない。

「ほんと、感動系映画とかドキュメンタリーですぐウルウルするし、私たちのことはうざいほど心配するくせに、自分のことは全然話してくれないよね。なにがあっても『大丈夫』って」

歩美も鼻をすすりながら、それを誤魔化すように茶化して光子に加勢した。

「……そうかな?」

「そうだよ！　私やお母さんには綺麗な格好させたがるのに、自分は毛玉だらけのスウェットとか破れたトランクスとかいつまでも穿いてるしさ」

「そうそう、放っておくと自分のことはお構いなしになっちゃうのよね」

「根がケチだしね」

「堅実ともいえるけど、貧乏くさいのはね」

「……それ、関係あるかな?」

だんだん母娘の話の方向が逸れてきて、進は脱力する。だが家族のかしましいおしゃべりを聞くのが久しぶりで、どうにもなごんでしまう。いつのまにか呼吸も楽になっていた。

「自転車に出会って、ようやく自分に向き合うようになったよね」

「そんなふうに考えたことなかったけど」

満足げな歩美の笑みがこそばゆく、視線を泳がせた。

「すごくカッコよくなった。ね、お母さん、そう思うでしょ?」

進は薄くなった髪の毛が逆立つほど恥ずかしかった。泥だらけで臭い自分を水に沈めてしまいたい。ぼろぼろの身体を隠すように身を縮め、下を向いてしまう。

「うん。信じられないくらい……」

光子の明るい声。語尾が涙で揺れていた。

「長旅、本当にお疲れさまでした」

視線だけ上げると、光子もまた下を向いていた。進に向かって腰を折り、じっと足元を見つめている。

進もせりあがってくるものがあり、グッと喉に力を込めた。光子の面を上げさせると、握りしめていたメダルをそっと持ち上げた。

「ありがとう。間に合わなかったし、今もカッコ悪いけど、どうにか走り抜けました。わざわざここまで来てくれて、本当にありがとう……歩美も、光子さんも」

光子は瞳の奥まで覗きこむように、進の目をまっすぐに見つめ返してきた。

夫婦が真正面から対峙したのは、一体何年ぶりだろう。いや、これほど純粋に向き合ったことがあっただろうか。

——終わった……僕のＰＢＰが終わったんだ。

進は吸い込まれるように妻を見つめながら、ようやく地に足が着いた心地がした。この五日間で全ての気力と感情を吐き出し尽くしてしまったのか、台風一過のように澄みわたり静かな気持ちだった。

「ごめんなさい」

唐突に謝罪の言葉が落ちてきた。進は言葉の意味よりも、光子の唇がほとんど動かなかったことに気を取られていた。

「突然出て行ったのに、突然また会いに来て……でも言わなきゃいけないことがあったの。日本で待ってても良かったんだろうけど、あなたがフランスの自転車レースに出るって聞いて、絶対この目で見なきゃって。だって私の知ってる進くんは、そんな大それた挑戦をする人じゃなかったから。ものすごく驚いたし、勝手に大興奮しちゃった」

早口でスパスパ話す。言いにくいことがあるほど怒ったような口調になり、まばたきが増える……進は光子の癖をひとつひとつ拾い上げながら、どこか上の空で聞いていた。

「それに私、もう遠くに行けなくなるかもしれないし」

光子が皮肉っぽく唇を持ち上げたのを見て、ようやく「おや」と違和感を覚えた。

「癌なんだって。もう少ししたら抗癌剤治療を始めることになる」

あたかも気の進まない仕事の事務報告のように、光子は感情を込めず客観的に語った。しかし進は衝撃に目を見開くしかなかった。

「一緒に住んでなくても夫婦なわけだから、今後の容態次第ではあるけど、何かあれば進くんに迷惑かけることになると思う。だから、ちゃんと話しておかないとって」

「あのね、お母さん、例の男性とは自分から縁を切って、今は一人で――」

「歩美は黙ってて!」

助け舟を出そうとする娘を、光子はピシャリと黙らせた。その電光石火の勢いはとても病身とは思えない。ふぅと小さくため息をつくと、キリリとした表情のまま続けた。

「癌がわかった途端、怖気付かれて目が覚めたわ。そんな男にのぼせ上がった私がバカだっただけ……でも二年前は、半端な気持ちではいられなかった。進くんには心から申し訳なく思ってるけど、出て行ったことは後悔してない」

光子は進から目をそらさず淡々と言ってのけた。

進はすっかり呑まれて固まっていたが、妻の瞳に虚ろな色がよぎったのは見過ごさなかった。

「……君はどこまで身勝手なんだ」

瞬時に怒りが沸騰した。握った拳がわなないた。経験したことのない頬の引きつりを感じた。

「自業自得だと思ってるでしょう」

「そういうことを言ってるんじゃない」

自嘲的にフフと笑う光子を、しかし進は激しい口調で否定した。

「私はそう思ったわ。罰があたったんだって」

「罰──」

進の脳裏に悩み苦しんでいた青い瞳がよぎる。

「だから今更、戻らせてもらおうなんてムシのいい話はしない。離婚を望むなら受け入れる。でもそれなりに遺産を残せると思うから、私が死ぬまで待ってほしい。面倒はみてくれなくていいから。でも手術とか、今後書面上で進くんのサインが必要になることも──」

「まだ勝手なことを言うのか？　これ以上僕を怒らせないでくれ」

話の腰を折られるのをなにより嫌う光子が、進の厳しい声音に怯んだように口を噤んだ。

未だかつてない構図の緊迫した沈黙が訪れ、歩美が唾を飲む音さえ聞こえそうだった。

「怒るのは苦手なんだ……だから、よく聞いて」

本心に手を伸ばすように、進は深く低く息を吐いた。

「君はひどいことをした。僕は苦しんだ。とても苦しんだ。全てを否定された持たざる者の気持ちは、君には一生わからないだろう。それがどれだけ惨めなものか」

だんだん声が震えてくるのをどうにもできなかった。それでも溢れそうなほど大きく目を見開いている光子を真正面から見つめ続けた。

「恨んだよ。僕だけじゃない、歩美も傷つけたんだ。君が自分勝手なのは知ってる、でもそこまで薄情だったなんて！　なんでそんな残酷になれる？　それが長年、君を支え続け応援してきた家族に対する仕打ちか？　裏切りだ。今までどれだけ君に尽くしてきたか——」

言ってしまった。激情に任せすべり出た言葉に、進自身が激しく動揺した。

妻に対し、決して恩着せがましいことは言わない——それは進が決めた誓いであり、ささやかな誇りでさえあった。家事も育児も光子に頼まれたからではなく、自ら望んでしてきたことだから。

「俺のおかげで」という態度は醜い。

「俺はこれだけやってやったのに」なんて逆恨みはもっと醜悪だ。

それなのに、言い募らずにはいられなかった。

「僕の人生、君のために無駄にした気がした」

光子の澄んだ目が潤み、たまらずにギッと目をつぶっていた。

「君にも相手にも、腑《はらわた》が煮え繰り返ったよ。君たちが、不幸になればいいとさえ、願った――」

怒りに身をゆだねている瞬間は、目の前が真っ赤になり破壊的な力を手にした気がする。だが残るのは後味の悪さだけだ。胸糞悪い矮小《わいしょう》な自分が露呈するばかりだ。

――それでもきっと、時にはきちんと怒るべきだったんだ……たとえ後悔するとしても。

進は心を落ち着けると、ゆっくりとまぶたを押し開いた。

「だからもし罰があたったって言うんなら、不幸を願ってしまった僕への罰でもある」

どれだけ強い人間でも、癌を宣告されてショックを受けない者などいるだろうか？

光子が想いをよせていた男を、光子を支えてやらなかった男を、進は心の底から憎んだ。命に関わるこの期に及んで、強がって我を通そうとする妻が腹立たしくて我慢ならなかった。めまいがするほどいじらしかった。

「タンデム」

ひとりでに口が動いていた。

「光子さん、僕とタンデムしよう」

進は光子の手を取った。やはり若い頃と変わらない。骨からして細い、すべやかな白い手。時が経ってシミや血管が浮いていても、変わらずに美しい。

「タンデム自転車は二人乗りだから、二倍の力で走れる。でも一方が辛いときは、もう一方が相手の分まで回して進める。楽しいときも苦しいときも、同じ風を感じて一緒に走るんだ。二人の罰なら、二人で乗り越えればいい」

進が前に、光子が後ろに。一、二、一、二……リズムを合わせ力を合わせ、同じゴールを目指して走っていく――ありありとその姿を描くことができた。

「僕は運良く、なんとかここまでたどり着けた。でも僕一人では絶対に走り切れなかった。たくさんの仲間が助けてくれたんだ。最後まで僕を引っ張ってくれたのは誰だと思う？　僕らより更に年上で、強い信念をもって癌を克服した――ごく普通の人なんだよ」

ＰＢＰには爽のような才能ある元選手や、プロ並みの実力者もいた。だがほとんどの参加者は、ごく普通の市井の人々だった。特別な訓練を積んだわけでもなく、スポーツマンにはほど遠い体型の人もいれば、常日頃脇役に甘んじているような冴えない人もいた……進のように。

それでも自転車で走り続けた先に、努力の積み重ねの先に、１２００㎞を完走できた。誰にでも奇跡は起こせるのだと教わった。

「……怒ってるんじゃないの？」

進に握られた手をぎこちなくほどき、光子は困惑したように眉尻を下げた。

「怒ってたよ。今言った通りだ……でも怒り以上に本当に辛かったのは、君を引き止められず、追いかけることもできなかった自分の卑屈さなんだ」

ようやく光子に本音を話せた――いかに情けなくても、伝えておかねばならなかった。自分だけでなく、光子も共に次のステップに進むために。

「もう終わりにしよう、お互い自己完結して意固地になるのは」

進は有無を言わせず、ほどかれた光子の手をもう一度取った。両手で強く包み込む。

「もうひとつ聞いてほしい。僕は自分で思っていたより、光子さんが思っているより、ずっと強い。しぶとい。歌もうまい。みくびらないでくれ、君以外の女性とだって添い寝できるくらいにはモテます」

　正気を疑うような歩美の視線が突き刺さったが、進は歯牙にもかけず続けた。

「何十年、君を支えてきたと思う？　夫婦なんて形はどうでもいい、助け合える仲間として、僕とタンデムしよう。きっと君には……光子には、僕よりふさわしい仲間はいないよ」

　ビシッと決めた。つもりであったが、もはや極度の疲労と恥ずかしさでふらついていた。

　その進を光子が支えた。握られていた両手ごと、進の胸に飛び込むように身体をぶつけて呟いた。

「――あなた以上の人がいないなんてこと、出会ったときから知ってた」

　進は波打つ胸に、光子のか細い身体を感じた。こう暑いのにひんやりとしている。この小さな身体のどこかに禍々しい癌細胞が蠢《うごめ》いているなんて理不尽だ。そんなのはダメだ、絶対許さないぞ……遠のきそうな意識のなかで、進は必死に対抗する。

「でもそうね。私が思っていたより、もっとずっと強くて、しぶとくて、モテて――知っていたより、もっともっと優しい人だったのね」

　長いまつ毛が震え、再び泣き出しそうな妻の顔を上げさせる。見事なへの字に曲がっている口元を見て、進は思わず吹き出した。

「珍しいな、そんな顔。光子さんはやっぱり、自信満々に笑ってなきゃ」

　進が光子に求めていること――ずっと笑顔で、そばにいること。

「お父さんの美声も、楽しみにしてるよ」

　支え合っていなければ立っていられない両親の肩を、歩美は優しく抱き寄せてくれた。

止むことのない歓声と祝福を背中に聞きながら、進はじっと家族のぬくもりを感じていた。安らいでいた。そのまま眠ってしまいそうになる。

「ごめん、汗臭いよな。汚いし」

だが光子がもぞもぞ動いたことに気付き、慌てて身体を離す。小柄な光子は進が覆い被さる形になって辛かっただろう。一見元気そうではあるが、どこまで癌に蝕まれているのかもわからない。

これから待ち受けているであろう綺麗事だけではない闘病生活を思うと、進は身の引き締まる思いがした。だが二人で闘うのだと思えば、怖くない。

「確かに、抱き合うのはシャワーの後でも遅くないかもね」

今更ながら抱擁に気恥ずかしさを覚えたのか、歩美はニヤニヤして言った。身体は離れても、家族三人が再び繋がったことは、それぞれの笑顔でわかった。

「食事会場の隣にシャワーブースがあるはず……そうだ、完走後のミールクーポンももらってたんだ」

進が背中のポケットに手をやると、細い硬いものに触れた。六角レンチだった。

「そっか、お腹も空いてるよね」

「ゆっくり休んできて。私たちは待ってるから」

光子と歩美にほほ笑みかけられ、進は素直に頷いた。

「ありがとう。皆で帰ろう。また一緒に、田舎で星を見よう」

のたりのたり歩き出しながら、進は思い出したようにメダルを首にかけた。永遠に記録を刻まれることのない、空白のメダル。それでも完走しなくては、得られなかったメダル。

――結局、僕は変われたのかな？

わからなかった。なにも変わっていない気がしたし、全てが変わった気もした。

「自分で決めて、動いて、納得できたら、それでええんちゃう？」

それでもこの空白のメダルを、やっと誇らしく抱きしめることができた。

走行距離、実に１２１９km――ついでに逆走分で30kmほど余計に走った末に手にした、完璧ではない、しかし確かな〈自信〉だった。


「あ、進さぁん！　見てくださいよこのジャージ！　道中ずっと励まして引っ張ってくれたスペイン人の彼と交換したんですぅ」

食事会場の前で、ぶかぶかのジャージを着た真帆に捕まった。挨拶抜きで自慢話というのが彼女らしい。

「赤と黒。情熱的で素敵なジャージですね」

進がにっこりと頷きかけると、真帆はとろけるような笑みを浮かべた。サイズからしてスペイン人の彼が真帆のジャージを着られたとは思えないが、上半身裸のライダーがいたとして誰も気にしないだろう。

「よかった！　完走されたんですね、おめでとうございますっ！」

看板に書かれたメニューを覗き込んでいると、今度は会場から出てきた渡井が駆け寄ってきた。がっちりと握手を交わす。

「それで吉田さんは？　タイムは？」

一口では語りきれない膨大な物語は、また改めて報告することになった。

「そうだ、今夜ＰＢＰの有志で打ち上げするらしいんですけど、進さんもいかがですか？　悟くんや稲毛さんも参加予定です」

「僕は遠慮しておきます――家族が待っているので」

渡井はポンと手を叩き「そうでした」とおかしそうに笑った。

「私は妻も同席で参加しますが……いや無粋ですね。でもその様子でしたら、いつかきっと奥さんをご紹介して頂けますよね？」

「ええ、いつかきっと」

読めないフランス語のメニューに再び目を向け、自分の友人を妻に紹介したことなどあっただろうかと思い至る。いつになっても、いくつになっても、人は変わっていけるのだろうか。

「僕の親友。同志です」

そう胸を張って紹介したい人もできた。光子にとっても癌を乗り越えた先輩として、心強い存在となるに違いない。

「ぼちぼちでっか？」

へんてこな大阪弁を唱え、進はひっそり笑った。今も背中にレンチがあることを確かめると、混雑する会場を出てゴールゲートに取って返す。そろそろ彼がニヤリと笑いながら帰ってくる予感がした。

謝辞

執筆にあたり、ｂａｒｕさん、神成洋さんに多くのお話を伺いました。
またPBP2023を共に追いかけてくれた小俣雄風太さんのご尽力なくして、
物語が走り出すことはできませんでした。
ご協力頂いた皆さんに心より御礼申し上げます。
この作品をパリ・ブレスト・パリという伝説に挑む／挑んだ全ての人に、
そしてその無謀な挑戦を支えるボランティアたちに捧げます。

参考文献

『ブルベのすべて』鈴木裕和（スモール出版）

本書は書き下ろしです

パリュスあや子（ぱりゅす・あやこ）

神奈川県横浜市生まれ、フランス在住。広告代理店勤務を経て、東京藝術大学大学院映像研究科・映画専攻脚本領域に進学。「山口文子」名義で映画「ずぶぬれて犬ころ」（2019年）脚本担当、歌集『その言葉は減価償却されました』（2015年）上梓。『隣人X』で第14回小説現代長編新人賞を受賞し、小説家デビュー。2023年に映画化された。他の著書に『燃える息』『パリと本屋さん』がある。

アレアレ！

二〇二五年二月十七日　第一刷発行

著者　パリュスあや子《こ》

発行者　篠木和久

発行所　株式会社講談社
〒一一二-八〇〇一
東京都文京区音羽二-十二-二十一
電話　出版　〇三-五三九五-三五〇五
販売　〇三-五三九五-五八一七
業務　〇三-五三九五-三六一五

本文データ制作　講談社デジタル製作

印刷所　株式会社ＫＰＳプロダクツ

製本所　株式会社国宝社

定価はカバーに表示してあります。

Printed in Japan, ISBN 978-4-06-538359-9　N.D.C. 913　302p　17cm

KODANSHA